T0283940

Al borde de la caida

REBECCA SERLE

Argentina • Chile • Colombia • España
Estados Unidos • México • Perú • Uruguay

Título original: *Edge of Falling*
Editor original: Simon & Schuster, Inc
Traducción: Nieves Calvino Gutiérrez

1.ª edición Agosto 2023

Plaza de los Reyes Magos, 8, piso 1.º C y D – 28007 Madrid
www.titania.org
atencion@titania.org

ISBN: 978-84-19131-25-6
E-ISBN: 978-84-19699-26-8
Depósito legal: B-11.574-2023

Fotocomposición: Ediciones Urano, S.A.U.

Impreso por: Romanyà-Valls – Verdaguer, 1 – 08786 Capellades (Barcelona)

Impreso en España – *Printed in Spain*

Para Raque Johnson,
Melissa Levick y Melissa Seligmann,
que hacen que todas mis historias sean de amistad.

Entonces, es posible que la vida solo ofrezca la opción de recordar el jardín o de olvidarlo. O bien se necesita fuerza para recordar, o se necesita otro tipo de fuerza para olvidar, o se necesita un héroe para hacer ambas cosas. La gente que recuerda corteja la locura a través del dolor, el dolor de la muerte siempre recurrente de su inocencia; la gente que olvida corteja otro tipo de locura, la locura de la negación del dolor y el aborrecimiento de la inocencia; y el mundo se divide en su mayoría entre locos que recuerdan y locos que olvidan.

Los héroes no son frecuentes.

JAMES BADLWIN

Antes

—¿Crees que si practicara todos los días podría volar?

—No, pero seguro que te harías más alta —respondo.

Hayley me mira con una mezcla de fastidio y diversión. Sabe que estoy bromeando a pesar de que solo tiene ocho años. Así es ella, muy sabia para la edad que tiene. Es capaz de cazar al vuelo cosas que incluso el resto somos a veces incapaces de entender.

—Seguro que podrías —aduce mamá.

Mi padre enarca una ceja y Peter se echa a reír.

—¿Sabes cuánto te quiere mamá?

—¿Todo esto? —pregunta Hayley. Abre los brazos para indicar la medida.

—Creo que sí.

Papá ríe y mamá le da una patada a Peter por debajo de la mesa.

Hayley se pone a cenar de nuevo, patatas con salmón y ensalada. Peter empieza a hablar de la competición de atletismo de la semana que viene y papá dice que ha cancelado un vuelo y que al final sí podrá ir.

Mamá y yo hablamos de las compras para la vuelta al cole. Me pregunta adónde quiero ir. Dice que pasaremos el día allí. También iremos a la peluquería.

Entonces Hayley carraspea de forma ruidosa. Todos la miramos. Tiene el ceño fruncido y un mohín en los labios. Parece preocupada, concentrada, pero es que ese es su estado de reposo normal.

—Seguro que podría —insiste. Luego asiente con la cabeza de manera firme. Si no la conociéramos, podríamos pensar que ha terminado.

Pero entonces levanta la cabeza, con sus grandes ojos, tan llenos de luz que podrían guiarte a casa en la oscuridad—. El único problema es que si me perdiera, ¿quién me buscaría? Ninguno de vosotros sabe volar.

1

La mayoría de las grandes obras literarias giran en torno a un héroe, pero esta historia es una excepción. Lo que ocurrió en mayo no me convierte en una heroína; de hecho, me convierte justo en lo contrario. ¿Cómo se le llama a alguien que se hace pasar por héroe? Mi abuelo tenía una palabra para eso: «Impostor».

Me llamo Mcalister Caulfield, vivo en el Upper East Side de Manhattan y esta es mi historia.

Aquí impera el poder. Es lo que determina la popularidad. Decide quién entra en los clubes, en los colegios y en los comités organizadores. Incluso la amistad, si eres una de la mayoría de las chicas de mi próxima clase de último curso. El poder..., y tampoco está de más tener el físico de una modelo.

A mí no me preocupa demasiado, como suele decir mi madre. Siempre he sido delgada por naturaleza, así que tengo eso a mi favor. Pero soy menuda, demasiado baja, y mi pelo rubio no cae en cascada por mi espalda. En el mejor de los casos puede decirse que lo tengo rizado; en el peor, que lo tengo encrespado, y no suele tener demasiado volumen como para dejármelo suelto. La mayoría de las chicas de mi clase de penúltimo curso se pasan los sábados de fiesta, mientras que yo siempre he preferido ir al parque y leer un libro. Eso ya me hace parecer un cliché, pero os prometo que esta historia es mucho más complicada. Ojalá se tratara solo de una pobre niña rica con ambiciones literarias, pero esa no es ni mucho menos la verdad.

La prensa sensacionalista se ha pasado todo el verano hablando de que en primavera le salvé la vida a una chica. Estaba colgada por los pelos de la terraza de un edificio de apartamentos de Nueva York y yo la puse a salvo.

El titular del *Post* decía: UNA NUEVA HEROÍNA; EL HOMÓNIMO LITERARIO DE DIOS SALVA UNA VIDA.

No era la primera vez que la gente me asociaba con ese personaje. ¿Es cierto? ¿Acaso fue mi familia la inspiración para su historia? Sería imposible de decir. Y de todas formas no la contaría. Esta es mi historia, no la suya.

El caso es que no era amiga de la chica a la que se supone que salvé. De hecho, la única razón de que estuviera en ese apartamento fue que mi madre me presionó para que saliera esa noche. Abigail Adams, mi compañera de clase y vecina nuestra, celebraba una fiesta. Mi madre dijo que debía ir.

Mi madre antes no era así. Antes de lo de Hayley habría entendido por qué no quería ir a casa de Abigail Adams. Tal vez incluso habría estado de acuerdo. Pero es como si algo se hubiera quebrado dentro de ella, como si hubiera saltado. Aquello que la hacía ser quien era dejó de funcionar. Se volvió común. Se volvió como cualquier otra madre del Upper East Side de Nueva York.

Cuando mi madre cuenta la historia de lo que ocurrió el pasado mes de mayo dice que aquella noche salí corriendo por la puerta como si tuviera una misión, como si ya supiera que había una chica colgando de aquella terraza encima del asfalto. Nada más lejos de la realidad. Fui a regañadientes a aquella fiesta. Fui de mala gana hasta la puerta situada a la izquierda de la nuestra.

Y tampoco salvé a esa chica, pero ya llegaremos a eso.

Por cierto, todos me llaman Caggie, así que tú también puedes hacerlo. El apodo me lo puso mi padre cuando era un bebé. Mi abuelo acabó casándose con una joven de Nueva York que se llamaba Julie y tuvo dos hijos; mi padre y mi tío. Mi tío vive en California desde antes de que yo naciera. No se ha casado y posee una enorme casa en Malibú que no se ha molestado en decorar como es debido, salvo por las obras de arte que cuelgan de las paredes. No tiene ni un sillón, pero sí un cuadro de Renoir.

No sé las veces que he preguntado si podía irme a vivir con él.

Luego está mi padre; casado con una compañera de Yale a los veintitrés años, tiene un ático en el Upper East Side, un hijo y una hija, y conserva los mismos brazos delgaduchos con los que nació. Antes tenía más cosas, como una casa en Los Hamptons y a Hayley, pero ya no. No desde enero.

—Ven un momento, cielo. —Mi madre habla en voz muy baja para tratarse de alguien que quiere que le prestes atención de inmediato.

—Ajá. —Entro en la cocina y me la encuentro con los codos apoyados en la encimera, hojeando un catálogo. Lleva puesto un jersey de cuello vuelto, que solo es importante señalar porque es sin mangas. Es posible que sea la prenda más absurda que se pueda tener. Sobre todo en pleno verano. ¿Te haces ya una clara idea de cómo es mi madre?

No levanta la vista de inmediato cuando entro. Siempre hace este tipo de cosas; te llama y luego te ignora cuando apareces.

—¿Qué pasa, mamá? —pregunto, subiéndome de un salto a uno de los taburetes de la encimera.

Mi madre suspira y pasa despacio la página del catálogo. Acto seguido se quita las gafas y las cierra. Tarda tanto en iniciar una conversación que te daría tiempo de volar a Londres.

—Estoy pensando en ir a Barneys esta tarde —dice—. ¿Te gustaría venir conmigo?

Mi madre siempre piensa en hacer cosas, no las hace directamente. Es así desde siempre. No tengo la más mínima idea de cómo acabó casada con mi padre. Raras veces responde a una pregunta de forma tajante en un sentido u otro. ¿No hay que decir «sí, quiero» en una iglesia? ¿Aceptan que se diga «me lo pensaré»?

—Pues no —contesto—. Tengo deberes.

—Es verano, cielo.

Me encojo de hombros y jugueteo con el bajo de mi camiseta.

—Nos dieron una lista de lectura.

Mi madre me mira con los ojos entrecerrados.

—Las clases empiezan mañana, Mcalister. ¿No te parece que es un poco tarde para ponerte con eso?

—Estoy a punto de terminar —alego.

Mi madre sabe que no es verdad, pero no va a presionarme. Del mismo modo que yo no voy a presionarla a ella para que diga dónde ha estado mi padre todo el verano. Sé que no quiere estar aquí. Sé que no quiere estar con nosotros..., bueno, más bien conmigo. Pero ¿cómo podríamos hablar de eso? Ahora hay ciertas cosas de las que es mejor no hablar.

—¿Ha vuelto Trevor? —me pregunta.

Su pregunta me sorprende y apoyo las manos en la encimera de mármol. Está helada. En esta casa siempre hace un frío que pela.

—No lo sé —respondo—. Es posible.

Mi madre asiente, pero no levanta la vista.

—Entonces, ¿se acabó?

No respondo a eso. No pienso pasarme el último día de verano hablando de Trevor Hanes.

—No voy a ir a Barneys.

Mi madre continúa hojeando el catálogo mientras me bajo de la encimera y me acerco a la nevera. Pero a excepción de la mantequilla y el agua embotellada, está vacía. El ama de llaves suele hacer la compra durante la semana y la comida escasea siempre que Peter está en casa. Se me pasa por la cabeza la posibilidad de que tal vez haya vuelto.

Peter es mi hermano y el año pasado se fue a la universidad. Estamos muy unidos. O lo estábamos antes de enero. Ha pasado el verano en la casa de la playa con su amigo. Aparte de Peter, nadie de mi familia ha vuelto allí y no se me ocurre por qué quiso ir. Si soy sincera conmigo misma, es algo que me ha estado inquietando. Ir al mar, cocinar en la cocina, leer en el salón. Chapotear en esa piscina como si nada hubiera pasado. Me viene a la cabeza una imagen de Peter tendido en una tumbona y la rabia me invade el pecho. Puedo ver las baldosas de piedra que rodean la piscina, las toallas con el monograma de Ralph Lauren dobladas en rollos. Las botellas de agua abiertas, rezumando condensación, sobre las mesas auxiliares de madera. Muchos detalles.

Así son los recuerdos; no se desvanecen.

—¿Se va a quedar Peter aquí antes de volver a la universidad? —le pregunto a mi madre mientras sigo mirando el agua embotellada y la mantequilla.

—Eso creo. Sus cosas están aquí.

—Y la nevera está vacía —farfullo.

Oigo que cierra el catálogo a mi espalda y me imagino a mi madre enderezándose y girando el cuello a un lado y a otro mientras las pulseras chocan en su brazo.

—¿Seguro que no quieres venir? —repite.

—Seguro.

—Tú misma. —Mi madre también es de esas personas que dicen: «Tú mismo» de un modo que deja muy claro que eso es justo lo contrario de lo que quiere decir.

Se marcha de la cocina. Puedo oír el eco de sus zapatos de tacón de aguja al repiquetear de forma ruidosa y discordante en las baldosas cerámicas.

Recuerdo cuando las cosas no eran así. Cuando no se oía el ruido de tacones en esta casa. Cuando las conversaciones no sonaban como notas inconexas en un piano. Pero ya hace tiempo de eso. Cuando aquí había más personas además de mi madre y de mí. Cuando aún había cosas que hablar que requerían más de unas pocas palabras.

En cuanto se marcha, cierro la nevera y miro el reloj; son las once y media de la mañana. Por alguna razón, la hora hace que me acuerde de Trevor. Claro que todo me lo recuerda últimamente. Las once y media era la hora a la que solíamos ir a almorzar los domingos. Se presentaba en mi casa y llamaba al timbre a pesar de que le había dicho un millón de veces que entrara sin llamar. «A mis padres no les importa», solía decirle. Y él me respondía: «Pero a mí sí».

Él era así de formal, incluso cuando se trataba de cosas irrelevantes. Sin embargo a mis padres les encantaba eso de él. Mi padre me dijo en una ocasión que Trevor era la clase de chico que hacía que fuera innecesario preocuparse por nada.

Pero se equivocaba. Ahora hay mucho de lo que preocuparse respecto a Trevor.

Después de lo ocurrido aquella noche de mayo en casa de Abigail perdí a Trevor, pero también obtuve algo. Algo que en realidad nunca quise. Reconocimiento. La clase de reconocimiento que conlleva aparecer en un cartón de leche. Me convertí en alguien a quien la gente admiraba. Alguien con quien querían estar, salir y hablar. Me convertí en la chica más popular de la clase porque si hay algo que la gente del instituto Kensington adora más que el dinero es sentirse cerca de la grandeza. Como he dicho, es una cuestión de poder. Después del pasado mes de mayo, Trevor puso pies en polvorosa.

Mi móvil empieza a sonar en la encimera. En la pantalla puede leerse: CLAIRE HOWARD.

Claire es la única persona de todo el universo que no ha cambiado su forma de comportarse conmigo este año. Ya fui popular una vez de forma breve, cuando Claire iba a Kensington, pero después de terminar el segundo curso, se fue a vivir al centro con sus padres ese verano y ahí terminó todo. Cambió de instituto, algo sin precedentes, ya que nadie se va de Kensington. Pero Claire es única en su género.

Claire es hija de Edward Howard, el fotógrafo del mundo del rock. Vive en un gigantesco ático sin puertas en Tribeca y viste de cuero todo el año. Siempre está en primera fila en los desfiles de moda. Es alta, mide 1,77 y yo 1,57, y tiene una larga melena rubia y rizada que parecen extensiones. Lo son. Cuando ves a Claire por primera vez te imaginas que es la definición de una niña rica, como Abigail Adams. Pero es la persona más auténtica que conozco. Es la clase de chica que le daría a un indigente su bolso al volver a casa del instituto sin ni siquiera sacar nada antes.

Además es modelo. El año pasado desfiló para Marc Jacobs. Vogue la llamó «amorfa». Tuvimos que buscar la definición en Google. Ese artículo salió la misma semana que el *Post* me declaró heroína. «Al menos sabemos lo que significa», dijo Claire.

—Hola, chica rebelde —dice Claire.

Siempre me llama «rebelde», aunque eso diste mucho de ser verdad. Ella es la rebelde. Una vez pasó la noche en el balcón de la habitación del hotel en el que James Franco se alojaba en París. Engañó al recepcionista para que le diera su número de habitación. Él ni siquiera subió a la habitación, pero Claire lo esperó allí toda la noche. No tengo ni idea de qué habría hecho si hubiera aparecido. Tampoco estoy muy segura de que ella lo sepa, pero esa es la diferencia entre Claire y yo. Le excita no saber qué va a pasar.

—Mira quién fue a hablar —digo.

—¿Estás deprimida en casa? —pregunta. Me la imagino con los brazos en jarra y las cejas enarcadas.

—Buenos días a ti también.

—Son las once y media de la mañana. —Me cuesta oírla, como si de repente estuviera lejos, y sé que acaba de ponerme en el manos libres. Claire es la reina de la multitarea. Creo que lo ha sacado de su padre. Yo no heredé ese rasgo particular de mis padres. Mi madre a duras penas es capaz de beber agua y comer en la misma comida.

—¿Y por qué tienes que dar por hecho que estoy deprimida? —insisto—. Podría estar disfrutando de una mañana muy productiva.

—Porque te conozco —aduce, haciendo caso omiso de la última parte—. Seguro que estás en la cocina, todavía en pijama, lamentándote porque nadie te entiende.

—Eso es bastante concreto —replico, mirando mi pijama del mono de Paul Frank. Claire me lo regaló para mi cumpleaños el año pasado. Escribió «pantalones extravagantes» en la tarjeta.

—¿Me equivoco?

—No —reconozco, sujetando el catálogo que mi madre ha dejado. La colección de otoño de Saks.

—Bueno, ¿qué vas a hacer hoy? —me pregunta.

—Lo habitual —respondo, mirando con atención unas botas de charol—. Ir a Barneys con mi madre, quedar a comer con Abigail.

—¡Puaj!

—Vamos —digo—. ¿Qué crees que voy a hacer?

—Creo que te vas a pasar el día encerrada en tu habitación.

—¿Encerrada?

Claire exhala un suspiro y oigo que desconecta el manos libres del teléfono. Su voz suena con nitidez cuando vuelve a hablar.

—Me tienes preocupada —dice—. Casi no sales de casa desde junio.

—Sí, bueno...

—No me vengas con «Sí, bueno». Tuviste el estatus de estrella durante una milésima de segundo y ni siquiera te aprovechaste de ello. ¿Sabes lo que daría yo por salir en el *Post*?

—Pero si tú has salido en el *Vogue* —señalo—. ¿No es eso mejor?

Claire suelta un bufido, un sonido que dice con claridad: «No puedo creer que tenga que explicártelo».

—El *Vogue* no es *Page Six*.

—¡Qué potra tengo! —repongo de forma socarrona.

—Ven al centro —dice— Podemos comer aquí. Ni siquiera te obligaré a que salgas.

—Eso es mentira.

—Bueno, podemos pasar el rato en la terraza.

—Me lo pensaré.

Me lanza un sonoro beso, que es su despedida característica, y cuelga.

La verdad es que me gustaría ir a casa de Claire. Su madre es genial, una mezcla de glamur del viejo Hollywood y de hippie bohemia, y siempre hay fotos de algún grupo nuevo o de algún famoso sobre una mesa de café. Algunas veces su padre nos mete en su estudio y nos pide opinión sobre algunas cosas. Ese hombre ha fotografiado la portada de *Vogue* y de la *Rolling Stone* más veces que Annie Leibovitz y a pesar de eso le interesa nuestra opinión. Su familia es así. Se apoyan los unos a los otros. Y como hace tanto que conozco a Claire, yo también me he convertido en parte de la familia.

Sin embargo, lo cierto es que no he pasado mucho tiempo con Claire este verano. Por un lado, ella estuvo todo el mes de junio y la mitad de julio en Europa, pero por otro detesto mentirle con toda mi alma. No es que hablemos de aquella noche, pero ella no sabe lo que ocurrió de verdad. Me parecía más fácil no contárselo y más tarde me pareció más fácil seguir sin contárselo. Ese es el problema de mentir; es muy fácil hacerlo.

Decido subir a cambiarme de ropa. Nuestra casa de la ciudad tiene tres pisos; la cocina y el salón están en la planta baja; el dormitorio de Peter y él mío en la primera planta; y el de mis padres y un gimnasio en la segunda. El despacho de mi padre está junto a la cocina. «El peor lugar del mundo —acostumbra a decir—. La comida distrae demasiado». Si bien no lo utiliza nunca. Gestiona un fondo de inversión y viaja mucho, pero sé que este verano no ha sido solo por trabajo. No quiere estar cerca de lo ocurrido. He oído que algunas personas sobrellevan su dolor compartimentando y manteniéndose ocupadas. Creo que mi padre ha estado subido a un avión día sí, día no, desde enero.

Si Peter ha vuelto, ahora mismo no está en casa. Me asomo a su cuarto y luego me voy al mío. Saco unos pantalones vaqueros cortos y una blusa blanca de gasa. En la calle hace un calor de muerte y es vital llevar la menor cantidad de ropa posible. Agarro el cepillo del pelo del tocador, procurando evitar la foto de Trevor y de mí. Es del baile de invierno de hace dos años. Me estrecha en sus brazos y tengo la cabeza apoyada contra su pecho. Recuerdo cómo me sentía aquella noche. Me llevó a la terraza del Gansevoort, con vistas al río Hudson, enmarcó mi rostro con las manos y me besó.

Pero eso fue antes de que ocurrieran un montón de cosas. Antes de todo, en realidad. Ahora ni siquiera sé si volverá a hablarme.

Decido salir. Le digo adiós a mi madre, pero mi casa está tan bien insonorizada que resulta del todo imposible que me oiga a pesar de haber gritado.

Afuera hace un calor asfixiante. Te golpea como un abanico en toda la cara. Giro por la Sesenta y Cinco hacia Madison. El edificio de Abigail está al lado del mío, más cerca de Central Park, así que esta es la ruta que suelo elegir.

Suelo practicar un juego desde la primera vez que me permitieron salir sola por Nueva York, que por casualidad fue a una edad temprana. Es posible que demasiado joven, pero es una de esas peculiaridades de criarte aquí; tus padres tienden a olvidar que es una gran ciudad y no solo tu ciudad natal. Intenté imponer algunas reglas con Hayley, pero en realidad no era de esas niñas a las que hubiera que ponerle límites. Era lista. Antes de cumplir los dos años ya se sabía el alfabeto entero y tres años más tarde ya había memorizado el plano de Manhattan. Era la clase de niña que tenía la capacidad de madurar demasiado rápido, porque a pesar de su claro cabello castaño y de su nariz pecosa, sabía defenderse a la perfección con las palabras. La gente le hablaba como a una adulta. Y la trataban como tal.

Bueno, el juego consiste en que cada vez que llego a una intersección, cruzo la calle que tenga una señal de paso de peatones. Solo acostumbro a jugar cuando dispongo de unas horas libres porque a veces acabo muy lejos del punto de partida. He vivido aquí toda la vida, pero hasta a mí me sorprende adónde me lleva en ocasiones el juego. Es lo que tiene Nueva York; puedes haber nacido aquí, puedes llevarlo en las venas, y aun así nunca llegar a conocerlo del todo.

No sé de nadie, aparte de Trevor, al que le guste jugar, y puede que sea porque hubo un tiempo en el que le gustaba hacer las cosas que a mí me gustaban.

El semáforo cambia en la Sesenta y Cinco con la Quinta y me dirijo al centro, para luego cruzar hasta Central Park. Si me preguntaran a bocajarro si me gusta vivir en el Upper East Side, lo más seguro es que respondiera que no, pero lo cierto es que adoro estar tan cerca del parque. Me encanta el anonimato del parque, que pueda seguir perdiéndome ahí a pesar de haber pasado toda la vida en este barrio de Manhattan. Tal vez sea esa la razón de que juegue a esto; conservar parte de esa espontaneidad de la que siempre hablan los nuevos neoyorquinos. A la gente que viene a Nueva York desde otro lugar le encanta decir cosas como: «Cualquier cosa puede pasar en el tiempo que tardas en cruzar la calle». Sin embargo, la gente olvida que eso se aplica a cualquier ciudad. No solo a Nueva York.

En la calle Cuarenta y Siete cambia el semáforo y me dirijo más al oeste, hacia la Sexta Avenida. Me llega una ligera brisa que no consigue despegarme la blusa de la espalda. Hace que se me pegue la parte delantera y noto que las gotas de sudor se me acumulan en la nuca y amenazan con resbalar. Uno espera todo el invierno a que llegue el verano en Nueva York y cuando llega también es una tortura. Al menos en la ciudad. El verano tendría que ser como lo es en la playa.

Mi cerebro se pone en piloto automático cuando juego, y de repente, sin tan siquiera darme cuenta, estoy en la calle Veinte y cruzo el río Hudson. Reconozco que del agua sopla una agradable brisa. Cierro los ojos un instante y disfruto de ella. Mañana empiezan las clases. Con Abigail, con Constance y sin Claire. Ojalá ella siguiera estudiando allí. El año pasado sin ella fue un horror.

Dejo de jugar en cuanto llego al río Hudson, ya que hace demasiado calor como para alejarse del agua, y al final decido pasarme por casa de Claire. Casi seguro que esa haya sido siempre mi intención, pero es lo que pasa con este juego; en realidad no puedes planear nada.

Claire vive en el último piso del número 166 de la calle Duane, uno de los edificios más elegantes de Tribeca, y el portero me deja subir de inmediato. Se llama Jeff Bridges, como la estrella de cine, y también se parece bastante a él. Y hablando de estrellas de cine, el edificio de Claire está plagado de ellas. SPK tenía un apartamento aquí antes de separarse de su marido. La veía en el ascensor con sus hijos. Es más bajita en la vida real. Me he fijado en que la mayoría lo son.

Subo en el ascensor hasta el ático y me recojo la coleta en un moño cuando se abren las puertas. Por mucho aire acondicionado que tengan en este lugar, siempre hace un poco de calor en verano y algo de frío en invierno. Son los ventanales que van del suelo al techo. Reflejan el tiempo que hace afuera.

Imagino que Claire debe estar tomando el sol arriba en la terraza, pero la llamo de todas formas. Nunca se sabe.

Me sorprendo cuando me responde.

—¡En la cocina! —grita.

La casa de los Howard es todo lo contrario de la nuestra. Mi madre redecora cada dieciocho meses de manera puntual y la estética suele oscilar entre la villa italiana y el glamur parisino. No es precisamente minimalista, tú ya me entiendes.

El apartamento de Claire siempre ha sido muy moderno, todo líneas elegantes y estilizadas. Ellos redecoran, pero siempre de manera tan sutil que no te das cuenta hasta pasados unos meses, cuando contemplas una lámpara, un cuadro u otra cosa y de pronto te percatas de que no siempre ha estado ahí. El ático casi no tiene ninguna puerta y es todo blanco, con algunas pinceladas aquí y allá en tonos fucsia, verde y azul marino. Y por supuesto hay enormes fotografías por todas partes. El apartamento entero parece una galería de arte, hasta el hecho de que apenas haya donde sentarse.

Me dirijo a la cocina, una enorme instalación industrial de acero inoxidable, y me la encuentro delante de la nevera, con un vestido veraniego gris transparente, que es probable que sea una prenda de lencería.

—Pensaba que no ibas a venir —dice, girándose y sonriéndome de oreja a oreja.

Le devuelvo la sonrisa.

—No lo pensabas.

Claire es tan hermosa que podría dejarte sin respiración, de forma literal. Creo que más de una persona tuvo que acordarse de respirar cuando desfiló para Karen Millen el otoño pasado. Tiene unas piernas infinitas, unos brazos torneados y una brillante melena que le baja por la espalda. Falsa, sí. Pero aun así preciosa. Cuando salimos juntas, aunque solo sea a la calle, casi todo el mundo con quien nos cruzamos se da la vuelta para mirarla. Imaginan que es famosa, incluso que es otra persona, que la han visto en la televisión o en alguna película. Una vez hizo un cameo en *Crónicas vampíricas*, pero es cuanto ha hecho hasta ahora, aparte de trabajar de modelo. Dice que es demasiado desorganizada como para dedicarse al cine, pero creo que en el fondo quiere ser actriz y yo me la puedo imaginar sin ningún problema en California. No lo sé con seguridad, pero es posible que crea que no da la talla. Cuesta imaginar que Claire tenga inseguridades.

Me encojo de hombros.

—Me apetecía caminar.

—¿Has venido andando? —A pesar de medir 1,77, Claire siempre lleva tacones. Caminar más de una manzana sin que la siga un chófer es su definición del infierno.

—Ya sabes que suelo hacerlo —digo, apartándome del cuello algunos mechones más de pelo húmedo y sujetándomelos en el moño.

—Pero estamos a casi cuarenta grados —alega.

—Casi no —replico—. Lo estamos.

Claire abre la nevera, toma una botella de agua Evian y la desliza hacia mí por la encimera. Desenrosco el tapón y me bebo la mitad de un trago.

—¿Dónde están tus padres? —pregunto, secándome la boca con el dorso de la mano.

—En Europa —dice—. Puede que en Italia. —Le da un mordisco a una manzana verde y acto seguido me la ofrece. Yo rehúso con la cabeza.

—¿No te han invitado? —pregunto.

No es nada habitual que los padres de Claire viajen sin ella. Los meses de junio y julio que estuvo ausente estaba con ellos. Nunca les ha importado tener que sacarla del colegio. Una vez asistió a un colegio en Praga durante un mes entero. Su padre viaja mucho para realizar sesiones fotográficas, pero si su madre lo acompaña, Claire también lo hace.

—Pues claro que estaba invitada —declara, dejando la manzana—. Es que no quería ir. —Me mira, enarcando las cejas.

—¿Todavía? —pregunto, y Claire asiente, con los ojos como platos.

Claire ha estado saliendo con el líder de Death of Grass, un grupo de rock indie con mucho futuro. Llevan viéndose desde el 4 de Julio, lo que para Claire vendrían a ser décadas, y suponía que esta semana romperían. Claire no es precisamente famosa por mantener relaciones largas. Seis semanas es su límite, incluso cuando viaja. Podrías ajustar tu reloj siguiendo esa regla, y ahora mismo el cronómetro está a punto de apagarse.

—Es increíble —dice—. Anoche me preparó un pícnic.

—¿Dónde? —pregunto.

—En Prospect Park —responde, con los ojos vidriosos.

—¿Fuiste a Brooklyn?

Claire me presta atención en el acto.

—Creo que estoy enamorada —declara.

Siento que el estómago se me encoge y después se relaja. Claire suele decir esto muy a menudo y la mayoría de las veces lo olvida sin más al poco tiempo, como si esa emoción fuera un síntoma de un catarro pasajero o algo por el estilo. Pero una vez, una única y flagrante vez, hizo temblar su universo y, por extensión, el mío. David Crew, segundo curso. Salieron desde septiembre hasta febrero, y cuando rompieron, fue un infierno. Perdió cuatro kilos y medio en dos semanas. A Claire no le sobra ni un gramo.

Bebo otro trago de agua.

—Parece serio.

Se acerca a toda prisa y se inclina hacia mí por arriba de la encimera.

—Es un chico extraordinario. ¿Sabes lo que me ha dicho? Que quería contarme cosas que solo ha escrito.

—No sé si eso es una mejora con respecto a lo primero que te dijo —replico—. Cuando te citaba letras de Coldplay.

Claire me mira con las cejas levantadas y luego asiente para demostrar que entiende. Hay una cosa que ambas hacemos cuando ella tiene una primera cita. Deja encendido su teléfono móvil y yo escucho desde el otro lado. Se supone que es para que pueda interrumpirlos si el chico es aburrido o si Claire está pasando un mal rato. Un chico propuso que fueran a un karaoke y no hay nada que Claire odie más que cantar en un escenario. Así que me presenté sin que me invitaran y le dije que su gato estaba en el hospital. Claire no tiene gato, pero conseguí sacarla del apuro.

La mayor parte de las veces, si el chico no parece un asesino en serie, la dejo que sufra y se las apañe ella sola.

—En fin, y ¿qué significa eso? —digo, mirándola con los ojos entrecerrados.

Ella pone los ojos en blanco.

—Que quiere decirme cosas que solo plasma en canciones o poemas, pero que nunca ha expresado en voz alta.

—Vale...

—Deja de ser tan cínica.

—Lo que pasa es que me sorprende, nada más —alego—. Lo que dices no parece muy propio de ti. —Claire suele considerar las citas un pasatiempo, no algo por lo que apostar. Para ella, el amor es como unas vacaciones; divertido mientras dura. Tardó un año en comprender por qué acepté a Trevor de novio. Le encanta enamorarse, pero comprometerse es harina de otro costal. Como he dicho, hasta le cuesta comprometerse a pasar toda la noche con un mismo chico.

Claire se sujeta un mechón de pelo detrás de la oreja.

—De verdad que no lo sé. Es como si todo lo que pensaba sobre las relaciones antes de esta fuera completamente falso. Como si actuara desde el desconocimiento. ¿Sabes lo que quiero decir?

—Sí —digo, manteniendo la vista gacha. Me muerdo el labio, pero las palabras escapan de mi boca de todas formas—. Así me sentía con Trevor.

Claire baja la voz.

—Claro. ¿Sabes ya algo de él? —me pregunta y yo niego con la cabeza—. Seguro que pronto tendrás noticias. Creo que pensó que necesitabas un poco de espacio. —Juguetea con un padrastro, con la vista fija en sus uñas.

No para de decir eso: «Él pensó que necesitabas espacio». Pero podría habérmelo preguntado. Podría haber hecho cualquier cosa menos marcharse. Sin embargo, no sé cómo decirle eso a Claire porque ella no dispone de toda la información. Hay cosas que no se pueden compartir con las amigas. Ni siquiera con tus mejores amigas. Hay secretos que es mejor guardar.

—¿Subimos al tejado?

Claire se queja.

—¿En serio? —Se baja el tirante del vestido para enseñarme su hombro desnudo—. ¿Ves esto?

—¿El qué? —digo, arrimándome.

—Exacto —replica mientras sacude la cabeza—. No tengo marcas. Sería una locura.

—Eso podemos arreglarlo —repongo—. ¿Tienes un sombrero?

Se me ha olvidado el mío y estoy segura de que ya me he quemado de camino hacia aquí. Da igual lo que haga y cuánto protector solar me aplique porque no me pongo morena, sino que me quemo.

—Claro.

La sigo fuera de la cocina hasta su habitación, que tiene un lado cubierto de espejos del suelo al techo y ventanas en el otro. Aquí resulta imposible no verte y al mirar veo que no me equivoco; tengo las mejillas rojas como tomates. Claire me lanza un flexible sombrero de paja con una enorme ala y se pone la parte de arriba de un biquini.

—¿Quieres uno? —pregunta, sujetando una prenda de nailon azul con lunares.

—No, gracias. Creo que ya he tomado suficiente color por hoy.

Claire frunce los labios en el espejo, como si estuviera lanzando un beso, y después volvemos a salir por el salón hacia la cocina. Hay una escalera de caracol que lleva directamente del apartamento a la azotea privada de los Howard.

—Ah, se me había olvidado decirte una cosa —aduce, deteniéndose en la barandilla—. Tengo información privilegiada.

—¿De veras?

Me mira y sonríe.

—Kristen va a volver a la ciudad.

Tardo un momento en entender lo que ha dicho, pero cuando lo hago, da igual que haya diez grados más en el apartamento porque por dentro estoy helada.

—¿Dónde has oído eso? —pregunto, tratando de que no me tiemble la voz.

Claire se encoge de hombros y continúa subiendo.

—No me acuerdo. Por ahí. Es genial, ¿no? Supongo que está mejor.

Trago saliva con dificultad.

—Supongo que sí.

Claire se detiene otra vez y me mira.

—Y ¿por qué no pareces contenta? Esto significa que está bien, sabes. Hiciste algo bueno. —Me da con el dedo en las costillas, pero casi no lo siento. Lo único que puedo sentir es el frío en las venas, como si en mi corazón hubiera habido una fuga.

La sigo escaleras arriba. La azotea de Claire es impresionante. Soy consciente de ello cada vez que subo aquí. Puedes ver todo el Hudson y hay tumbonas, mobiliario de exterior y una gran barbacoa en el rincón. Un bar y unos cuantos árboles en macetas, que parecen palmeras, pero que no lo son.

Aquí hemos disfrutado de unas cuantas fiestas muy buenas. Y por fiestas me refiero a Trevor, a Peter, a Claire y a sus amigos, la mayoría de los cuales son modelos, fotógrafos o DJ más mayores, sentados en círculo, bebiendo champán y viendo ponerse o salir el sol.

Extendemos las toallas sobre dos tumbonas reclinables a juego y Claire saca unas botellas de agua Evian de la nevera. El sol cae a plomo, pero no lo siento. Sigo teniendo frío a pesar de que me empieza a sudar la espalda y las gotas se acumulan en mi clavícula, en el nacimiento del cabello y en el puente de la nariz.

«Hiciste algo bueno».

Si pudiera volver a esa noche de mayo haría las cosas de forma muy diferente. Jamás acabaría en aquella azotea con Kristen. Jamás la salvaría. No sería necesario que lo hiciera.

Pero ni siquiera las historias con mayor impacto, puede que estas menos que ninguna, se pueden reescribir. ¿Y si...? ¿Y si...? ¿Y si...? ¿... sería todo diferente? Ya no importa. Lo hecho, hecho está.

Sigamos adelante.

2

Conocí a Kristen en tercero. Acababa de trasladarse desde Minnesota y era una niña bajita, de pelo rubio rojizo y con los brazos más delgados que jamás había visto. Era callada y tímida y recuerdo que pensé que era demasiado frágil para resistir en Manhattan. Puede que no me guste todo el tiempo, pero al menos yo nací aquí. Sé lidiar con esta ciudad.

Por lo general, era muy reservada y siguió siéndolo cuando vino a Kensington. En realidad no la conocía. Bien no, en todo caso. Sabía lo normal, las cosas que todo el mundo sabía; hija única, vive en la avenida Lexington y el padre es abogado. Pero no la conocía de verdad. No hasta mayo. Aquella noche descubrí que las cosas que no solemos preguntar, que ignoramos o pasamos por alto, pueden ser las más letales.

Kristen se marchó de la ciudad después del «incidente de mayo», como la gente empezó a referirse a lo sucedido. De hecho, se fue de inmediato. Era la fiesta de fin de curso, pero aún nos quedaban unos cuantos exámenes que hacer a la semana siguiente. Ella no se presentó. Abigail dijo que le enviaron los exámenes por correo. Se rumoreó que había vuelto a Minnesota, pero una chica, me parece que fue Constance Dunlop, dijo que vio las señas donde se los enviaron y que eran las de un hospital en Maine.

Procuro no pensar en eso ahora. Es imposible cambiar lo que pasó. Ocurrió y punto. Y, en cualquier caso, no terminó muerta.

Bueno, voy a ir al lío y a contarte con total sinceridad la verdad sobre lo ocurrido en mayo. Nadie sabe esto. Ni Claire, ni Trevor, ni Peter ni mis padres. Ni siquiera la propia Abigail Adams. Solo lo sabemos Kristen y yo.

Mira, técnicamente yo la salvé. Pero no habría sido necesario que la salvara si yo no hubiera estado ahí arriba. Si no hubiera estado de pie en la cornisa. Lo siento, seguro que no quieres oírlo, pero las cosas no han sido nada fáciles desde enero. Se me ocurrió que a lo mejor podía hacer que fueran más sencillas. Que quizá podría dejar este mundo. Sin embargo, ¿cómo iba a decirle eso a la gente? ¿Cómo podía decirles que la razón de que estuviera en ese tejado era que ya no quería seguir viviendo? Y tampoco puedo decirlo ahora. Claire se pondría como loca y lo más probable es que mi madre me metiera en un psiquiátrico. Lo que menos necesitan es cargar con eso. Ya tienen suficiente.

Te he dicho que esta historia no va de un héroe. ¿Ves ya a qué me refiero?

Claire está en su vestidor tratando de decidir qué ponerse para ir a ver al roquero, el nuevo amor de su vida, cuando opto por irme a casa.

—Si no te veo antes de mañana, ¡que tengas un gran primer día! —grita desde el suelo, con una sandalia de cuña en cada mano.

—Lo mismo digo —respondo.

Creo que nunca le he dicho a Claire cuánto la echo de menos en el instituto. Sé que se sentiría fatal si supiera lo desgraciada que soy allí sin ella. Conozco Kensington. He vivido en la Sesenta y Cinco con Madison desde que nací. Pero eso no significa que encaje allí. Ese es el problema con los sitios de los que procedemos; sin duda dicen muy poco sobre quiénes somos en realidad.

Decido optar por el metro hacia la parte alta. Necesito tiempo para pensar y no soy capaz de hacerlo igual de bien en un taxi como en el metro. Por un lado, me mareo, y aparte de eso siempre me siento cohibida en los taxis. Siento que debo hablar con el taxista y eso obliga a charlar cara a cara. Prefiero estar bajo tierra. Resulta reconfortante, aunque de una forma extraña. Demasiada gente embutida en un receptáculo metálico en movimiento. Ahí abajo te sientes muy pequeño, insignificante. Cabría pensar que es algo malo, pero no es así. Es una de las mejores sensaciones del mundo.

Se me pasa por la cabeza bajarme en la calle Cincuenta y Siete e ir a buscar a mi madre en Barneys, ya que eso la haría muy feliz, pero es que no me apetece encontrarme con Abigail, con Constance ni con ninguna de las demás chicas que podrían estar allí el día antes del comienzo del curso. Así que me dirijo a casa. Ya es bien entrada la tarde y hace tanto calor que agradezco el ambiente glacial de nuestro apartamento.

Al llegar veo una maleta en el vestíbulo. Una Tumi azul con las iniciales «PSC» cosidas en la parte delantera.

—¿Peter? —lo llamo.

Oigo movimiento en las escaleras y veo a Peter en el descansillo, con una sonrisa en su cara pecosa.

—Hola, peque. ¿Me echabas de menos?

—Sí —respondo—. Muy a mi pesar, claro.

—Claro. —Arruga la nariz al mirarme y acto seguido baja las escaleras de dos en dos y me da un caluroso abrazo.

—Vale, vale —digo al cabo de un momento, aunque solo ahora me doy cuenta de cuánto le he echado de menos este verano. Es el primer verano que pasamos separados en toda nuestra vida. En realidad nunca nos gustó el campamento, así que siempre hemos ido a la playa. Capto olor a tierra y a mar en él. Me hace anhelar ciertas cosas; unas que ya no están y otras que dejé. Que no sé cómo recuperar.

—¿Qué tal el verano? —pregunto.

Peter se aparta y me hace una mueca.

—Nos vimos hace solo tres semanas, Caggs.

—Sí, bueno... —Miro su maleta—. ¿Estás haciendo o deshaciendo el equipaje?

—Las dos cosas —dice—. Pero mi vuelo sale mañana. ¿Quieres que salgamos esta noche?

Lo miro.

—¿A Felicia le parece bien?

Felicia es la novia de Peter. Llevan juntos unos dos años y este último año han intentado conseguir que la relación a larga distancia funcione. Ella va a Columbia, aquí, en la ciudad, pero Peter va a la Universidad del Sur de California en Los Ángeles. Aunque eso a él no parece deprimirlo. Nada le deprime demasiado. Peter es de esos chicos que pueden convertir casi todo en algo positivo.

—La veré más tarde. Necesito pasar tiempo con mi hermanita. —Me echa un brazo sobre los hombros y rodeamos su maleta—. ¿Qué tal Claire? —pregunta.

—Bien. Está enamorada.

—¿Enamorada? —Peter retira el brazo y se coloca frente a mí—. ¿Nuestra Claire?

—¿Desde cuándo es «nuestra Claire»? —digo, intentando pasar por su lado.

Peter no lo deja pasar.

—Desde siempre, Caggs. ¿Cuánto hace que es tu mejor amiga?

Me encojo de hombros. Tampoco me sorprende demasiado que a Peter le interese la vida amorosa de Claire. Creo que siempre ha estado enamorado de ella. Solo que nunca lo había admitido hasta ahora.

—Y a propósito de eso... —Vuelve a rodearme con el brazo mientras continuamos hacia la cocina—. ¿Has visto a Trevor?

Peter cree que lo de Trevor es un descanso. No lo entiende. De pronto me vuelvo a enfadar. Se apodera de mí la misma ira que me ha invadido durante los meses de julio y agosto como una llama al rojo vivo; Peter decidió pasar el verano allí cuando debería haber estado aquí.

—No —respondo—. No hemos estado precisamente en contacto.

Me da un apretón en el hombro.

—Creo que es algo temporal —asevera.

—Sí, bueno, cuando rompió conmigo no me dio un plazo de tiempo.

—Vamos, Caggs. Habéis estado juntos año y medio. Eso es una década en términos de adolescentes. Nadie tira eso por la borda. —Le propino un suave puñetazo y él se ríe—. Vale, vale —dice.

Voy al armario de la cocina a por un vaso. Me coloco delante del fregadero y dejo correr el agua antes de llenarlo. Mis padres tienen un elegante purificador conectado al grifo, pero no me molesto en encenderlo. Con todo lo que ha pasado en mi vida dudo mucho que un poco de cloro acabe conmigo.

Pero lo cierto es que Trevor sí lo ha echado todo por la borda. Si lo pienso bien, se veía venir durante meses, puede que incluso desde principios de la primavera. Las cosas fueron empeorando cada vez más. Yo fui empeorando. Y deseaba ser la chica que él recordaba, la que comía helado con él en el High Line, colaba champán en el cine y corría por Washington Square Park en verano bajo la lluvia. Si no por mí, al menos por él. Pero no podía. Después de lo de Hayley sencillamente no era la misma. Podría haber hecho todas esas cosas, pero no las habríamos disfrutado. Yo no habría estado presente de verdad.

No lo culpé cuando rompió conmigo. La culpa fue mía. Sabía que iba a ocurrir. Es probable que lo supiera desde hacía meses. Trevor no entendía que no podía ser sincera con él. Ignoraba lo que no le habría gustado. No quería que fuera sincera. Porque sí, podría habérselo contado todo, lo que de verdad sentía por Hayley, lo que estaba pasando con mi familia, pero eso no habría hecho que las cosas mejoraran. Las habría empeorado mucho más. Se habría sentido responsable de todo. Trevor es así. Cree que de alguna forma puede influir en el curso de mi vida con su mera existencia. Pero las cosas no funcionan así. Si fuera así, todo sería diferente.

—Ni siquiera sé dónde ha estado —le digo a Peter, apoyándome contra el fregadero y bebiendo un buen trago de agua—. Ni siquiera sé si va a volver.

—Ha... —Peter cruza los brazos—. Pues claro que va a volver.

—¿Sí? ¿Cómo estás tan seguro?

Peter toma una pera del frutero de la encimera y la lanza a lo alto.

—Hoy lo he visto.

Mi pecho parece una goma que acaba de saltar. Trago saliva.

—¿Dónde?

—En la calle, junto a su casa. En la Setenta y Dos, ¿verdad?

Yo asiento.

—¿Te ha dicho algo?

—No —responde—. Pero tampoco le he preguntado.

Peter es de esos que se toparía con Oprah y hablaría del tiempo. No presiona a la gente ni busca respuestas. Es una de las cosas que adoro de él; nunca tienes la sensación de que va a acorralarte. Pero ahora mismo estoy cabreada con él por tomarse todo tan a la ligera. Hay cosas en la vida que exigen ira, tristeza y dolor. Cuando Peter actúa con tanta despreocupación, no puedo evitar sentir que está mintiendo.

—Supongo que lo veré en el instituto...

—Oye, Caggs —empieza—. No voy a decirte lo que tienes que hacer.

—Estupendo —espeto.

—Pero... —prosigue—, deberías tener un poco de paciencia con el chico. Ha sido un año duro.

—¿En serio? No tenía ni idea. —Cruzo los brazos y lo miro.

—Solo intento decirte que avanzar está bien —dice.

Mi enfado con él se transforma en ira pura y dura.

—Que no me apetezca pasar el verano brincando alrededor de su tumba no significa que no vaya a seguir adelante —respondo.

Me siento fatal en cuanto las palabras salen de mi boca. Ese ácido en el estómago es una sensación familiar, como una pequeña pelota perforada llena de veneno.

Peter me mira sin pestañear.

—¿Es eso lo que piensas?

Niego con la cabeza.

—No —digo—. No es lo que pienso.

—Bien, porque no estaba brincando.

—Vale —farfullo—. Sé que te encanta aquello.

—Caggie, escúchame —comienza con tono serio—. Fui allí a embalar las cosas de la casa. Mamá no puede y dudo que papá lo haga. ¿Quién si no va a revisarlo todo?

—¿La van a vender? —pregunto de forma estúpida.

Peter asiente.

—Sí. —Se pasa la mano por el pelo—. No te culpo, pero procura pensar un poco antes de limitarte a dar algo por hecho.

No tenía ni idea de que mis padres fueran a vender la casa. Supongo que debería haber imaginado que lo harían, pero la veía como algo que estaba ahí, incólume. Razón por la cual me resultaba tan perturbador que Peter quisiera pasar allí el verano; cocinar y dormir allí. Si soy sincera, quería que todo siguiera igual. Quizá si no movíamos nada, si lo manteníamos todo tal cual (la silla volcada, la puerta de atrás entreabierta) ella encontraría el camino a casa.

Pero no es así. Hayley no se escapó.

—Lo siento —murmuro.

Peter asiente.

—Está bien.

—¿Ya hay algún interesado?

Peter muerde la pera.

—Bueno, estamos hablando de primera línea de playa, Caggs. Se venderá rápido.

—Cierto.

Deja la fruta y se acerca al fregadero.

—Oye, no pasa nada. En realidad no fue tan malo estar allí. Encontré algunos de sus viejos cuadros. —Se pasa la mano por la frente y sonríe—. Era toda una artista.

—Y muy buena —apostillo.

A Hayley le encantaba pintar. Al lado de su cuarto había una habitación que nuestra madre siempre pensó que era un vestidor, pero que en realidad tenía más bien el tamaño de un estudio. Ayudé a Hayley a convertirla en un estudio de arte. Le compramos de todo; pinturas al óleo, lienzos grandes, pinceles, blusones. Jamás he visto a nadie tan feliz en toda mi vida como a ella cuando lo llevamos todo a casa.

Pasaba horas allí. Lo que más le gustaban era los pájaros. Enormes lienzos con aves. Era una auténtica aficionada a la ornitología; conocía todas las especies. Si veíamos una película en la que se escuchaba el trino de algún pájaro, como un sonido de fondo, podía decirte con exactitud de qué especie era, de dónde procedía y de qué color eran sus alas. Así era ella. Se interesaba de verdad por las cosas que le gustaban.

En mayo, tras el incidente, encontré un montón de materiales aún en el estudio de Hayley. Estaban sus cuadros, envueltos en papel de burbujas, pero también había material sin usar. Pinturas al óleo sin abrir, un cuenco cubierto aún de su tono de fucsia favorito, que ella misma había mezclado.

Sigo sin saber qué hacer con todo ello. No tengo valor para tirarlo. El sueño de su vida era ser pintora. Cada vez que intento recoger las cosas me la imagino de pie en la puerta, con los brazos en jarra. «¿Qué crees que estás haciendo? —diría—. No he terminado con eso».

Peter asiente.

—Yo también la echo de menos, Caggs. Pero no deberíamos fingir que podemos dejar de pensar en ello. No es algo que guardar bajo llave.

—Sí. —Paso por su lado—. Oye, voy a organizar algunas cosas para mañana. Pero podríamos pedir la cena más tarde si quieres.

—¿A Definos?

—Qué bien me conoces.

Peter levanta la mano y chocamos los cinco.

—Llama a Felicia —le digo a la que salgo.

Él pone los ojos en blanco, pero veo que en sus labios se dibuja una sonrisa.

—Vale, jefa.

Vuelvo a mi habitación sin prisa mientras pienso en Trevor. Un millón de pensamientos se agolpan a la vez en mi cabeza. Ha vuelto. ¿Por qué no ha venido a verme? ¿Por qué habría de hacerlo? ¿Está enfadado conmigo? ¿A dónde se fue? Y también: ¿Quiere que volvamos juntos?

No, no quiere que volvamos a estar juntos. ¿Por qué iba a quererlo? Ni siquiera me ha enviado un e-mail para decirme que está vivo.

Pero cuando entro en mi cuarto ya no es necesario que piense dónde está ni si va a venir de visita, porque está justo ahí. Está delante de la ventana de mi dormitorio y no se da la vuelta de inmediato. Me quedo en el umbral, contemplando su espalda, la curvatura de su cuello, la forma de sus brazos. Unos brazos que me estrechaban. Solía pensar que si me abrazaba con todas sus fuerzas podría hacer que todo se mantuviera en su sitio. Que impediría que mi mente divagase, que recordara. Me equivocaba.

Me aclaro la garganta.

—Hola —digo.

Trevor se da la vuelta y me acuerdo de la primera vez que lo vi. Era el primer curso, el primer día en Kensington, y no esperaba ver demasiadas caras desconocidas. Ya conocía a la mayoría de los chicos, pues había estudiado en Whearly y crecido con ellos. Eran mis vecinos. Pero entonces divisé a un chico al lado de la oficina de admisión, apoyado en la pared junto a la puerta mientras hojeaba el catálogo de los cursos. Tenía el cabello castaño claro, la piel bronceada y los ojos más azules que jamás había visto. Parecieron volverse más claros cuando me miró, como si en una sola mirada pasaran de zafiros serenos a pequeños estanques de agua.

No trabamos amistad en ese momento. Ni siquiera cruzamos una sola palabra. Pero jamás olvidaré la forma en que me miró. Como si se estuviera derritiendo.

—Hola, Caggs. —Tiene la cara suave y noto que le ha crecido el pelo este verano. Siempre lo ha tenido ondulado, un poco largo por delante, pero ahora le llega por debajo de las orejas. Se lo peina con una mano para apartárselo de la frente.

—¿Cómo has entrado? —pregunto. Se me quiebra la voz al pronunciar la última palabra.

—Siempre me has dicho que no es necesario que llame —responde. Esboza una sonrisa, aunque solo de forma ligera.

Se acerca a mí y empieza a martillearme la cabeza. Había olvidado lo atractivo que es. A pesar de la historia tan terrible que compartimos, una gran parte de mí solo desea besarlo. Acariciarle el cabello y sentir su aliento en mi oreja.

Trevor se para en mitad de mi cuarto.

—¿Qué tal has pasado el verano? —pregunta.

—¿Que qué tal he pasado el verano?

Trevor mira la alfombra.

—Bueno, quería decir que...

—Trevor, hace dos meses que no hemos hablado.

—Es que pensé... —Se calla y empieza de nuevo—: Solo quería ver qué tal estabas.

Cruzo los brazos.

—Estoy bien.

—Eso ya lo veo. —Esboza una sonrisa, como si probara a ver si es capaz de suscitar otra en mí. Se pone serio al ver que mis labios no se mueven.

—¿Vas a decirme dónde has estado? —pregunto.

Trevor frunce el ceño.

—En Los Ángeles —dice—. Daba por hecho que lo sabías. —Los abuelos de Trevor viven allí y todos los veranos va a verlos. Pero suele quedarse una o dos semanas, nada más.

—¿Cómo iba yo a saberlo? —Él me mira con los ojos entrecerrados y abre la boca. Pero acto seguido sacude la cabeza y guarda silencio—. Ni siquiera has llamado.

—Pensé que no querrías saber nada de mí. —Hace una pausa y cruza los brazos—. ¿Me equivocaba?

Tomo aire. Quiero decirle que sí, que por supuesto que estaba equivocado. Que lo único que he deseado todo el verano era recibir una llamada suya, escuchar su voz o ver su nombre en la bandeja de entrada de mi correo, pero no puedo confesar tal cosa. Él rompió conmigo. Fue él quien puso fin a la relación. Solo me queda demostrarle que he pasado página.

—¿Ya está? —inquiero—. ¿Es eso todo lo que has venido a decir?

—Caggs...

Le doy la espalda y me dirijo a la puerta porque de repente temo que pueda ponerme a llorar. Y tengo la sensación de que si empiezo no seré capaz de parar. Es mejor reprimir las lágrimas, sepultarlas a tanta profundidad como se entierran los residuos radiactivos.

—Tengo muchas cosas que hacer antes de mañana —susurro, aún sin darme la vuelta

Trevor se aproxima a mí, hasta que puedo sentirlo detrás. Cierro los ojos cuando acerca la mano y me toca la espalda, justo debajo de los omóplatos.

—Nos vemos —dice.

A continuación pasa por mi lado y sale por la puerta. Lo veo desaparecer por el pasillo y trato de oír sus pasos en las escaleras. Pero no puedo oírlos. En esta casa no se puede escuchar nada ni siquiera si está a tu lado.

3

Hay dos tipos de alumnos en Kensington. Aquellos cuyos padres estudiaron allí y aquellos que no. Es decir, los que son novatos en las artes de Kensington. Es el instituto de secundaria privado más antiguo de Nueva York. Data de 1842 y fue un colegio masculino hasta los años setenta. Mi padre estudió allí y su padre antes que él.

El padre de Abigail Adams estudió allí y también los padres de Constance Dunlop. Kensington: educando a los insufribles jóvenes que serán el futuro de Manhattan.

Kensington está ubicado justo enfrente del Museo Metropolitano de Arte en la Milla de los Museos. Aunque solo quince manzanas lo separan de las casas de la mayoría de mis compañeros, algunos de ellos van en coche hasta allí. Las mañanas en este lugar son demenciales; un montón de vehículos negros dejan a chicas de dieciséis años, ataviadas con falda, corbata y calcetines hasta la rodilla. ¿A que recuerda a un programa de televisión? Lo sería si dejaran entrar cámaras. Abigail intentó hacer despegar un *reality show* el año pasado, pero la junta votó que no se permitirían cámaras de vídeo en las instalaciones del instituto. Mi madre tuvo el voto decisivo. Lleva en la junta desde que nací, tal vez incluso desde antes. Puede que mi madre sea una mujer bajita, pero tiene mucho poder. Igual que mi padre. Y no tiene nada que ver con sus trabajos. La extraña fascinación que la gente siente por mi familia nos permite salirnos con la nuestra.

Yo prefiero caminar. No me gusta nada madrugar, pero no soporto que un tipo con gorra de chófer me deje a las ocho menos cuarto de la mañana. Eso complacería mucho a la gente que me rodea. Trevor también va a pie y el año pasado solía quedar con él en la Quinta con la Setenta y Dos. Él vive en el West Side y cruza el parque en la Sesenta y Seis. Me traía un capuchino y recorríamos las trece manzanas restantes sin prisas. Aquellas mañanas eran mi parte favorita del día. Los dos solos, deambulando juntos por las calles de Nueva York.

Bajo corriendo las escaleras, echando un vistazo al reloj. ¡Mierda, son las siete y media! Llegaré tarde si voy a pie. Peter está sentado en la encimera, devorando cereales, y mi madre contempla su máquina de café expreso como si viéndola desde el ángulo correcto fuera a ponerse en marcha sola.

—Buenos días —saludo.

Peter levanta la cabeza hacia mí, pero mi madre no se mueve.

—¿A qué hora sale tu vuelo? —le pregunto a mi hermano mientras aparto a mi madre con suavidad y enciendo la cafetera.

—A las cuatro —responde—. ¿Quieres acercarme?

—No salgo hasta las tres. —Lo miro enarcando una ceja. Ya lo sabe porque él también estudió en Kensington.

—Ah, es verdad. Pero es tu último año. Puedes faltar a clase, ¿no?

Mi madre presta atención de inmediato al oír eso.

—De eso nada —dice—. Albert te llevará y Caggie seguirá en clase. —Asiente para sí a la vez que toma una taza. Antes no había ningún Albert, pero ahora mi padre siempre está ausente, y cuando está aquí, no está precisamente de humor para hacer de chófer. Al menos no para mí. Mi madre no conduce y aborrece los taxis.

—Bueno, ahí lo tienes —le digo a Peter. Agarro una magdalena de la encimera y él me da un abrazo rápido—. ¿Volverás pronto? —pregunto contra su hombro.

—El mes que viene —dice, soltándome—. Puede que antes. Felicia tiene un partido importante. —Felicia es tenista. También tiene una beca de Columbia gracias a eso.

Agacho un poco la cabeza. Después de que Trevor se marchara ayer, Peter y yo pasamos la noche en la sala de estar, comiendo grasienta comida a domicilio y viendo películas de artes marciales. Nadie nos interrumpió salvo Claire, que llamó para hablar de la última cita con el roquero. Puse el manos libres y Peter se pasó todo el rato poniendo los ojos en blanco. No me había reído tanto en todo el verano. Con sinceridad, en realidad no me he reído nada. Tener a Peter cerca hace que me sienta bien de nuevo, que las cosas no van a ser así para siempre. No quiero que se vaya.

Peter me lee el pensamiento.

—Pronto, peque —dice.

Agarro la mochila y salgo por la puerta. Ni siquiera se ha cerrado del todo, cuando oigo su voz. La voz estridente pertenece nada menos que a mi vecina Abigail Adams.

¡Menuda forma de empezar el día!

—¡Mcalister! —vocea.

Abigail es bajita y tiene el cabello rojizo y rizado, que suele llevar sujeto con una cinta o una diadema. Lleva el uniforme un poco más corto de lo permitido, pero no tanto como para violar el código de vestimenta, y hoy lleva una corbata morada con la insignia de Kensington. Tiene unas cien corbatas de Kensington personalizadas. Transmitidas de generación en generación. Seguro que son las mismas que usaba su abuelo.

—Hola, Abbey. —Detesta que la llamen Abbey, así que lo hago justo por esa razón.

Abigail resopla.

—¿Quieres que te lleve?

Giro la muñeca para mirar la hora en el reloj. Son las 7:35. Jamás llegaré a tiempo.

—Claro, sería genial —digo con una sonrisa.

Abigail me mira y luego hace un gesto con la mano. Me monto en el coche que la espera después de ella.

Deja la bolsa de los libros en el asiento de al lado (la bolsa Miu de esta temporada, la misma que está en el armario de mi madre) y saca una botella de agua de una mini nevera. Me da una a mí.

—Gracias —digo.

—Bueno —empieza, volviéndose hacia mí—. Seguro que estás deseando ver a Kristen, ¿no? ¿Has hablado con ella durante el verano? Lo que pasó aquella noche en mi casa fue alucinante. —Recalca lo de «mi casa». Luego bebe un trago de agua—. Fue una auténtica suerte que ambas estuviéramos allí, ¿no crees?

—Sí —respondo—. Claro.

—No puedo imaginar lo que es ser una forastera aquí —continúa parloteando—. Seguro que para ella siempre fue muy difícil. En fin, lo primero que me vino a la cabeza cuando me enteré de... —baja la voz, como si esa información fuera a servirle de algo al chófer— la dirección fue que me alegraba de que estuviera recibiendo la ayuda que necesitaba. —Se lleva la mano al pecho—. A ver, me sentí fatal, pero al menos estaba en un lugar en el que estaban cuidando de ella, ¿sabes?

—Dudo que estuviera en un psiquiátrico —replico, y siento que la media magdalena que me he comido me da vueltas en el estómago. Al menos creo que no estaba allí. Espero que no estuviera. Habría contado la verdad a sus padres. Se lo habría contado a alguien. Solo pensar en que lo hiciera, en lo rápido que corren las noticias en Kensington, hace que se me hiele la sangre.

Esto parece desanimar a Abigail.

—Caggie, no pasa nada. La salvaste, pero eso no significa que no tuviera que salvarse también a sí misma.

Abigail parece muy satisfecha con esa máxima y me pregunto cuándo se le ocurrió y cuánto tiempo ha esperado para decirla.

No para de hablar durante todo el trayecto. Sobre la responsabilidad, sobre los perros y sobre un programa de vigilancia vecinal que estaba pensando en crear. Me limito a asentir y a sonreír de forma evasiva, con la esperanza de no disparar ninguna alarma. El coche se detiene por fin en el instituto. Abro la puerta en el acto y me bajo a toda prisa.

Hasta yo he de reconocer que el campus de Kensington es precioso. Posee ese aspecto del viejo Nueva York. Columnas de piedra, edificios de ladrillo rojo. Es al mismo tiempo regio, acogedor y del todo imponente.

Si quieres saber la verdad, no es un mal lugar para ir a clase. Lo que pasa es que desearía que Claire estuviera aquí y que Trevor y yo tuviéramos algún tipo de relación. Aunque fuera de amistad.

Claire y yo estábamos en quinto cuando sus padres se trasladaron a vivir aquí desde Los Ángeles. Era una preciosa emigrada de Malibú que ya conocía el panorama de Nueva York. Yo era una neoyorquina de quinta generación a la que nunca habían fotografiado para el *New York Social Diary*. Éramos una pareja singular, pero encajamos a la perfección.

Abigail me sigue adentro.

—Parece que la señora Thompson no entiende mi horario. ¿Cómo se puede tocar el piano y el clarinete y aun así tener tiempo para el coro? Intento entrar en Juilliard, no provocarme una hernia.

—Ya —digo, abandonando la conversación de forma mental. A primera hora tengo Inglés con el señor Tenner. No lo tenía como profesor desde el segundo curso, pero ha sido mi profesor favorito desde entonces. Es uno de esos profesores buena onda, pero no se esfuerza demasiado por serlo. Creo que si a los dieciséis años le hubieran preguntado a qué quería dedicarse, habría dicho que a la enseñanza.

—Caggie, ¿reunión? —Abigail me lanza una mirada fulminante.

—Es verdad.

En Kensington hay una reunión de profesores y alumnos cada dos días. Intentan que sea un acto superformal en el que tenemos que cantar el himno de la academia y jurar lealtad, pero en realidad la mayoría de los estudiantes se duermen durante el acto. Sin embargo pasan lista, así que hay que estar allí y presentarte a tu tutor, aunque no prestes atención.

En mi curso hay dos chicas, Gidget y Bartley, que no son tan malas. Las veo cuando entro en el vestíbulo. Si me pierdo una clase y necesito los deberes que han mandado, suelo pedírselos a una de ellas. No diré que han reemplazado a Claire, pero al menos tengo a alguien con quien hablar que no sea Abigail Adams. Son la clase de chicas que no te ponen a parir en cuanto sales de la habitación y en Kensington eso es un bien muy preciado.

Me encamino hacia ellas y me siento junto a Bartley. Puede que sea la más guapa de las dos; tiene el pelo un poco más largo y su rubio parece más natural que el de Gidget.

—Hola, chicas —digo—. ¿Qué tal el verano? —A pesar de que me caen bien, solo las he visto una vez desde junio.

—Ha sido genial. ¡Estuvimos en la playa! —Gidget le da un empujón a Bartley y esta hace una mueca—. Quería decir que...

—No pasa nada —digo, comprendiendo—. Me alegro de que os lo hayáis pasado bien, chicas.

—Por supuesto —dicen a la vez.

También se portaron bien con lo de Hayley. No me atosigaron como el resto de mis compañeros de clase, que no pararon de preguntarme si podían hacer algo y de seguirme a casa después de clase para asegurarse de que estaba «bien».

Abigail sube al podio y emprende un discurso en el que dice que este curso va a ser el mejor, que Kensington ha estado «a la vanguardia mundial de la excelencia» durante los últimos cien años y que les debemos a nuestros padres y antepasados mantener su tradición. Suscita una ovación y unos cuantos aplausos forzados.

Me esfuerzo para no buscar a Trevor con la mirada. Es un estudiante aplicado y siempre llega puntual a estas cosas, por lo que sé que está aquí. Me limito a sentarme y a dejar que la voz chillona de Abigail se convierta en un zumbido. Kensington no parece nada prometedor este año y ni siquiera he asistido todavía a la primera clase.

Lo que más echo de menos de que Claire esté en el instituto es que cada día parecía... una incógnita. Como si existiera la posibilidad de que ocurriera algo del todo diferente. Por ejemplo, una vez nos escapamos y nos colamos en el Madison Square Garden cuando estaban preparando un espectáculo de Prince. Claire conocía a uno de los guardas de seguridad. Acabamos pasando dieciocho horas allí, en un lado del escenario.

Otra vez echamos colorante alimentario en la piscina del instituto, y cuando el equipo de natación llegó a entrenar, el agua tenía un intenso color morado, como el Gatorade.

Sería incapaz de echar colorante alimentario en la piscina de Kensington por mi cuenta. Si lo intentara, cosa que no haría, lo más probable es que me tiñera las manos y que me metiera en un buen lío por mancharme el uniforme.

* * *

Cuando llego a la primera clase, Tripp Remington y Daniel Jefrreys ya están sentados en la parte superior de sus pupitres. Nunca me dicen más de seis palabras y me parece perfecto.

Tripp salía con Abigail..., o salen. Se han pasado los dos últimos años rompiendo y reconciliándose. Pertenece a una dinastía de periodistas. La empresa de su padre es propietaria de un imperio mediático. Cualquier revista que leas, sea la que sea, la publican ellos. Daniel y él han ido a clase conmigo desde primero.

—¿Qué tal el verano? —pregunta Tripp.

—Bien —respondo, un poco sorprendida de que muestren algo de interés. No debería estarlo. La gente me trata de forma diferente este año—. Lo he pasado en la ciudad. ¿Y vosotros, chicos?

Me siento en el pupitre del fondo, cerca del rincón de la izquierda. Tripp sacude la cabeza para apartarse su rizado cabello rubio de los ojos y se vuelve hacia mí. Corre el rumor de que se lo tiñe. Es casi idéntico al de Claire y ella dice que lo ha visto en el salón de belleza al que suele ir en el centro.

—Hemos estado en Brasil. —Tripp golpea a Daniel en el brazo—. Viaje de chicos.

—Qué bien —digo—. Parece divertido.

—Épico.

Los alumnos empiezan a entrar en fila a nuestro alrededor y ocupan sus asientos. Doy por hecho que nuestra conversación ha terminado, pero Tripp se acerca más.

—Solo quiero decir que me parece genial lo que hiciste la primavera pasada. —Hace un gesto con la cabeza a Daniel y luego se vuelve de nuevo hacia mí—. Bueno, no mucha gente puede decir eso, ¿sabes? Que le han salvado la vida a alguien. —Se endereza, como si estuviera orgulloso de sí mismo—. Si alguna vez quieres hablar de ello o de lo que sea, aquí me tienes. —Me guiña un ojo, le propina otro golpe en el brazo a Daniel y acto seguido se acomodan en el asiento de sus respectivos pupitres.

Hablar de ello... ¡Sí, claro!

Cómo no, me encantaría contarte la historia de lo que ocurrió el pasado mes de mayo. Que Abigail Adams celebró una fiesta en su apartamento para dar la bienvenida al verano, que me subí a la azotea de su ático para tomar un poco el aire fresco y me fijé en que la cancela de seguridad de la cornisa que utilizan los limpiacristales estaba abierta. Que vi a Kristen subida a la plataforma de poco más de quince centímetros, con la ciudad debajo de ella. Que de forma desinteresada pasé por encima de la barandilla, la agarré de la mano y le pedí que no lo hiciera, que volviera adentro conmigo. Que estaba a punto de convencerla, cuando se resbaló, gritó y todo el mundo vino corriendo. Se amontonaron en la terraza de la azotea igual que bañistas en la única franja de playa en la que da el sol a mediodía. Que la vieron a ella suspendida a doce pisos de la jungla de hormigón, con nuestros dedos aún entrelazados. Observaron mientras la levantaba y nos desplomábamos en el suelo, de nuevo a salvo al otro lado de la cancela.

Pero tú ya sabes que esa es solo una versión de la historia y ya me estoy hartando de contarla.

—Lo tendré presente —mascullo.

La gente sigue entrando, incluido Trevor. Fuimos juntos a la clase de Inglés del señor Tenner en segundo curso y a Trevor le gustó incluso más que a mí, así que debí imaginar que estaría aquí. Se detiene en la entrada un momento y me mira. Esboza esa suave y dulce sonrisa que te derrite el corazón y ocupa el único pupitre libre, a la misma altura que el mío, pero dos filas más allá.

—Hola —articula con la boca sin emitir ningún sonido y levanta las manos como si dijera: «¿Quién lo iba a imaginar?».

Le brindo una breve sonrisa y miro al frente, pero el corazón me va a toda velocidad. Es absurdo que Trevor pueda acelerarme el pulso después de dos años. Pero siempre ha sido así.

Vino a Kensington procedente del colegio Anderson en el Upper West Side y desde aquel primer día del primer año siempre ha tenido algo que me hacía desear estar cerca de él. Muchas chicas también lo sentían. El chico de pelo castaño claro de ojos azules era la novedad del campus. Era sensible y amable, y cuando hablabas con él de lo que fuera, hacía que te sintieras como si tú fueras la única persona de la habitación. En realidad, la única persona en el mundo. La mayoría de las chicas de nuestro curso querían que las hiciera sentir así y yo fui la que se llevó el gato al agua.

No nos hicimos amigos hasta el segundo año, pero en cuanto empezamos a pasar tiempo juntos, fue instantáneo. Sentí que lo conocía de toda la vida. Lo reconocí y él me reconoció. No tardamos mucho en ser pareja. Recuerdo el día y el momento exactos. Estábamos sentados en mi cuarto con Hayley. Mi hermana quería pintarnos y tenía todas las cosas preparadas; el lienzo, el caballete y las acuarelas.

—Quedaos quietos —dijo—. No os mováis para que pueda hacerlo bien. —Y fue entonces cuando lo hizo. Estábamos sentados uno junto al otro y, sin más, acercó la mano, me acarició la mejilla con el pulgar y me besó.

Hayley hizo un berrinche. Dijo que estábamos desobedeciendo sus órdenes, que nos estábamos moviendo, pero cuando me dio el cuadro unas semanas después, nos había retratado así, con su mano en mi rostro y sus labios rozando los míos.

Sin embargo, intento no pensar en eso ahora porque ya no estamos juntos. No podemos volver atrás.

El señor Tenner nos pide que saquemos el plan de estudios. Veo que este año vamos a leer a Virginia Woolf y *Nueve cuentos*, la colección de historias de J. D. Salinger. Resulta que soy una gran fan de Salinger.

Poseo un montón de ejemplares de todos sus libros; *Franny y Zooey*, *Levantad, carpinteros, la viga del tejado*. Antes, cuando íbamos a los Berkshires, obligaba a mis padres a parar en todas las librerías para buscar primeras ediciones. También he conseguido algunas por internet. No lo reconocería delante de nadie, ya que parecería demasiado obvio, como si significara algo diferente de lo que significa, pero es de lejos mi autor favorito. Es por la precisión con que define a la humanidad. Nítida y mordaz. Como una lechuga o un cuchillo. No sabes si quieres hincarle el diente o utilizarlo para cortar.

El señor Tenner está enumerando los libros, explicando que vamos a intentar terminar antes de las vacaciones de diciembre, cuando entra Kristen. De inmediato me sorprende lo bajita que es. Siempre ha sido baja, aún más que yo, y tiene la piel tan pálida que casi parece traslúcida, incluso espectral. Pero parece aún más baja de lo que recordaba. Levanta la mano al señor Tenner.

—Siento llegar tarde —susurra.

Un silencio ensordecedor se apodera del aula, la clase de silencio que rebosa de miradas, cejas arqueadas y murmullos contenidos. Todos desvían la mirada de Kristen a mí y por último al señor Tenner, que le indica que tome asiento en la mesa vacía del fondo. Se detiene apenas un instante antes de continuar con la clase.

Kristen se desplaza hacia la izquierda. «Por favor, no me miréis —rezo en silencio—. Delante de todos no». Verla ahora hace que todo sea real. Las cosas que he dejado a un lado durante el verano. Los susurros que he ignorado y sepultado junto con la verdad. ¿Y si de verdad ha estado recibiendo tratamiento todo el verano? La sola idea me revuelve el estómago y hace que la habitación dé vueltas, igual que un globo terráqueo en movimiento.

Kristen toma asiento y la clase continúa. Saco mi cuaderno y empiezo a garabatear. Ni siquiera escribo frases coherentes, sino cualquier cosa para aparentar que estoy ocupada. Puedo sentir la mirada de Trevor, pesada como el hormigón, y también la atracción de Kristen; lo que le diría si pudiera.

Paso la clase en un estado de alerta. Noto una gran tensión en la parte superior de la espalda, pero no levanto la cabeza del cuaderno. Tengo miedo de los ojos con los que pueda cruzarme.

En Kensington suenan campanillas entre clase y clase, no un timbre, y cuando el tintineante sonido se apaga, todos enganchan sus mochilas. El drama de Kristen parece haberse esfumado durante los últimos cincuenta minutos y ahora a los alumnos les interesan mucho más sus capuchinos con leche templada y mucha espuma que si la chica perturbada y la que la salvó se van a abrazar tras la prolongada ausencia del verano.

Me cuelgo la bolsa al hombro y me encamino hacia la puerta. Solo me paro al notar una mano en la espalda.

—¿Caggie?

Me doy la vuelta y veo a Kristen mientras los alumnos pasan por su lado, incluido Trevor. Saluda con la mano mientras se va, pero sentir el tacto de Kristen me ha distraído tanto que no respondo.

—Hola. —Trago saliva.

Ella sonríe. El alivio inunda mi cuerpo como si fuera agua templada.

—¿Podría hablar contigo un momento? —pregunta.

—Claro. —Me cambio la bolsa al otro hombro y me quito un padrastro. De cerca, Kristen tiene buen aspecto. Es bajita, pero se la ve bien. Hasta su piel es un poco más oscura, como si este verano hubiera tomado el sol. Ojalá eso sea cierto.

Espera hasta que los alumnos han salido. Algunos se vuelven a mirarnos, pero en Kensington solo hay cinco minutos entre clase y clase, así que en realidad nadie se puede permitir el lujo de entretenerse. Kristen se vuelve hacia mí en cuanto nos quedamos solas. El corazón me late de manera frenética, como si intentara huir de esta conversación.

—¿Qué tal has pasado el verano? —pregunto, procurando que mi voz suene desenfadada, aunque puedo sentir el pulso palpitando en mi cuello.

—Bien —responde—. Tranquila. —Mi mente trabaja a toda prisa; «tranquila» quiere decir... «¿medicada?». Kristen esboza una sonrisa y sus cálidos ojos castaños parecen apaciguar mi desbocado pulso—. No te preocupes —prosigue—. Solo he vuelto a casa en Minnesota. He visto a mis viejos amigos y me he quedado con mis abuelos. Era justo lo que necesitaba.

Exhalo una bocanada de aire.

—Vale. Estupendo —digo—. En realidad no pensaba... —Me miro los zapatos mientras mi voz se va apagando.

—¿Y qué tal tú? —pregunta.

Compongo lo que espero que sea una sonrisa.

—¡Bien! Ya sabes, ocupada. Bueno, supongo que relajada. En realidad no... Es decir.... —Exhalo un suspiro—. Ha estado bien.

Kristen menea la cabeza.

—Quería llamarte, pero no sabía si...

Levanto la vista para mirarla a los ojos.

—Yo también —coincido.

—Bueno, no pasa nada. No... —Una expresión feroz aparece en sus ojos castaños—. No voy a contar nada.

Aparto la mirada y muevo los pies de un lado a otro unas cuantas veces en lugar de hablar. No esperaba semejante amabilidad por su parte. Debería darle las gracias, pero no soy capaz de pronunciar las palabras. Tampoco sé si lo dice en serio. Puede que Kristen conozca mi más oscuro secreto, pero yo apenas la conozco a ella.

—Me alegro de que estés bien —digo en su lugar.

Kristen lo acepta y asiente.

—Entonces, nos veremos por aquí, ¿verdad?

Kristen me mira con los ojos como platos y durante un instante la veo en la azotea de Abigail, colgando de mis dedos y con una expresión de profundo terror en el rostro.

—Claro que sí —asevero.

Y entonces paso por su lado justo cuando empiezan a sonar de nuevo las campanillas. Empieza la clase.

* * *

La hora de la comida en Kensington es algo curioso. En realidad nadie come en la cafetería. Por un lado, la mayoría de las chicas de mi clase llevan a dieta más o menos desde los diez años, así que el almuerzo consiste en cotilleos o en un poco de apio. Por otro, una de las ventajas de Kensington es que te permiten salir del campus para comer. Siempre ha sido así. Con ello se pretende fomentar la «apreciación comunitaria», lo que significa que Kensington vive bajo la falsa ilusión de que sus estudiantes aprovechan la libertad de la hora de la comida para ir a ver la nueva exposición de *La época imperial* en el Museo Metropolitano de Arte. Lo que suele pasar casi siempre es que van al parque a enrollarse. Claire y yo solíamos hacer eso, menos lo del besuqueo, diga lo que diga Tripp. Trevor siempre tenía algún proyecto relacionado con el instituto del que ocuparse a la hora de la comida (una clase avanzada extra, la preparación de un debate, etc.), así que en el almuerzo estábamos Claire y yo solas.

Comprábamos unos sándwiches en la cafetería Grazie en la calle Ochenta y Cuatro y nos íbamos a comérnoslos a un banco del parque. Incluso en invierno. Si estaba lloviendo a mares, nos refugiábamos en Island, en la Noventa y Dos, y nos sentábamos a tomar un café. Aparte de las mañanas con Trevor, era mi parte favorita del día, y al mirar ahora el puesto de sándwiches del instituto, echo de menos a Claire más de lo que la he extrañado en un año y medio.

—¡Ven con nosotras! —Me giro y me encuentro a Abigail y a su grupo de amigas a unos pasos, con las bolsas al hombro, preparadas para marcharse.

—Oh —digo—. No sé, yo... —Señalo hacia el puesto de sándwiches en el que nunca hay cola. Hoy no es una excepción. Cuando tienes Nueva York a tu alcance, ¿quién se conforma con un sándwich de pavo y pan de centeno en Kensington?

Abigail se acerca a mí con paso decidido, engancha mi brazo con el suyo, y empieza a arrastrarme hacia las puertas que llevan al patio y fuera del instituto.

—Sabemos que Trevor y tú habéis roto y que hace ya un año que Claire no está aquí. —Abigail me mira de forma mordaz—. Y pensamos que este año deberías empezar a pasar más tiempo con nosotras.

Constance Dunlop y Samantha Bennet asienten de forma enérgica.

—Gracias —digo—. Sois muy amables.

Me tienen flanqueada, así que no hay manera de escapar mientras vamos directo al parque. Por supuesto, no paramos a comprar comida. Hace calor, pero no es tan sofocante como ayer. Es agradable estar aquí, a pesar de tener el brazo de Abigail enganchado al mío. Al doblar una esquina se levanta una ligera brisa que me alborota el cabello y me refresca la nuca.

—Aquí —indica Abigail.

Me suelta y Constance saca una manta en la que Samantha y ella se sientan. Abigail hace lo mismo y yo la sigo, formando un pequeño círculo. Casi espero que saquen un tablero de Ouija.

—Me he enterado de que has hablado con Kristen después de clase —suelta Samantha. Se inclina hacia delante y apoya la barbilla en las manos—. Cuéntanoslo todo.

Están haciendo acopio de cotilleos. Es evidente que el almuerzo lo pongo yo.

—No hay nada que contar —replico—. Solo quería saber qué tal había pasado el verano.

Constance y Abigail se miran.

—¿Te ha dicho qué tal era el psiquiátrico? —Samantha suelta una risita—. He oído que la ataron a la cama para que no se escapara.

—No ha estado en ningún hospital —digo. Las tres se arriman porque hablo en voz baja. Abigail arquea tanto las cejas que parece que quieren unirse a la raíz del pelo.

—Sí que ha estado. Constance vio el remitente de la carta —alega Samantha.

Constance se entretiene hurgando en su bolso de Chanel.

—Pues no ha estado —reitero—. Solo fue a visitar a sus abuelos. —Me inclino hacia atrás, apoyándome en las manos.

—Ya, claro —insiste Samantha—. Nadie intenta suicidarse y al momento siguiente se da por vencido. Las cosas no son así.

—¿En serio? ¿Y cómo son? —pregunta Constance. Samantha le da un codazo en el costado y las dos caen al suelo entre risas. Abigail es la única que se mantiene erguida.

—¿Qué más te ha dicho? —pregunta.

Cierro los ojos para protegerme del sol.

—En realidad, nada.

—Vale. —Abigail guarda silencio durante un momento—. Bueno, es que intentó suicidarse.

Abro los ojos y me la encuentro mirándome a mí. Constance y Samantha están enfrascadas en otra conversación. Se me acelera el corazón al ver a Abigail inclinada hacia mí, con los ojos entrecerrados, como si intentara descifrar algo en mi cara.

—Eso fue un rumor —asevero.

—Estaba en la cornisa de nuestra azotea —repone Abigail—. ¿Qué crees tú que intentaba hacer ahí arriba? ¿Disfrutar de las vistas?

Introduzco los dedos entre la hierba y tiro.

—Ya pasó. Es un nuevo curso. Creo que deberíamos seguir adelante. Dejarla tranquila.

—¿Te imaginas qué habría pasado si no hubieras llegado a tiempo? —dice Abigail, meneando la cabeza—. No quiero ni pensarlo. —Se estremece, como si de repente se estuviera congelando. En realidad el cielo se ha despejado y el sol brilla con fuerza—. Supongo que ya tienes claro de qué va a tratar tu redacción para la universidad —dice, guiñándome un ojo.

Esto es justo lo que en realidad siempre me ha alucinado de estas chicas. La facilidad con la que pasan de estar serias a hacer bromas en menos de un segundo. ¿Cómo se puede cambiar el chip tan rápido?

—Bueno, ¿has ido a la playa este verano? —pregunto, intentando desviar la conversación de Kristen.

—Sí —contesta, animándose de repente—. ¿Sabes que Tripp vino toda una semana? Ni siquiera se quedó con sus padres, sino con nosotros.

—Samantha y Constance se suman de nuevo a la conversación al oír eso y exclaman que Tripp se presentó con flores y que insistió en llevarle el desayuno a la cama a Abigail a pesar de que tenían un chef contratado a jornada completa todo el verano. Abigail se apoya en las manos—. Creo que es el elegido —dice al cabo de un momento.

La miro boquiabierta.

—¿El elegido?

Abigail esboza su típica sonrisa condescendiente que dice: «Algún día sabrás de qué hablo, bonita».

—Creo que nos prometeremos.

Constance y Samantha empiezan a chillar. Parece el sonido de unos animalillos silvestres.

—Tienes diecisiete años —puntualizo despacio, por si acaso lo ha olvidado.

—Oh, no digo ahora —aduce, agitando la mano—. Me refiero a algún día. Tripp empezará a trabajar para su padre y será lo más lógico... —Se pone a divagar sobre las propiedades inmobiliarias de Park Avenue, los veranos en Bridgehampton, y siento de nuevo esa punzada. Echo de menos a Trevor y a Claire, las dos únicas personas en mi vida que han confirmado mi sospecha de que este mundo es una total y absoluta farsa.

Recuerdo que hubo un tiempo en que podría haber dicho esas mismas cosas sobre Trevor. No la parte de casarse, ni lo de la casa en la playa en Bridgehampton, sino cosas que serían lógicas. Cosas como ir a la universidad de Iowa por su programa de literatura, montar nuestra propia revista literaria. Siempre discutíamos sobre si queríamos o no volver a Nueva York. Él sí quería. Decía que quería vivir en el Upper East Side, de donde era. Yo no me imaginaba viviendo aquí, separada de Kensington y de todo lo que entraña la vida en este lugar solo por el parque, pero Trevor decía que el parque bien podría ser el océano Atlántico y que Kensington quedaría atrás en cuando nos fuéramos. «Eso es lo que pasa con Nueva York —solía decirme Trevor—. Puedes hacer de él lo que tú quieras que sea».

Sabía que Trevor tenía razón, pero siempre me resultó atractiva la idea de mudarme a otro lugar en el que pudiéramos estar los dos solos, donde nadie nos conociera. Podríamos leer, escribir y tener una pequeña casita con un huerto. Ahora todo parece ridículo, pero hubo un tiempo en que eso era lo único que deseaba; tenerlo a él en mi vida para siempre.

—Deberíamos volver —dice Constance.

Samantha tira de la manta y las cuatro regresamos a Kensington por la Quinta Avenida. Me muero de hambre, pero ya no hay tiempo para comer nada. Creo que tengo una vieja barrita de muesli en la taquilla. ¿Se estropean? Es probable que no.

Diviso a Trevor cuando cruzamos las puertas de entrada. Está sentado en un banco del patio, con los brazos cruzados, mirando hacia la acera como si estuviera esperando a alguien. Se yergue al verme. Levanta la mano y saluda, pero no le devuelvo el saludo. No soy capaz de hacerlo. Él sonríe, curvando solo las comisuras. Su sonrisa parece decir: «Qué triste es todo esto, ¿verdad? ¿Cómo hemos acabado así?». Quiero estar de acuerdo con él, sacudir la cabeza, correr hacia él y reírme de lo mucho que se nos ha ido todo de las manos, pero fue él quien puso fin a la relación. Cuando es a ti a quien han dejado, no tienes ese tipo de privilegios. Trevor continúa sosteniéndome la mirada hasta que yo la aparto.

—¿Te persigue tu ex? —me dice Abigail al oído, como si fuera un mosquito.

—¿Qué?

—Está claro que Trevor todavía siente algo por ti. Es igual que un cachorrito tristón.

—De eso nada —replico, tratando de apartarla de un manotazo.

—¡De eso todo! —chilla Abigail.

—Créeme. Si Trevor aún siente algo por mí, no es más que pena —digo—. Hemos acabado. —Y acto seguido me marcho a clase de Historia mientras tomo nota de que por muy sola que me sienta este año, bajo ningún concepto me someteré a otro almuerzo con Abigail Adams y compañía. Hay cosas que no merecen la pena.

4

—¡Oye, espera!

Me doy la vuelta y veo a Trevor acercarse corriendo hacia mí.

Son las tres en punto y este año estoy decidida a no estar en el instituto ni un momento más de lo necesario. Solía hacer atletismo y dirigir el periódico escolar, fui la primera estudiante de tercer año que llegó a editora, pero lo dejé en enero. Me parecía demasiado trivial. Todo me lo parecía. Y las historias que publicábamos eran irrelevantes. ¿Una comparativa de sabor entre la Coca-Cola Light y la Coca-Cola Zero? Me resultaba insoportable.

—Trevor —empiezo.

Él levanta la mano.

—Espera, solo quiero hablar contigo.

Apoya las manos en las rodillas mientras resuella. A pesar de su estatura, Trevor nunca ha sido demasiado atlético. Solía venir a verme al entrenamiento de atletismo y me decía que se cansaba solo de estar ahí.

—¿Y qué me quieres decir? —Me esfuerzo para mantener la compostura.

Su expresión se relaja, se suaviza, y no puedo evitar recorrer con los ojos sus mejillas, sus orejas, el lunar de su rostro. Recuerdo las veces que he besado ese mismo punto. Cuando alguien rompe contigo debería llevarse los recuerdos. No se debería poder recordar a alguien cuando ya no está ahí.

—Os he oído a Kristen y a ti —dice.

Se me corta la respiración.

—¿El qué has oído?

Trevor fija en mí esa mirada que sé que significa que me deje de tonterías.

—¿Qué es lo que no va a contar?

Inspiro hondo, pero no digo nada de inmediato. Detesto mentirle; ese era en parte el problema. Lo notaría, sé que lo haría. Pero tampoco puedo contárselo. Igual que tampoco se lo puedo contar a Claire. No sería justo. Ni para ellos ni para nadie. Solo ruego que Kristen lo haya dicho en serio. A Trevor le sería muy fácil preguntárselo... y Kristen no tiene ningún motivo para protegerme.

—Creía que te habías ido —repongo sin demasiada convicción.

Trevor sacude la cabeza.

—Vamos, Caggs. La he oído. ¿De qué estaba hablando?

—De nada —digo. Luego doy media vuelta y empiezo a caminar—. Olvídalo, ¿vale?

Trevor me sigue.

—Sé que ha pasado algo. ¿Por qué no me lo cuentas?

—No es importante —asevero.

—¡Y una mierda que no! —Trevor me agarra del brazo con fuerza y eso me sorprende. Él nunca se cabrea ni levanta la voz—. Deja de excluirme.

—No te he excluido —aduzco. Continúo andando con rapidez, tratando de escapar, pero Trevor no me suelta.

—Sí que lo has hecho —declara—. Después de enero ni siquiera me mirabas. —Todavía tiene sus dedos en mi bíceps—. Vamos, soy yo, Caggs. Puedes hablar conmigo.

La ira me invade de repente con tal fuerza que me vuelvo hacia él y me suelto de su agarre.

—¿Por qué haces esto? —pregunto—. ¿Acaso olvidas que tú rompiste conmigo?

Trevor sacude la cabeza.

—¿Crees que era eso lo que quería?

—Sí, claro que lo creo —replico—. Porque es lo que hiciste.

Trevor levanta las manos en alto como hace cuando está viendo un partido de fútbol que no va nada bien.

—Tú me obligaste a hacerlo. Después de que tu hermana muriera...

—Ni se te ocurra —le suelto—. No la metas en esto.

Trevor se ablanda y alarga la mano para asirme el brazo.

—Solo iba a decir que al principio dejaste que estuviera a tu lado... —Se le entrecorta la voz—. Las cosas fueron a peor, no a mejor.

Cierro los ojos, pues su tacto, sus palabras, resultan abrumadoras. Tenerlo tan cerca hace que sienta más de lo que he sentido en meses. No sé si eso me gusta. Es peligroso sentir demasiado. Hace que desee cosas que ya no puedo tener. Es lo que me llevó hasta esa azotea.

—Ella no volvió —digo—. ¿Cómo iban a mejorar? —Sacudo la cabeza y me suelto de él.

—Lo único que quería era estar a tu lado —repone, bajando la mirada al suelo—. No sabía cómo hacerlo. Me marché y debería haberme quedado. Debería haberte obligado a... —Se le quiebra la voz. Trevor nunca ha escondido sus emociones. Lloraba viendo *El diario de Noa*. Creo que también fue él quien sugirió que nos la descargáramos.

Sé que mi resolución ha flaqueado en el transcurso de esta conversación. Tengo que salir de aquí antes de que me rompa por completo. Lo interrumpo de forma brusca.

—¿Hemos terminado?

Trevor me mira con sus penetrantes ojos azules, pero no me sigue cuando doy media vuelta y empiezo a caminar.

Voy a pie hasta mi casa. Sé que no viene detrás, puedo sentirlo, pero tengo ganas de darme la vuelta. Así que tengo que resistirme todo el camino hasta llegar a la puerta de mi casa.

Cuando entro, mi madre está retorcida sobre una esterilla en el salón, con su profesor de pilates de pie a su lado.

—Ha llamado Claire —dice, moviendo la pierna en círculos en el aire.

Me sorprende, ya que no suele acordarse de los mensajes. Ya no responde al teléfono muy a menudo y, en todo caso, siempre me llama al móvil.

—¿Cuándo? —pregunto.

Su profesor de pilates, un tipo llamado Hoja, Árbol o Río, me dirige una mirada significativa.

—Da igual —concluyo—. La llamaré.

Los dejo y me dirijo a la cocina. Me sorprende cuánto echo de menos a Peter solo con saber que no está aquí. Resulta extraño; ha estado fuera todo el verano, pero tenerlo ayer de vuelta ha hecho que me acostumbrara a su presencia. Es alucinante lo fácil que resulta volver a las viejas costumbres, que solo basten unas pocas horas para transportarte al pasado, al menos de manera emocional. Las cosas ya no son igual. Aparto a Trevor de mi cabeza mientras tomo el teléfono.

—Caggs —dice Claire cuando descuelga.

—Sí, Claire. ¿Me has llamado? —La oigo moverse por su habitación, abriendo y cerrando cajones. Sé lo que significa ese sonido de descontento de los armarios.

—Me ha llamado Max —dice.

—¿Quién es...? —Pero me callo—. El roquero. Vale. —Claire profiere un ruido entre un suspiro y un gruñido—. Bueno, ¿qué pasa? —Me detengo delante de la nevera y pienso si picar algo. Tardo al menos treinta segundos en darme cuenta de que han cambiado la nevera. Esta mañana era de acero inoxidable y ahora es toda de cristal. Puedes ver el interior y contar cuántas manzanas hay en el cajón sin tener que abrir.

—Me ha invitado a un bolo en Williamsburg.

—Ajá. —Me quedo mirando un racimo de uvas y unas nectarinas. Mi madre pertenece a un club de frutas del mes desde antes de que yo naciera. Una vez al mes aparecen en nuestra puerta un montón de peras, de kiwis o de granadas. Nunca las come y suelen estar ahí hasta que se estropean y alguien tiene que tirarlas.

—Por Dios, Caggs, ¿es que tengo que suplicarte? Tú te vienes conmigo.

Abro la boca para protestar, pero sinceramente no se me ocurre ninguna excusa. ¿Tengo un montón de deberes? No es verdad; no tengo nada. ¿Tengo que pasar tiempo con Trevor? Desde luego esa excusa ha expirado. Este verano he estado trabajando mi sinceridad. He contado una mentira tan grande, tan enorme e irreversible, que no resulta nada fácil parar. Las mentiras se necesitan unas a otras, igual que un banco de peces. Si empiezas a separarlas, morirán una a una. A veces la única forma de mantener vivas las mentiras es contar más mentiras.

—Vale —digo—. Iré.

Claire suelta un grito triunfal. Es evidente que piensa que iba a tener que esforzarse mucho más para conseguir que yo saliera esta noche.

—Estaré a eso de las seis —digo.

—¿Puedes ponerte el vestido rojo ceñido? —me pide.

—Claro —accedo. Claire me regaló para mi cumpleaños un vestido muy ceñido de color rojo fuego de Hervé Léger. Nací el 4 de julio, así que su razonamiento fue muy concreto. «Estás deprimida, tu piel blanca y este vestido es rojo. Es perfecto». Pero es tan ajustado que me siento como si me estuvieran embutiendo igual que a una salchicha. No pienso ponerme ese trapo.

—¿Nos vamos a divertir esta noche? —dice con tono mordaz y no puedo evitar sonreír.

Esta es la función de Claire. Durante el pasado año, en la primavera, Claire era la que no aguantaba pamplinas. Trevor era el que me abrazaba cuando lloraba, me preguntaba qué tal estaba y apoyaba mi cabeza contra su pecho, pero Claire no. El trabajo de mi amiga siempre ha sido el de recordarme que la vida sigue adelante. Que hay que seguir adelante. Y se lo toma muy en serio.

—¡Ya te digo! —exclamo, haciendo que se ría.

—¡A las seis! —dice y cuelga.

Saco las uvas. Tenía razón; hay veintiséis.

* * *

Llego a casa de Claire a las seis y media. Casi siempre piensa que no me he maquillado lo suficiente o que mi ropa no es lo bastante «divertida» y tenemos que pasar por el proceso de hacer que las dos estemos contentas, lo que no es una tarea nada fácil. Así que es mejor llegar tarde para evitar eso en la medida de lo posible.

—No sabía que primero pasaríamos por la iglesia. ¡Qué bien! —Claire examina mi atuendo; vaqueros oscuros, camiseta blanca de tirantes y un colgante de artesanía de los nativos americanos que mi madre me compró en un viaje a París. Mi madre siempre hace cosas como comprar colgantes de artesanía de los nativos americanos en París.

La empujo para entrar. En su apartamento huele a ajo y a vino. Oigo el agua que cuela por el desagüe del fregadero de la cocina y la suave melodía de Etta James.

—Hola, señora Howard —saludo.

—¡Cielo! —La madre de Claire dobla la esquina, con un trapo de cocina en la mano. Es una mujer menuda, con una media melena negra azabache. Hoy parece Audrey Hepburn; pantalones pitillo, camisa blanca y pañuelo al cuello—. ¿Qué tal, cariño? —Me da un abrazo y dejo que su aroma me envuelva; ajo, jengibre y las ligeras notas de perfume de vainilla.

—Bien —respondo—. Igual que siempre, ya sabes.

Ella me mira.

—¿Y tu madre?

Me encojo de hombros.

—Como de costumbre.

Ella asiente y se coloca el trapo al hombro. Mira a Claire, ataviada con su chaleco de cuero y unos vaqueros cortados.

—¿Doy por hecho que no os quedáis a cenar?

—No podemos —dice Claire, agarrándome de la mano y arrastrándome hacia la puerta—. Tenemos que apoyar a Max.

Lanzo una mirada contrita a la señora Howard.

—*¿Max?* —me pregunta sin articular sonido alguno.

Pongo los ojos en blanco.

—Nada del otro mundo. ¿Quién sabe? Es Claire.

—¡A las diez! —nos dice mientras salimos.

Bajamos en el ascensor y Claire levanta la mano para parar un taxi.

—¿No usaremos la línea L? —pregunto, medio en broma. Claire jamás va en metro.

—No con tacones —dice.

Un taxi amarillo frena y me apremia a montarme.

—A Grand and Roebling —indica—. Williamsburg.

Claire se pone a hablar de que los DJ son los nuevos chefs, o algo parecido, y yo me recuesto en el plástico negro del taxi. Me encanta el trayecto de Manhattan a Brooklyn, cuando tienes la ciudad a tu espalda y puedes apreciarla como algo singular, como una unidad; Manhattan. Es verdaderamente impresionante. Incluso para alguien como yo, que ha vivido aquí toda la vida. Sé que la gente bromea con que Nueva York es el centro del mundo, pero cuando estás en el puente a veces parece que es verdad. Como si cualquier cosa importante tuviera lugar aquí mismo, en mi ciudad natal.

La entrada al bar está escondida. La sencilla puerta de madera sin marcar está situada entre un salón de manicura y una charcutería. Claire la abre y recorremos un pasillo y luego bajamos un pequeño tramo de escaleras. No empiezo a oír la música, o más bien a sentirla, hasta que no estamos en las escaleras. El suelo vibra bajo nuestros pies como si hubiera un dragón encerrado cada vez más inquieto en su mazmorra.

El portero nos mira y le enseñamos nuestros carnés de conducir. Son falsos, pero hace dos años que los tenemos y funcionan bastante bien. No es frecuente que nos nieguen la entrada, aunque creo que se debe más a los contactos y a las piernas de Claire que a la calidad de los carnés. Los compré en Rhode Island cuando fuimos con Peter a visitar la Universidad de Brown hace unos años. Lo único que recuerdo de ese viaje es que los tres fuimos a Start, un alocado festival de música *dance,* y que volvimos a casa con ellos.

Ignoro si son las piernas de Claire o la aparente validez de los carnés, pero esta noche funcionan una vez más. El portero nos indica con la cabeza que pasemos.

Dentro está oscuro y hay algo de ruido, aunque no tanto como para que haya que hablar a gritos. Aún es temprano. Max ya está en el escenario, pero Claire quiere beber algo. Nos dirigimos a la barra. Lo curioso es que tengo un carné falso desde los quince años, pero nunca lo he usado para otra cosa que no sea entrar en los sitios. En realidad no me gusta beber. Una vez me emborraché con Claire, el verano pasado en la casa de la playa. No había nadie y estábamos las dos solas. Se suponía que Trevor iba a venir, pero tuvo que quedarse a cuidar de su hermano pequeño. Mi hermana estaba en la ciudad con mi madre, Peter estaba en un safari después de graduarse y lo más probable es que mi padre estuviera ausente por trabajo, no lo recuerdo.

En fin, nos agarramos un buen pedo. Bebimos champán de la botella. Me parece que nos bebimos una cada una. Llegó un momento en el que todo se volvió un poco borroso. Desperté en el sillón a la mañana siguiente y parecía que me hubieran aporreado la cabeza con una barra de hierro. Incluso me costaba ver.

—¿Por qué lo hemos hecho? —Recuerdo que le pregunté a Claire.

Ella se encogió de hombros.

—Porque sí.

Claire no dedicó demasiado tiempo a pensar en las consecuencias, pero esa cualidad encaja con el resto de su personalidad. Es una persona de absolutos, sin escala de grises. Siempre al filo del peligro. Con ella todo está claro. No hay medias tintas. No necesita demasiado tiempo para decidir. Es como un dardo directo al centro de la diana; si juega, es todo o nada.

—Zumo de naranja. —Claire me da un vaso y bebe un sorbo del suyo; vodka de arándanos, su bebida habitual. Entonces empieza a mecerse con la música—. Son muy buenos, ¿verdad? —me dice.

Yo sonrío de manera afirmativa, pero la verdad es que no lo sé. No tengo ni idea de lo que es buena música. Mi colección de iTunes está muy anticuada; algunos clásicos y música del top 40. Canciones con las que me tropiezo en Spotify y las que me recomendaba Trevor. No estoy nada puesta en la música indie. Sencillamente carezco de sensibilidad para apreciarla. Y también del oído. Casi todo me parece igual. Claire y Trevor siempre dicen que la música es poesía, que no hay que diseccionar su significado, sino sentirla. Pero ese es justo mi problema; no puedo sentirla. Y si la siento, nunca sé a ciencia cierta si mi reacción es la correcta.

—Estás en Babia —me dice Claire.

Pongo los ojos en blanco.

Ella me lo repite tan cerca que puedo sentir que sus palabras viajan por mi canal auditivo, rebotando contra las paredes.

Finjo que la fulmino con la mirada.

—Que no me gusten estos hípsters como a ti...

Claire menea la cabeza y me agarra de los hombros para hacer que gire quince grados a la izquierda.

—¿Qué? —pregunto.

Ella pone los ojos en blanco y señala a un chico que está al fondo, apoyado en la barra, como si estuviera conversando con el camarero, pero es evidente que nos está mirando. Alza su vaso y las cejas a la vez cuando miramos en su dirección.

—¡Puaj! —digo—. Es viejo.

No es verdad; puede que no tenga más de veinte años. De hecho, incluso podría ser de nuestra edad, pero tiene ese aire. Lo conozco. Muchos chicos de Kensington lo tienen. Es lo que ocurre cuando de niño te cría una niñera y vas solo en taxi con ocho años. Es lo que ocurre cuando tus padres te dejan deambular por la ciudad a los diez, cuando te mandan en avión a visitar a tu abuela en el sur de Francia o a tu padre en Italia. Creces deprisa. No en lo que a madurez se refiere ni mucho menos, sino en la forma de moverte. Esas experiencias te envejecen. Ver cosas te envejece, sobre todo si son cosas malas.

Claire se muerde el labio y yergue los hombros. La agarro del brazo.

—¿Qué haces?

No es la primera vez que soy víctima de los coqueteos de Claire y no es algo que acabe gustándome. Me viene a la memoria un incidente en particular acaecido en Cabo. Estábamos de vacaciones con sus padres en la primavera de nuestro segundo curso. Después de una noche en nuestro hotel terminamos en la villa de un par de universitarios. De la Universidad de Wisconsin, los típicos chicos de una fraternidad. El cuello abierto, pelo rapado; todo el conjunto. Yo no quería ir, pero Claire me suplicó. En cuanto llegamos allí desapareció con el que había estado flirteando toda la noche y yo me quedé tirada en unas sillas de jardín con el otro. Era simpático, así que tuve suerte. Ni siquiera intentó besarme. Pero aun así estaba furiosa con Claire. Ya estaba con Trevor por entonces y me cabreé tanto con ella por ponerme en esa situación que no le dirigí la palabra durante el resto del viaje. Cuando estábamos en el avión de camino a casa se volvió hacia mí, con unas gafas de sol de color rosa chillón. Estaban decoradas con purpurina y en la parte de arriba ponía «QUIERO A CAGGIE». Para estar en México, fue una proeza impresionante, así que no puede evitar quitárselas y ponérmelas yo.

—Hemos venido por el roquero, ¿te acuerdas? —le indico.

—Este no es para mí, sino para ti —replica, todavía sonriendo al chico de la barra.

—Dudo que vaya a acercarse por mí —aduzco—. Prácticamente le estás haciendo un baile erótico desde el otro lado de la barra.

Claire gira la cabeza de golpe para mirarme.

—¡Estoy harta! —espeta.

—¿De qué?

—De esto. —Arruga la cara, proyectando el labio inferior hacia fuera y poniendo ojitos de corderito degollado.

—No sé a qué te refieres.

Me echa el brazo sobre los hombros.

—Vamos, es hora de pasar página, Caggs. Trevor era genial y adorable, con ese aire despistado... —Ladea la cabeza, como si estuviera recreando su imagen en la cabeza—, pero ya es agua pasada. *Kaput. Finito. Expulsado.* ¿Me captas?

—Te capto.

—Pues coquetea un poco —dice, empujándome hacia el chico de la barra—. ¿Qué es lo peor que puede pasar?

Una gran pregunta.

Así que doy un paso al frente. No hace falta más para que el chico de la barra venga hacia mí. A medida que se acerca veo que no me equivocaba. Es más o menos de mi edad, puede que un poco más mayor. Va bien vestido, con una camisa a medida y pantalones negros y tiene el pelo y los ojos muy oscuros. Incluso dentro del garito, en esta sala de conciertos mal iluminada, resulta fácil ver que son de un castaño tan oscuro que casi son negros.

—Vaya —dice cuando se acerca a una distancia donde puedo oírlo—. Esto sí que es una sorpresa. Me alegro de verte.

Frunzo el ceño.

—Perdona, ¿cómo dices? —Él no responde, sino que se limita a mirarme. Siento que el calor invade mi nuca—. ¿Nos conocemos? —pregunto.

Me cruzo de brazos y él se humedece el labio superior con la lengua.

—Nos conocíamos. —Noto que se me acelera el corazón. En realidad no esperaba que dijera que sí. Creía que quería decir que le sorprendía que me acercara. O que no fuera Claire—. Pareces alterada —dice.

Yo sacudo la cabeza.

—No creo que nos conozcamos.

Él bebe un trago de su vaso, lo deja y exhala.

—Nos conocemos.

—Vale, pues no tengo ni idea de quién eres. No te ofendas.

El chico esboza una sonrisa.

—No esperaba que lo supieras. Fue hace mucho tiempo. Eres Mcalister, ¿no?

El corazón sigue latiéndome a toda velocidad.

—Sí.

—¿Caulfield?

Ah, sí.

—¿Me conoces o solo has oído hablar de mí?

El chico profiere un silbido.

—Impresionante. Con agallas. Eso me gusta. No, iba a clase con tu hermano. ¿Patrick?

—Peter.

—Eso. Un buen chico.

—Tú no has ido a Kensington —digo. Mi hermano iba solo dos cursos por encima de mí y conocía a todos los de su clase, más o menos.

—En primaria —dice—. Hemos vivido en Londres los últimos años.

—Ah. —Eso tiene sentido. Mi hermano fue a Prep hasta noveno, así que íbamos a colegios diferentes. Prep era solo para chicos y muchos de ellos prefieren ir a secundaria allí en lugar de a Wheatley. En Prep no dan los últimos cursos, así que los trasladan a todos. Encorvo un poco los hombros—. ¿Me has reconocido?

Él ladea la cabeza.

—Tengo muy buena memoria. —Siento que sus ojos me recorren la cara—. Solías venir con tu madre a recoger a tu hermano. No has cambiado mucho.

Sacudo la cabeza.

—No tienes ni idea.

—¿Quieres tomar algo? —pregunta.

Señalo el zumo de naranja con la mano.

—Eso no tiene alcohol —dice.

—¿De veras? —Me llevo el vaso a los labios.

—Ni de broma —repone—. No eres una chica de vodka. —Hace una señal al camarero—. Dos *whiskys sour* —pide, y añade para mí—: Te va a gustar. Lo prometo.

—¿Qué prometes? —pregunto. Me apetece coquetear un poco. A lo mejor es por tanta vitamina C. Es más probable que se deba a que prácticamente puedo sentir los ojos de Claire clavados en mí y su voz diciendo: «¿Es que no puedes fingir que te diviertes?».

—Nunca hago planes alternativos —dice—. Confía en mí.

Saca un mechero y lo enciende, haciendo que me sobresalte. Pestañeo y doy un paso atrás.

—Aquí no puedes fumar —digo. Es estúpido, infantil, como una niñita acusadora. ¡Mira qué aguda!

Él cierra la tapa del mechero.

—No fumo.

—En fin, ¿cómo te llamas? —pregunto, cambiando de tema.

—Astor.

—Astor, ¿qué más?

Ladea la cabeza.

—¿Estoy en el juego de las veinte preguntas?

De pronto me siento estúpida. Ni siquiera sé por qué estoy hablando con él. ¿Porque Claire me empujó?

—Así que Londres, ¿uh? —digo, bebiendo un sorbo de zumo—. ¿Acabas de volver?

—Hace unos meses.

—¿Vas a la universidad? —pregunto.

Astor me mira y bebe un trago de uno de los vasos que acaban de dejar.

—Ahora mismo no.

—Claro. Porque ahora mismo estás en este bar. Lo capto. —Meneo la cabeza.

Él se echa a reír.

—No me refería a eso. En estos momentos no estoy estudiando.

—Vale —repongo, llevándome mi vaso a los labios.

Astor me mira con atención.

—¿Sorprendida?

Me encojo de hombros.

—No mucho. Supongo que no es muy habitual para alguien como tú.

En su rostro se dibuja una sonrisa, como si la hubieran tallado con un cuchillo.

—¿Alguien como yo?

—Vamos —digo—. Ya sabes lo que quiero decir.

Él asiente.

—Pues sí. —Deja su vaso en la barra—. Así que ¿piensas que soy un sinvergüenza?

—No —respondo.

—¿Aventurero? —prueba a decir.

Gira el cuerpo hacia mí, saca la pajita de mi vaso y la deja en la barra. Por alguna razón eso hace que me sienta cohibida. Deslizo el dedo meñique por un lado del vaso, atrapando una gota de condensación.

—No lo sé —digo—. No te conozco. Aunque creo que lo entiendo.

—No muchos lo hacen.

Levanto la vista hacia él.

—Yo no soy como la mayoría.

Me sostiene la mirada un instante y algo sucede entre nosotros. Algo que no se ve, solo se siente. Entonces Astor se echa a reír y el ambiente se distiende.

—Tomo nota.

—Bueno, ¿qué haces aquí ahora? —pregunto.

—¿Esta noche? —Me guiña un ojo y se pasa la mano por el pelo. No puedo evitar fijarme en sus dedos; largos y delgados como él. Lleva una pulsera de cuero en la muñeca, con un minúsculo cierre de plata—. Sé que se supone que debería estar estudiando en la universidad, pero no es para mí. Al menos no ahora. Me planteo el futuro de forma diferente.

—Ah, ¿sí?

Él sonríe.

—Sí. Toma. —Me da mi bebida y yo la acepto.

—Bueno, ¿cuál es tu opinión? —pregunto.

Astor se vuelve y se apoya en la barra.

—Simplemente nunca me pareció tan incuestionable para mí como para otras personas. —Bebe otro trago—. Como las casillas que la gente tacha. El instituto, la universidad. Trabajar, casarse, tener hijos. ¿Cómo puedes estar tan seguro de que llegarás a la siguiente?

—Sé a qué te refieres.

Me mira como si intentara dilucidar si es verdad o no.

—¿De veras?

—Puedes creerme —digo—. De veras.

—Vale, Mcalister Caulfield. Hagamos un brindis. —Alza su vaso y me sorprendo haciendo lo mismo. Luego me mira a los ojos. Es tentador, enervante. Igual que una montaña rusa que sabes que va a hacer que tu corazón caiga en picado hasta tu estómago, pero debe ser eso lo que quieres, ya que te montas de todas formas—. Brindo por el presente.

Chocamos nuestros vasos y los cubitos de hielo colisionan. A continuación bebo un trago. El alcohol me quema la garganta al tragar. Es una sensación agradable. Ardiente. Como una hoguera. Como si me estuviera limpiando alguna cosa.

5

—¿Por qué me odias tanto? —pregunta mi madre. Estamos en Bergdorf, curioseando en la sección de sombreros. Está en la planta baja, cerca de las puertas. Me gusta quedarme cerca de la salida cuando voy de compras con mi madre. También escucho a ratos la cita de Claire para comer. Su padre la ha obligado a salir con un aspirante a fotógrafo, uno de sus ayudantes, y ella me hizo prometer que la acompañaría..., a través del teléfono.

—Yo no te odio —digo—. Lo que odio es ese sombrero.

La mirada que me echa mi madre dice: «Lo mismo da». Tiene tendencia a identificarse de forma excesiva.

Ir de compras con ella suele ser así. Quiere que vista como Abigail, Constance o las demás chicas de mi curso, que cuando tenemos clase de gimnasia se quitan accesorios por un valor de diez mil dólares y los guardan en sus taquillas. Es ridículo. Los niños se mueren de hambre en África y a mi madre le preocupa un vestido de Chloé. Cabría pensar que después de la muerte de mi hermana hubiera adquirido cierta perspectiva, que estas cosas ya no serían tan importantes para ella, pero no es eso lo que ha ocurrido. Justo lo contrario. Ha redecorado la casa al cabo de dieciocho meses, como de costumbre. Se compró un guardarropa nuevo. A veces pienso que siente que el mundo real la ha abandonado, por lo que bien podría quedarse aquí, entre algodón, licra y lino.

—Me gusta esto —digo, agarrando un pañuelo de verano. Es de color crema, con grandes puntadas.

Mi madre hace caso omiso del gesto.

—He hablado con tu hermano —dice.

—¿Con Peter?

—¿Acaso tienes más hermanos?

Ambas guardamos silencio un instante. Luego ella se aclara la garganta.

—Me ha dicho que está pensando en venir a casa el próximo fin de semana.

Dejó el pañuelo y al hacerlo tiro sin querer el bolso de un maniquí. Me agacho para recogerlo.

—¿Tan pronto? Si acaba de marcharse.

—Felicia —dice mi madre.

—Claro.

—Creo que esa chica no le conviene —aduce, acercándose sin prisas hasta el expositor de joyería.

La sigo.

—¿Tú crees? No sé. Peter la quiere.

Mi madre me lanza una mirada incisiva, como si acabara de decir una palabrota.

—Lo distrae —alega.

—¿De qué? ¿De ligar con otras chicas?

Me acerco el móvil a la oreja y oigo reír a Claire. Es una risa sincera, así que sé que las cosas van bien. Además, no creo que la cita esté tomando un cariz romántico. Todavía sale con Max y es solo una comida.

—No seas listilla —dice mi madre. Le indica a la dependienta que le muestre un anillo. Es azul. De zafiros. Apenas lo mira antes de hacerle un gesto con la cabeza para que se lo envuelva.

—En fin, mamá, casi seguro que llegue tarde a la cita con Claire.

Es mentira, ya que es evidente que Claire está ocupada en estos momentos, pero cada vez estamos más lejos de la salida y eso significa que estoy empezando a sudar aquí dentro. Y es toda una proeza, pues en Bergdorf siempre hace un frío que pela.

—Vamos a comer —dice—. Claire puede venir si le apetece. —Golpetea con el dedo el mostrador de cristal.

Tomo de nuevo el móvil.

«De hecho, Demarchelier es mi padrino», le oigo decir a Claire.

—Sabes que Trevor vino ayer otra vez —dice mi madre.

El corazón se me dispara al instante. Bajo la mirada al expositor de joyería.

—¿Para qué? —pregunto.

—¿Cómo que para qué?

—Debía tener una razón. Sino ¿por qué vino? —Empiezo a sentir calor en el cuello. Mantengo la cabeza gacha.

—Me dijo que quieres hablar con él —prosigue, toqueteando una pulsera de oro—. Dijo que no tenía opción.

—¿Vino a hablar contigo?

La confusión eclipsa la ansiedad por un momento. Esta conversación es muy poco usual por varias razones. En los últimos tiempos, mi madre no es muy consciente de lo que pasa en nuestra casa. Para ser sincera, incluso dudaba de que supiera que Trevor y yo habíamos roto. Además, mi madre y yo nunca hemos tenido una relación maternofilial en la que nos lo contamos todo. No nos va. Ella siempre me ha dejado a mi aire. No acudí a ella cuando pensaba en acostarme con Trevor. No nos tumbamos en la cama juntas y hablamos del amor. No somos así. Si alguna vez lo fuimos, desde luego ya no.

—No —repone—. Esperaba encontrarte a ti.

—Se está convirtiendo en un maestro de las emboscadas —replico entre dientes.

—Estabais muy unidos —dice mi madre, como si no me hubiera oído.

—Sí, lo estábamos. —Me entretengo con un expositor de pendientes largos.

—¿Estás saliendo con alguien? —quiere saber.

La pregunta me sorprende y también que el rostro de Astor me venga a la mente sin previo aviso. No le di mi número de teléfono, para decepción de Claire. En mi defensa diré que tampoco me lo pidió. Tuve la sensación de que si se lo ofrecía habría dicho algo parecido a «Si tiene que ser, nos volveremos a ver». Pero no nos hemos visto. Al menos no en los últimos cuatro días. Lo que pasa es que no deja de aparecer en mi cabeza de forma inesperada.

—No —respondo—. Los chicos geniales no abundan en Kensington ni mucho menos. —Eso también es cierto. ¿Con quién voy a salir? ¿Con Tripp? Hasta él está saliendo con alguien.

Mi madre enarca las cejas.

—Me parece que hay montones de jóvenes estupendos en Kensington. Algunos de los mejores...

Levanto la mano.

—Mamá. Prefiero vestir a cuadros el resto de mi vida que salir con alguien que se llame Archibald, Walter o Harrington. —Juro que todos los chicos que conozco tienen un nombre que hace que parezca que podría ser mi abuelo. Bueno, mi abuelo no, sino un abuelo. Ya me entiendes. Y en realidad supongo que Astor no es una excepción. Salvo que tenía algo que lo hacía parecer la excepción. Tenía algo diferente.

—¿Qué tienen de malo los cuadros? —Por un instante creo que está de broma, pero me equivoco. De verdad quiere saberlo.

—Vamos a comer —propongo.

«¿No has estado nunca en Los Ángeles?», está diciendo Claire cuando tomo el móvil para ver cómo va la cosa. No es muy probable que vayan a casarse pronto, pero no parece que corra un peligro inminente, así que decido colgar y abordar la comida sin rodeos.

* * *

En la Sexta Avenida hay un restaurante, Phoebe's, al que mi madre va desde hace años. Este sitio siempre me deprime. Por un lado, la comida es malísima y aun así siempre está abarrotado. A veces la cola para conseguir mesa llega hasta la acera. Y por otro, allí nadie come. No de verdad. La ensalada caprese sabe a plástico y los sándwiches están impregnados de arena. Ignoro por qué es tan popular, pero lo es, así que la gente va allí. Eso es lo que pasa con el barrio en el que vivo; la gente no suele pararse a pensar por qué hacen las cosas. Les basta y les sobra con que todo el mundo lo haga.

Cuando llegamos a Phoebe's, Abigail está sentada en una mesa con Constance y con Samantha. Nada sorprendente, ya que vienen aquí todos los domingos.

—¡Mcalister! —me llama Abigail cuando me ve.

Mi madre se coloca las gafas de sol a modo de diadema y me lanza una miradita. Abigail nunca es tan amable conmigo en público. Hasta mi madre lo sabe.

—Hola.

Las saludo con la mano, buscando de forma desesperada una mesa al otro extremo del restaurante. Demasiado tarde. Abigail nos hace un gesto con la mano para que nos acerquemos y, por Dios, mi madre acude. Yo la sigo con desgana.

Abigail le da dos besos a mi madre y luego se vuelve hacia mí.

—¿Qué hacéis aquí?

—¿Comer? —respondo—. ¿Esa comida que va antes que la cena?

Abigail no capta el sarcasmo, pero a mi madre no le pasa desapercibido. Me rodea la cintura con el brazo y tira.

—¿Vais a hacer vuestra puesta de largo en el Internacional este año, chicas? —pregunta mi madre. Se refiere al baile de debutantes que se celebra en el Waldorf Astoria cada dos años. Ha intentado que yo acceda desde que tengo memoria. No veo qué sentido tiene ponerse un gran vestido blanco y pavonearse con gente a la que no soporto, pero mi madre piensa que es más importante que una boda. Estamos negociando.

—Mi madre quiere que asista al Junior Assembly —aduce Abigail—. Lo que significa que puede que espere al año que viene, ¡pero ya estoy lista!

—El Mayflower —interviene Constance—. Vera ya me está tomando medidas.

—A lo mejor puedes ayudarme a convencer a esta. —Mi madre me mira de forma intencionada a mí y luego a Constance.

Abigail exhala un suspiro. Me he fijado en que lleva un vestido naranja que contrasta con su roja melena rizada. Parece un cuadro surrealista, de esos que a veces hay que alejarse de ellos para ver de qué demonios trata.

—Por Dios, Caggie, no hacer la puesta de largo es algo inaudito.

—¿Para quién? —pregunto. Mi madre me pellizca la cintura.

Constance pone los ojos en blanco.

—¡Para todo el mundo!

—Lo intentaré —le dice Abigail a mi madre, como si solo pensar en ello resultara agotador—. Por cierto, estábamos comentando algunas de las normas escolares.

—Genial —digo—. Deberíamos...

—El chico nuevo —repone Constance de sopetón. Tiene una chaqueta sobre los hombros, como si temiera resfriarse. ¡Hace 38 °C en la calle!

—¿Qué chico nuevo? —pregunta mi madre. Juro que sus orejas se elevan junto con sus cejas.

—Uno al que han trasladado —informa Samantha—. Hemos oído que es de Dubái.

Abigail suelta un bufido.

—No es de Dubái —la corrige—. Ha estado viviendo en Venecia.

—Fue a la cárcel —apostilla Constance.

—Habla cinco idiomas —añade Abigail.

—Cuántas cosas —interviene mi madre.

Abigail se coloca la diadema como si se estuviera mirando en un espejo, pero en cambio me está mirando a mí.

—A lo mejor me lo echo de novio.

—¿En serio? —digo—. Creía que todo iba bien con Tripp.

Abigail toma aire.

—Las cosas no están resultando como yo quiero.

Se mira las manos. Mi madre alarga el brazo y le da un apretón de forma comprensiva.

—Vale —digo—. En fin, deberíamos...

—Me parece que a Caggie no le vendría mal distraerse —declara mi madre. Todavía me tiene agarrada de la cintura y me acerca de un tirón.

Abigail levanta la vista.

—Oh, sí —repone.

—Ha sido un verano muy largo, ¿verdad, cielo? —prosigue mi madre.

Cierro los ojos de manera breve mientras reprimo las ganas de salir corriendo y gritando de este restaurante.

—Dos meses y medio —replico—. Como siempre.

Mi madre me ignora.

—A lo mejor vosotras podríais enteraros si el chico nuevo tiene algún amigo, chicas. —Le guiña el ojo a Abigail. Me entran ganas de arrastrarme debajo de la mesa y desaparecer sin más.

—Eso está hecho —asevera Abigail—. A lo mejor celebro una fiesta de vuelta a clase —continúa—. Podríamos invitarlo. —Mira a Constance, que saca un ordenador.

Siento que mis huesos se convierten en plomo con solo pensar en una fiesta en casa de Abigail.

Mi madre me suelta y junta las manos.

—Cuánto te adoro, Abbey —dice mi madre y yo río por la nariz. Casi basta para hacerme olvidar la perspectiva de otra fiesta en casa de Abigail Adams. Pero Abigail no deja que se note cuánto odia ese diminutivo. Se limita a levantarse y a darle otro par de besos a mi madre, uno en cada mejilla—. Muy bien, bonitas —se despide mi madre, abarcándolas a todas con un gesto—. Os dejamos tranquilas.

—Te llamaré —dice Abigail, aunque no queda claro si se refiere a mi madre o a mí.

—Nos vemos mañana.

Oigo que baja la voz cuando nos vamos, sin duda para comentar la ropa que he elegido o el tamaño del anillo de diamantes de mi madre. No conozco a ninguna chica como estas que hable bien de los demás en privado.

—¡Ha sido divertido! —exclama mi madre. Veo que lo dice en serio, así que no la corrijo. La verdad es que a mi madre no le resulta divertido casi nada hoy en día, no desde la muerte de Hayley—. Siempre me ha caído bien esa chica —prosigue—. Creo que deberíais ser amigas.

—Lo somos —respondo. Al menos es lo que Abigail cree.

Durante el almuerzo hablamos de Peter, que debería romper con Felicia; de Claire, que debería dejar de ir corriendo al centro para verla, que me aparta de mi vida; y de mi padre, que no sabe cuándo vendrá a casa después del viaje; me entran ganas de añadir: «Si es que viene», pero no lo hago.

Abigail y compañía nos lanzan más besos al marcharse. Pasan por delante de nosotras con sus zapatos de tacón de aguja y sus cuñas, con sus bolsos de mano y las gafas de sol en la cara. Me pregunto si su diálogo interior me sorprendería. Si alguna vez piensan cosas que se callan. No sé por qué, pero lo dudo.

Bebo un trago de limonada y observo cómo los cubitos de hielo chocan entre sí en el vaso.

—Peter me dijo que vais a vender la casa —aventuro.

No sé por qué he elegido este momento para sacarlo a colación. No culpo a mi madre por no contármelo, no del todo, pero aun así quiero hablar de ello. Sé que no era una decisión de grupo. La casa no es mía, sino de mis padres. Pero de todas formas siento que venderla no está bien. Ella sigue allí en cierto modo, ¿no es así?

Mi madre deja su copa de chardonnay.

—Sí —dice apoyando las manos en la mesa—. ¿Por qué?

Agito un poco la limonada.

—Es que pensaba que podríais haber dicho algo, nada más.

—Tu hermano tuvo la bondad de ofrecerse a recogerlo todo —aduce mi madre con tono seco—. En realidad no hay nada que decir, Mcalister.

—Yo también habría ido —declaro. Me sorprende haber dicho eso. Estaba cabreada con Peter por pasar fuera todo el verano; lo consideraba una traición.

Mi madre me mira y veo una cierta dureza en sus ojos. Algo que ya me es familiar.

—No habría sido buena idea —asegura.

Sé lo que quiere decir. Sé a qué se refiere. Pero de todas formas hace que me invada el frío. Como si me hubiera tragado de golpe todos los cubitos del vaso. La última vez que estuve en la playa fue la noche que Hayley murió.

Yo era la única que estaba con ella esa noche. Se suponía que no debíamos estar ahí, pero yo había organizado un fin de semana con Trevor, y si todo salía según lo planeado, nadie se enteraría. Mis padres tenían algún acto benéfico y Peter estaba en la ciudad, pasando el fin de semana con Felicia. Hayley iba a estar en casa con la niñera, pero la chica se puso mala en el último momento y no pudo venir a la ciudad. Hayley suplicó que la dejara acompañarme. Le encantaba la playa incluso en invierno. Sobre todo en invierno. Se sentaba fuera, bien abrigada con bufanda, jersey y abrigo, y pintaba con la manita temblorosa por el frío, ya que era la única parte de su piel al aire libre, aparte de su nariz.

Accedí a que viniera conmigo. Trevor iba a usar el tren el sábado y era posible que Claire también, si conseguía despegarse del chico con el que estaba saliendo en ese momento. Me parece que era uno de los ayudantes de su padre. Un prometedor fotógrafo del mundo del rock, que se llamaba Craw o Sebastian..., no consigo recordarlo.

Hayley y yo emprendimos el viaje en coche el viernes por la noche. Íbamos oyendo a Bob Marley. Hayley dijo que le hacía sentir como si fuera verano a pesar de que las carreteras estaban heladas y no paraba de formarse escarcha en el parabrisas. Estuvo jugando todo el camino con su pulsera. Era una pulsera contra el mal de ojo que Trevor me había regalado por nuestro primer aniversario. Toda de cuentas de cristal azul. «Esto protege —me dijo—. Así que siempre estarás a salvo». Yo se la había dejado a Hayley. No para siempre, ya que le quedaba grande, pero esa noche dejé que se la pusiera. No paraba de darle vueltas, pasando sus deditos por los diminutos puntos negros en el centro de las cuentas azules.

Recuerdo que hablamos de su excursión. Estaba disgustada porque su clase iba a ir al Nuevo Museo de Arte Contemporáneo en el centro. Consideraba que no debería contar como excursión si no se salía de Manhattan. Quería saber si la ayudaría presentar una queja. Quería informar al colegio y ver cuánta gente conseguía que firmase. Así era Hayley. Siempre decía lo que pensaba y hacía saber a la gente lo que sentía. No se cortaba ni un pelo. Le decía a la gente que la quería siempre que salían de la habitación.

Llegamos a la casa y se dispuso a llevar su maleta dentro. No era más que una pequeña bolsa con sus iniciales, pero le costó mucho. Hayley era muy bajita. Apenas medía un metro y veintiocho centímetros y estaba muy delgada. Recuerdo que le estaba costando un poco, pero no la ayudé. Tenía las manos ocupadas y además concluí que no se estaba quejando. Y encima se habría cabreado conmigo si le hubiera agarrado la bolsa. Ella era así. Creía que podía con todo.

Pero no sabía nadar. Aún no había aprendido.

Hayley le tenía miedo al agua, aunque en realidad no sé por qué. Cuando era un bebé se ponía a chillar si alguien intentaba que se bañara. Por supuesto que se duchaba, no me refiero a eso, pero nunca quería meterse en el mar. Incluso cuando era pequeña se quedaba en las dunas, bastante lejos. Construía castillos de arena y se tumbaba con su pala y su cubo, pero no se acercaba a la orilla.

Yo solía intentar que me lo contara, pero Hayley no quería hablar de ello. Era como una persona adulta que ha vivido una experiencia traumática y no desea rememorar el pasado. Algunas veces lo encontraba gracioso. A fin de cuentas tenía solo diez años; ¿qué podía haberla traumatizado de ese modo? Pero eso es lo más curioso de los niños. Esto es así con Peter y conmigo y con cualquier otro niño que haya venido a este mundo. Hayley era como era. Poco tenía que ver con lo que le había pasado en su corta vida. Es posible que la gente tenga miedo del futuro. Tal vez ella había visto lo que le deparaba.

Parpadeo y miro a mi madre. Parece cansada, más vieja. Puedo ver las arrugas de sus ojos extenderse como autopistas en un mapa estirado. Carreteras muy transitadas.

—Me voy a descansar —dice—. ¿Te quedas o te vienes a casa?

Miro el reloj; son las tres menos cuarto. Si fuera el año pasado, estaría cruzando el parque para encontrarme con Trevor en la Sesenta y Seis. Compraríamos algo en Starbucks e iríamos a dar un paseo. Si hiciera mucho calor, volveríamos a casa, cerraríamos todas las persianas y pondríamos el aire acondicionado a tope.

—Tengo deberes —miento—. Me voy contigo.

Caminamos en silencio. A veces ocurre de improviso. Como si la magnitud del pasado, de todo lo que ha ocurrido, se colara en el espacio y aumentara. Primero es algo pequeño, que cabría en un bolsillo, y entonces se convierte de repente en una criatura con piernas, brazos y escamas. Así es la pena. Está ahí aunque te olvides de ella. No desaparece, solo se transfigura, cambia de forma.

Puede que Hayley gritara, pero no la oí, así que no lo sé. Es probable que lo hiciera, aunque nuestra casa está en la playa y el viento que casi siempre sopla por la noche ahoga los sonidos.

Transcurrieron quince minutos hasta que la encontré. Estaba abriendo la puerta para llamarla y que entrara. Quince minutos era mucho tiempo para estar fuera en enero. Hacía un frío glacial. Pero a Hayley le gustaba contemplar la luna. Decía que la inspiraba, así que no se lo impedí de inmediato cuando abrió las puertas correderas de cristal. Nos habríamos peleado. Era un encanto, pero también muy cabezota.

La llamé, pero no respondió. Entonces me asomé afuera. Me había quitado el abrigo y sentí el azote del viento, que cortaba como si fueran cuchillas. Y en ese momento noté que algo caía a plomo en mi estómago, como una moneda cayendo en una máquina tragaperras. Juró que la oí caer. Algo no iba bien. Hacía demasiado frío para que se hubiera quedado tanto rato a la intemperie. Empecé a llamarla a gritos como una loca, igual que esas madres frenéticas que se ven en los centros comerciales que han perdido a sus hijos. Grité: «¡Hayley! ¡Hayley!».

Encendí todas las luces. Corrí a la parte de atrás y escudriñé el mar. Di la vuelta y traté de ver el interior de la casa a oscuras, el salón, la cocina, hasta nuestros dormitorios. Nada.

Y entonces lo vi. Mi pulsera. Las cuentas azules brillaban en el fondo de la piscina, cinco pequeños dedos a su lado, con la mano abierta.

Después hubo muchas explicaciones. Sobre el ahogamiento en agua fría, la muerte del cerebro, la hipotermia y la diferencia entre seis minutos y diez. Fueron quince minutos. Quince minutos en los que no hice nada. Quince minutos en los que me dediqué a guardar unas cajas de macarrones con queso en el armario de la cocina y puse la tele. Me dijeron que no habría podido hacer nada, esas fueron sus palabras, pero la investigación decía otra cosa. Los expertos en medicina dijeron otra cosa. Sí que podría haber hecho algo. Podría haberme dado cuenta de que mi hermana no estaba. Podría haberla agarrado cuando cayó al intentar sacar mi pulsera del agua. Mi estúpida pulsera. Podría haber retirado la cubierta de la piscina para que no se hubiera quedado atrapada en ella. Podría haberla rescatado durante los treinta primeros segundos. Durante el primer minuto. Podría haber impedido que muriera.

Ahora entenderás por qué no quiero hablar de lo que pasó en mayo. Por qué te lo cuento por pura necesidad. Tengo que mentir para ocultar la verdad, pero la culpa es lo peor. Pesa como una losa. Es tan asfixiante que no me deja respirar. ¿Cómo voy a asumir que salvé a alguien cuando dejé morir a mi hermana?

6

Lo reconozco en el acto. Su camisa Oxford rosa y su chaqueta con el emblema de Kensington estampado delante. El cabello peinado con la raya al costado.

—Esto tiene que ser una broma —farfullo—. ¿Él es el nuevo?

Astor está junto a la puerta del instituto, con un pie en la acera de la Quinta Avenida y otro en el campus, como si aún no estuviera comprometido con ninguno de los dos mundos. Está sopesando sus opciones. He de reconocer que el pulso se me acelera un poco al verlo. No dejo de imaginarlo, de visualizar su rostro en el bar, el recuerdo de su vaso brindando con el mío. Resulta vergonzoso no parar de evocar su imagen. Sobre todo ahora que está aquí de verdad.

Me sujeto bien el bolso al hombro y me acerco a él. Mejor cortar esto de raíz. Afrontarlo sin rodeos.

—Mira a quién tenemos aquí —digo. Intento actuar con desenfado, pero tiene algo que me pone nerviosa. Hasta me tiembla un poco la voz.

Él se da la vuelta. Está encendiendo y apagando su mechero. Pasea la mirada de la llama hasta mi cara.

—¿Me estás siguiendo, Caulfield?

Yo niego con la cabeza.

—Buen intento, pero este es mi territorio.

—El mío también.

Me sonríe y todo empieza a cobrar sentido, como el último capítulo de un libro donde se explica el misterio.

—No decidiste pasar de la universidad, es que te echaron del instituto —digo.

—Qué rápido sacas conclusiones —repone Astor, chasqueando la lengua y guardándose el mechero en el bolsillo—. A lo mejor simplemente quiero seguir estudiando.

—Es que tienes que seguir —lo corrijo—. Supongo que te encontraron haciendo algo, el instituto de Londres te dijo «Sayonara», tu padre rellenó un cheque bien suculento a nombre de Kensington y accedieron a que repitieras aquí el último curso. —Planto los brazos en jarra con aire triunfal.

Él ladea la cabeza y me mira.

—¿Cuesta mucho? —pregunta.

—¿El qué?

—Pensar tanto. Deberías dejar descansar a esa bonita cabecita de vez en cuando, Caggs.

—¿Cómo sabes mi apodo? —pregunto.

Astor se encoge de hombros.

—Eres una chica popular. —Planta en el campus de Kensington el pie que tenía en la Quinta Avenida—. En fin, ¿cómo os divertís por aquí?

—¿En el instituto?

Astor pone los ojos en blanco.

—¿El instituto te parece divertido? Creía que nos parecíamos. No me digas que me he equivocado contigo.

Cruzo los brazos.

—Dudo mucho que nos parezcamos.

Él enarca las cejas.

—Tú también tienes tus secretos. Imagino que esto no te gusta, que no es tu rollo.

Me cambio la bolsa al otro hombro.

—¿Por qué dices eso?

Astor recorre mi rostro con los ojos y se acerca tanto que puedo olerlo. Huele a colonia cara. A canela. Potente y embriagadora.

—Porque ahora mismo estás aquí, hablando conmigo.

Me empieza a palpitar la cabeza, la sangre late con fuerza en mis sienes.

Él se arrima aún más. Tanto que debería ser ilegal, al menos dentro del instituto.

—Cena conmigo —dice.

—¿Qué? —Me aparto de golpe y parpadeo unas cuantas veces. Tengo la sensación de haberme quedado inconsciente un instante. ¿Acaba de pedirme salir?

Astor esboza una sonrisa.

—Vamos, será divertido.

—¿Cenar?

—Sabes lo que es eso, ¿no?

Lo miro con los ojos entrecerrados.

—¿Por qué?

—¿Por qué no? —replica.

—¿Por qué quieres cenar conmigo?

Él se encoge de hombros.

—Pareces tolerable. Un poco. —Me mira de arriba abajo—. Además, en realidad no conozco a nadie en Kensington. He pensado que podrías enseñarme cómo son las cosas por aquí.

—No tengo ni idea, créeme. —Mi corazón palpita a toda prisa e intento apaciguarlo, pero no sirve de nada.

—Seguro que eso no es verdad. —Se arrima otra vez—. Y creo que nos divertiríamos juntos.

—Me parece que no —digo, pero dentro de mí algo se afloja. Puede que sea su colonia. Qué Dios me ayude porque tengo ganas de aceptar.

Entonces se gira y sale por las puertas de Kensington.

—Te recogeré a las seis —dice por encima del hombro.

—¿No tienes clase? —pregunto.

—Es Historia —repone—. Conquistamos a gente. Algunos murieron. Se crearon algunas obras de arte. Ya me hago una idea. Nos vemos a las seis, cielo.

—¿No quieres saber dónde vivo?

Él se gira hacia mí y me guiña un ojo.

—Allí estaré —dice—. Ten un poco de fe, Caggs.

* * *

Todavía estoy un poco confundida tras lo de Astor, cuando veo a Trevor en clase de Inglés. Se las arregla para ocupar el pupitre que está al lado del mío y no soy capaz de prestar atención. Todo me distrae. El sacapuntas junto a la pizarra, el montón de libros encima de la mesa del señor Tenner. El reloj que avanza hacia las seis. No paro de sorprender a Trevor mirándome y él también me distrae. El azul de su camisa, la curvatura de su brazo. La forma en que sus dedos sujetan el lápiz, rodeándolo con el pulgar. Pienso en esas manos. Tiene la base de los dedos manchada de marrón de trabajar en la cafetería George's en la Ochenta y Uno con Ámsterdam.

—Hola —me saluda.

Yo asiento, pero lo miro a los ojos un momento y luego bajo la vista de nuevo a mi cuaderno.

No se arma ningún revuelo cuando entra Kristen. Algunos levantan la vista, pero vuelven a mirar las fotos de los paparazzi de Blake Keeley; la han sorprendido besándose por todo el parque con ese tipo de la serie sobre brujos de Disney Channel.

Kristen me saluda y yo le devuelvo el saludo. Hasta aquí, todo bien. Es posible que al final sí que pueda fiarme de ella.

Consigo aguantar toda la clase, aunque a duras penas, y me las apaño para escapar antes de que Trevor pueda seguirme.

Durante la comida miro mi móvil; tengo un mensaje de Claire. «No hay castañas en el centro».

Eso me arranca una sonrisa. Me encantan las castañas desde pequeña. Las venden en las calles de la parte alta y están deliciosas, tostadas y peladas. Cuando hace frío, me compro una bolsa todos los días. El mejor puesto está junto al hotel Plaza, en la calle Cincuenta y Nueve, pero llegado el otoño se pueden encontrar castañas en casi toda la parte alta. Cuando Claire se fue a vivir a Tribeca era agosto, pero hacía un frío inusual, y le estábamos echando una mano para desempaquetar las cosas cuando me entró antojo de castañas. Así que bajamos y recorrimos unas cuantas manzanas, pero no encontramos ningún puesto. En ese momento me entristeció que Claire se fuera del Upper East Side y recuerdo que le dije llena de amargura: «¿Lo ves? No hay castañas en el centro». A ella le pareció gracioso y desde entonces lo saca a relucir casi con cualquier cosa; cuando alguna de las dos no consigue encontrar un restaurante o una tienda que estemos buscando y también lo dice cuando me echa de menos. Es nuestro código.

«A lo mejor hay en Brooklyn», le respondo. Se suponía que iba a ver a Max anoche, pero todavía no he hablado con ella. Huelga decir que no me dejó escuchar.

Mi teléfono se ilumina de inmediato. «¡Tengo que contártelo todo! ¿Vienes esta noche?».

Me apresuro a responder, pero me freno. En realidad no debería tener en cuenta la cena con Astor de esta noche. Ni siquiera va a aparecer. Seguro que estaba de broma. Pero en vez de decirle que sí a Claire, lo que en realidad escribo es: «Lío con la familia. ¿Mañana?».

«¡Aburrida!».

Guardo el teléfono en el bolsillo lateral de mi bolso y miro el reloj. No puedo creer que solo haya pasado medio día.

—¡Hola, Caggie! —Abigail entra por la puerta, seguida por Constance y por Samantha. Sus rojos rizos se balancean en su cabeza igual que los muelles de juguete—. Te hemos echado de menos en la comida.

—Lo siento —digo—. Tenía deberes. —Como alumna de una academia privada, que se precia de ser un instituto de la Ivy League, miento bastante a menudo sobre la cantidad de trabajo que tengo que hacer.

Abigail me mira de arriba abajo.

—Te he visto hablando con Astor —le dice a mi estómago.

—Uh, sí. Es... un amigo.

No es verdad ni por asomo, pero las palabras surgen de mi boca. Abigail abre los ojos como platos.

—Creía que era nuevo aquí —dice. Me percato de que está intentando reprimir una sonrisa. Su tono casi parece cantarín.

—Y lo es —prosigo—. Es un viejo amigo de la familia.

De hecho, es técnicamente cierto, ya que me dijo que fue a clase con Peter. También me dijo que se había graduado y que había optado por no ir a la universidad, no que lo habían expulsado del instituto en Londres. De repente me siento fatal por haber dejado tirada a Claire esta noche.

Abigail asiente.

—Su familia está forrada. Fortuna europea del transporte marítimo o algo así —dice.

—Su padre salió en la portada de *Forbes* —añade Constance.

—¿Desde cuándo lees el *Forbes*? —pregunta Samantha.

Abigail carraspea y Constance pone los ojos en blanco. A continuación Abigail se acerca a mí.

—Es guapo, ¿no te parece?

—En realidad no es mi tipo.

—Pues parece que tú sí eres el suyo.

Cruzo los brazos.

—¿Hay algo que quieras preguntarme, Abbey?

Abigail entrecierra los ojos un momento y después en su rostro se dibuja una sonrisa, como si una cuerda invisible hubiera tirado de sus comisuras.

—¡Nada de nada! Es que como Trevor y tú habéis roto se me ocurrió que podríamos ocuparnos de que te divirtieras un poco.

Constance y Samantha empiezan a dar grititos.

—Pues gracias, pero ya me divierto bastante. —Los grititos cesan—. Tengo que irme. Nos vemos... —Salgo pitando hacia el aula de la clase de Matemáticas.

Abigail quiere que me divierta. «¡Sí, claro!». Es evidente que todo esto es parte de alguna complicada maniobra para quedarse con Astor... ¿No es eso lo que Abigail dijo que quería? Puede que él sea otro príncipe con el que jugar a las casitas.

Que conste que el año pasado salió con un príncipe de verdad durante uno de sus descansos con Tripp. Era el heredero de un minúsculo país del este de Europa que se parecía al nombre de un vampiro, pero tenía un título nobiliario. Ignoro por qué rompieron, pero no duró mucho. Aunque sé que no se lo inventó. Un dato sobre Abigail: es fácil saber cuándo miente.

* * *

A las cinco y media estoy en casa, mirando el reloj. He cambiado el uniforme del instituto por unos pantalones vaqueros y una camiseta blanca, aunque me recuerdo que es algo que habría hecho de todas formas, y me he lavado la cara. Nunca me ha gustado demasiado maquillarme, para disgusto de mi madre, pero saco el brillo de labios del bolso y me aplico un par de capas. Me digo que es porque los tengo cortados, nada más. El sol del verano me los agrieta.

El timbre suena a las seis en punto. He estado sentada en el vestíbulo, hojeando una revista. No estoy segura de si sabía o no que vendría, pero he estado aquí sentada, ¿no? No he ido a ver a Claire. En cualquier caso, el timbre hace que me sobresalte. Ahora que de verdad está al otro lado, no estoy segura de que quiera abrir la puerta.

Pero lo hago, y en cuanto veo a Astor me da un vuelco el estómago, como si una rana saltara de un nenúfar. Está en el segundo escalón, vestido con vaqueros y camisa blanca, y tiene el pelo un poco engominado en la parte de arriba. Es evidente que le ha dedicado tiempo a su aspecto y ya no me siento culpable por haberme aplicado brillo de labios.

Me brinda una sonrisa.

—Estás aquí.

—Es que vivo aquí.

Desliza la mano hacia la parte posterior de su cuello y tira. Eso provoca una extraña reacción también en mi nuca.

—Me alegra que me hayas abierto —repone. Yo me muerdo el labio. «Tranquila, Mcalister»—. Pensaba que a lo mejor me dejabas colgado —prosigue.

Tomo aire mientras pienso en una excusa de forma instintiva. Últimamente parece algo natural para mí.

—Sí, bueno, estoy a punto de hacerlo. Tengo un montón de deberes... —empiezo.

Él sacude la cabeza.

—Ni de broma. Las clases acaban de empezar. No puedes engañar a un profesional, Caggs.

Exhalo un suspiro.

—Entra, anda.

—Pensaba que jamás me lo pedirías. —Sujeto la puerta y él entra. Me roza al pasar y se me acelera el pulso, como un avión al despegar—. Bonita casa —dice.

—Bueno, y ¿cómo la has encontrado? —pregunto.

—Me acordaba del sitio. —Me mira hasta que aparto los ojos—. No había estado dentro nunca.

Suelto una bocanada de aire.

—¿Quieres beber algo?

—Un whisky. —Se asoma a la puerta que lleva a la cocina.

—Me refería a agua.

Él me mira de nuevo y ríe.

—Estaba de broma.

—Lo sé. —Deslizo los dedos de los pies por la alfombra. Tiene un dibujo geométrico, que intento seguir, trazando un semicírculo con el pie. Otra cosa que mi madre ha cambiado este año en nuestra casa.

—¿Tienes hambre? —pregunta.

Levanto la vista y él me está mirando. Tiene unos ojos preciosos. En realidad sería muy difícil no fijarse en él.

—Claro.

—¿Comida italiana?

—Me da igual.

Él se ríe.

—Me gustan las chicas con las cosas claras. —Se asoma de nuevo a la cocina—. ¿Tienes que avisar a alguien de que te vas?

Niego con la cabeza.

—Qué va. Mi madre no llega hasta más tarde. —No se lo menciono a mi madre... ¿Para qué hacerlo? No está, y si estuviera... Bueno, no creo que mi seguridad sea lo que más le preocupe ahora mismo.

—Vale. Pues vámonos. —Echa un último vistazo al vestíbulo como si lo estuviera evaluando. Acto seguido asiente al tiempo que abre la puerta. La sujeta para que yo pase y la cierra después de salir. Los cierres se echan de manera automática.

Todavía no ha anochecido. Sigue siendo verano.

—¿Quieres pasear? —me pregunta.

—Vale —respondo.

Me ofrece el codo y engancho mi brazo al suyo. Es una sensación rara. Mi brazo parece pequeño. Astor es alto, más que Trevor. La mayoría de la gente es más alta que yo, pero parece tener algo que resulta especialmente imponente mientras recorremos Madison.

De repente me viene a la cabeza que puedo estar teniendo una cita con Astor y en realidad no sé nada de él.

—¿Dónde vives? —pregunto.

—En la Sesenta y Ocho con Lex. —Levanta la mano para mantener un taxi a raya mientras cruzamos la calle.

—¿Por qué os fuisteis a vivir a Londres? —comienzo.

—Mi padre tiene negocios —dice, sin vacilar.

—¿Por qué te echaron del instituto?

Astor exhala una bocanada.

—Allí enseñaban tonterías, así que me encargué del asunto.

—Parece siniestro.

—No lo es —dice, mirándome—. De todas formas no era mi primer instituto.

—¿No?

—Oye, lo que importa es que ahora estoy aquí —dice—. Ni Londres, ni que me echaran ni tampoco conocerte.

Noto que me ruborizo, pero sigo hablando.

—¿Las citas no son para eso? ¿Para conocer a alguien? —Me muerdo la lengua en cuanto las palabras salen de mi boca. ¿Esto es una cita? ¿En serio acabo de decir eso en voz alta?

Pero parece que a Astor le divierte.

—La verdad es que no me gusta mucho hablar de mí. Preferiría saber más cosas de ti.

—Pues a mí me pasa lo mismo.

—¿En serio? Pero tú eres muy interesante. —Se detiene en la última palabra, me suelta el brazo y apoya la mano en la parte baja de mi espalda. Dejo que lo haga.

—No lo soy —replico—. Créeme.

—Supongo que no nos pondremos de acuerdo. —Levanta la mano para parar a un taxi, y antes de darme cuenta, me agarra de la cintura y me mete dentro.

—A Hudson y Perry —le dice al taxista.

Astor se sienta a mi lado y se queda así mientras nos dirigimos al centro. Su respiración parece tranquila, serena, pero yo respiro de manera acelerada. No me cabe duda de que puede sentir mi rápido y errático pulso. Aparta la pierna de la mía y saca su mechero del bolsillo.

—¿Qué pasa con eso? —pregunto.

—¿Con qué?

Señalo el mechero que tiene en las manos.

—Ni siquiera fumas.

—¿Y qué? —replica.

—¿Por qué lo llevas siempre encima?

Lo enciende y lo acerca hacia mí, como si me lo ofreciera.

—¿No te gusta jugar con fuego?

Se me vuelve a acelerar el pulso. La mezcla de su arrogancia y su..., ¿qué..., su encanto...?, resulta extrañamente seductora. No sabe lo suficiente sobre mí como para que tenga que mentirle. O ser sincera. Y, en cualquier caso, en los últimos tiempos parece ser lo mismo.

Comemos en un pequeño restaurante en el que Astor conoce a todo el mundo. Es algo a lo que ya estoy acostumbrada porque ocurre cada vez que Claire y yo salimos. Envían botellas de champán a nuestra mesa, aparecen suflés de chocolate gratis, con algunas palabras escritas a los lados de los platos con sirope de frambuesa. A veces son números. Números de teléfono. Claire suele poner los ojos en blanco, pero sé que en el fondo le encanta. Siento otra punzada de remordimiento por no ir a verla esta noche, pero la aparto a un lado. Ahora no.

La comida aquí es deliciosa. Pasta con gambas al pesto. Grandes platos de *mozzarella* casera y tomates frescos.

—¿Qué pasó en realidad? —pregunto, enrollando los espaguetis con el tenedor—. Me refiero al instituto. ¿Por qué te expulsaron? En Kensington prácticamente tienes que cometer un asesinato para que se planteen siquiera la posibilidad de echar a alguien. Eso mancha su inmaculado expediente.

Astor dobla la servilleta sobre la mesa y se apoya en el respaldo de la silla.

—Supongo que las cosas son diferentes en Londres. No fue nada glamuroso; tan solo no aparecí. —Levanta las manos en alto—. Vale, puede que también le dijera algo que no debía a un profesor. —Me imagino a Astor discutiendo con el director Calleher. Y eso me provoca una risa ahogada—. Qué bien —dice—. Te parece divertido. La mayoría creería que soy un delincuente.

—No eres un delincuente —replico de manera automática. Él enarca las cejas. La luz de una vela de la mesa titila en su rostro—. Solo quería decir que no soy quién para juzgar a nadie.

Astor me recorre el rostro con los ojos, como si tratara de leer algo en él. Luego mira su vaso de agua.

—En fin, siempre que no me salte más de siete clases o suspenda, me graduaré.

—Parece muy fácil.

—Sobre todo si estás tú allí. —Me agarra la mano. Se limita a alargar el brazo por encima de la mesa y entrelazar sus dedos con los míos.

Trevor es el único chico con el que he salido. Bueno, estuvo Harrington en el primer curso, pero no creo que cuente, ya que fuimos al cine con otras siete personas y no me besó. Aunque sí me tomó de la mano. Recuerdo que tenía la palmas sudorosa y pegajosa y que cuando por fin me soltó, tuve que esforzarme tanto para no secármela en los vaqueros que me perdí el final de la película. Después llegó Trevor, que siempre tenía las manos calientes. Las tenía calentitas incluso en pleno invierno, cuando hacía un frío que pelaba por la nieve.

«Es solo una necesidad biológica —me decía—. Para asegurarme de que siempre me necesites para mantenerte caliente».

El instinto se impone y aparto la mano.

—¿Qué ocurre? —pregunta Astor.

—Nada —digo, agarrando mi vaso de agua. Bebo un pequeño sorbo, sin levantar la vista de la mesa.

—¿Caggie? —Apoya los codos en la mesa y se inclina hacia delante.

—No te conozco —respondo, hablándole al plato.

—Pero podrías.

Levanto la vista y él me está mirando otra vez. En sus ojos veo algo que no he visto en mucho tiempo. Algo que hace que me acuerde de cosas que he intentado olvidar. Pero lo raro es que no hace que me acobarde, tal y como esperaba, sino que me impulsa a acercarme un poco más.

—¿Por qué yo?

Él sacude la cabeza despacio. Toma un cuchillo y lo pasa entre dos dedos.

—Creo que nos parecemos. Ya te lo he dicho. —Deja el cuchillo y me mira.

La noche que Trevor rompió conmigo estábamos en mi habitación. Estábamos intentando decidir si veíamos una película, pedíamos comida o salíamos a cenar. Bueno, más bien era él quien lo intentaba. En realidad yo no estaba prestando atención. Estaba pendiente en lo mismo de siempre; el nudo que tengo en el estómago; una piedra que se hunde en el agua. Siempre espero que llegue al fondo, pero nunca lo alcanza.

Debió preguntarme qué quería hacer por lo menos cinco veces, pero no lo recuerdo. Al final se levantó. Vi que estaba molesto, algo nada habitual en él. Trevor podría pasarse el día entero archivando documentos o resolviendo el mismo problema matemático y no aburrirse. Es su forma de ser. Pero esa noche fue diferente.

—Esto no funciona —dijo.

—¿El qué? —Recuerdo que busqué en vano algún tipo de electrodoméstico. Recuerdo que pensé que a lo mejor se refería a la televisión o a su teléfono móvil.

—Lo nuestro. —Me miró cuando lo dijo y vi cuánto le dolía aquello. Puede que incluso más que a mí.

Me quedé en el suelo y encogí las piernas contra el pecho.

—Vale —dije—. Lo entiendo.

Él negó con la cabeza.

—No lo entiendes.

—Sí que lo entiendo. No soy la misma persona. No quieres estar con esta chica. Está bien. Lo entiendo.

Entonces él se puso de rodillas. Pensé que a lo mejor iba a ponerse a rezar.

—Creo que no quieres que yo te ayude —repuso—. Creo que sería más fácil para ti que yo no estuviera aquí.

Quise decirle lo equivocado que estaba. Que no se trataba de que él ayudara; no había nada que pudiera hacer. No entendía que cuando tu hermana muere no hay nada que nadie pueda hacer. Y estaba cabreada con él. Me enfurecía que fuera su pulsera, su amuleto protector, la que seguía viendo en el fondo de la piscina. Se suponía que me mantendría a salvo y en vez de eso la había matado. En ese momento, con él de rodillas, comprendí que dentro de mí se había roto algo que él conservaba entero. Comprendí que no nos parecíamos en nada.

Parpadeo y miro a Astor.

—Es que... durante los últimos ocho meses no reconozco mi vida. Ya ni siquiera sé quién soy.

—Eres real —dice—. No eres falsa como esas chicas, Abigail y Constance. —Se inclina hacia delante y por segunda vez acerca las yemas de sus dedos hacia las mías por encima de la mesa—. Lo sé. Lo supe en cuanto te conocí.

La forma en que dice «conocí», como chocolate caliente en su lengua, como si lo disfrutara, me lleva a tomar su mano. Quiero creer en él. Quiero ver lo que él ve en mí. De hecho, me siento comprendida por primera vez desde enero.

Nos quedamos así, con los dedos entrelazados sobre el mantel, durante lo que me parece una eternidad. El tiempo transcurre de forma diferente cuando suceden verdaderas tragedias. Avanza con delicadeza, se para en seco, retrocede de repente. Cuesta diferenciar un momento de otro. No siguen una trayectoria lineal. Pero algo cambia mientras estoy con Astor en ese pequeño restaurante del centro, como si una placa tectónica encajara en su lugar bajo nuestros pies. El tiempo se detiene por completo. No estoy intentado retroceder a antes de lo que le ocurrió a Hayley y tampoco avanzar ni encontrar una manera de «seguir adelante». Tan solo estoy aquí, ahora. Con Astor no tengo que llevar la misma carga. No tengo que fingir que soy capaz de algo de lo que no soy capaz.

Él no necesita que yo sea diferente.

7

—Ten cuidado... Es un Ming —dice mi madre mientras un ayudante baja un jarrón de la estantería de nuestro salón. Han venido los de *Vanity Fair* y van a hacer un reportaje para su número dedicado a la «realeza de Nueva York». Se publicará dentro de tres meses.

Nos están haciendo un retrato de familia que se colgará encima de la chimenea, al lado del de mi abuelo. Mi madre está controlando al milímetro la situación y mi padre y Peter están en un rincón, viendo los resultados deportivos.

Hayley corre entre mi madre y Peter. Se niega a quitarse su vestido; el blanco y azul que ella llama «el vestido de Alicia en el país de las maravillas». Tiene salpicaduras de pintura de las actividades de la mañana, un defecto que nuestra madre se niega a pasar por alto. No está de buen humor, ya que mi tío no ha aparecido.

Mi padre levanta la vista del móvil justo a tiempo de ver a Hayley mientras se acerca. Parece enseñar la mancha de pintura como si fuera un premio.

—Hola, peque —dice mi padre. Hayley planta los brazos en jarra. Sabe lo que nuestro padre trama—. ¿Crees que podrías hacerlo por tu madre? —pregunta, señalando las manchas fucsia, que ya se han endurecido.

Hayley ha estado gritando que no a mi madre, pero se calla por papá. La veo pensar. Mi madre también, pero finge que no está escuchando.

—Vale —repone Hayley—. Pero después iremos a Sherman's.

Sherman's es la tienda de la calle Madison donde compra las pinturas. Mi padre levanta las manos en señal de victoria.

—Por supuesto —le dice—. Justo después de que nos hagamos la foto.

Hayley asiente y se marcha corriendo de la habitación. Pero regresa y corre hacia mi padre para darle un beso en la mejilla.

—Ya sabía yo que tendría un precio —dice cuando Hayley se marcha.

—Pero merece la pena —apostillo.

Mi padre mira a mi madre, que ha vuelto a sus quehaceres y está ahuecando los cojines. No lo dice, pero yo sé que está pensando lo mismo.

* * *

Me doy la vuelta en la cama mientras los últimos resquicios del sueño se desvanecen bajo el sol de la mañana que entra a raudales por mi ventana. Esa tarde de hace ya casi dos años fue el comienzo de muchas cosas. Mis padres siempre han gozado de una buena posición en los círculos sociales de Nueva York (dinero viejo, etc.), pero ese reportaje de *Vanity Fair* nos catapultó a otro nivel. Hizo que pareciéramos parte del folclore, una fantasía. Nos hizo parecer geniales. Recuerdo que Hayley volvió a casa del colegio y preguntó por qué la gente seguía dándole la lata con el abuelo.

—¿Es que hizo algo malo? —preguntó.

Le respondí que por supuesto no había hecho nada malo, que tan solo era un hombre del que se hablaba mucho. Unas veces la gente decía cosas buenas y otras, muy poco agradables. Lo cierto es que era estricto. Era severo. Ni siquiera estuvo casado demasiado tiempo. En realidad no se llevaba bien con nadie.

Bueno, con nadie menos conmigo. Yo le caía bien, me dijo mi madre de inmediato. Los niños no eran lo suyo, apenas había tenido una vez en brazos a Peter, pero conmigo era diferente.

Recuerdo las horas en el suelo del estudio de mi padre jugando al caballito con él o leyéndome cuentos infantiles en casa de mi tío en California.

Una vez, durante una excursión, el abuelo y yo paseamos solos por la playa de Malibú. Es algo que hacíamos a veces; nos escabullíamos de la casa e íbamos juntos a la playa. Recuerdo que me agaché a recoger una caracola. No era nada del otro mundo, solo una de esas caracolas blancas con surcos que hay en la orilla, pero estaba entera. Eso no era corriente. Se la di a mi abuelo y él me la devolvió.

—Quédatela —me dijo. El abuelo me rodeó los hombros con el brazo y nos quedamos mirando al mar. No recuerdo cuánto estuvimos así, pero fue un buen rato. Tanto como para que viera un barco desaparecer en el horizonte—. Tú sí que eres mía —dijo en voz queda, aunque lo oí—. Tu padre nunca lo fue, pero tú sí.

Nunca he sentido que encajara en mi familia. Ni con mi madre ni con mi padre, ni siquiera con Peter; tiene demasiada seguridad en sí mismo. Pero Hayley era mía, igual que yo era de mi abuelo.

Algunas veces sigo sin creer que ya no estén.

Aparto las sábanas y me meto en el cuarto de baño. Me lavo la cara con agua, me aplico crema y me pongo el uniforme. En la cocina reina el silencio. Mi madre ya se ha marchado. Veo la gorra de béisbol de Peter sobre la mesa de la cocina, con la palabra METS estampada en la parte de arriba. La tomo. Sé que él no está aquí (lo más seguro es que mi madre estuviera limpiando algún cajón o armario), pero la aprieto contra mi pecho de todas formas antes de dejarla de nuevo, como si tal vez hubiera una pequeña parte de él ahí. Un pequeño resquicio de hogar aún guardado dentro de la visera.

Cuando me marcho para ir a clase evito mirar el retrato de familia que todavía cuelga en el salón. Sé que veré a Hayley en primer plano, con una sonrisa de oreja a oreja y los brazos en jarra. Viva.

* * *

—Oye, espera.

Me doy la vuelta y veo a Trevor corriendo detrás de mí. Las clases acaban de terminar e intento volver rápido a casa. Esta noche Astor y yo vamos al cine Angelika a ver una película que lleva la palabra «girasoles» en el título y antes quiero cambiarme de ropa. Solo han pasado tres días desde que fuimos a cenar, pero estoy deseando verlo. Vernos algunos ratos entre clases no es demasiado. No es suficiente.

—¿Qué? —espeto.

Trevor da un paso atrás.

—Ayer no viniste.

—¿A dónde? —pregunto. Me aparto de un soplido un mechón de la frente.

Él se limita a seguir mirándome.

—Al primer día del *Boletín*.

El *Boletín* es una revista de escritura creativa que Kensington financia y publica. Participar en ella es muy importante. A diferencia del periódico, que es solo para nosotros, este se publica de verdad y está a disposición del público. Para que te elijan hay que pasar un proceso muy riguroso en el que tienes que inscribirte, luego tienen que nominarte y después tienes que exponer tu visión creativa delante de un consejo. A Trevor y a mí nos eligieron el año pasado, allá por diciembre. Hacen la planificación con mucha antelación. Sin embargo creo que contamos con ventaja en todo momento. Es de dominio público que la señora Lancaster, la persona a cargo de la facultad, está loca por Trevor. Ronda los sesenta años y siempre le dice a Trevor cosas como «Si yo fuera mucho más joven, tendrías que andarte con ojo».

En fin, el *Boletín* publica escritos y algunas ilustraciones impresas de los alumnos, así como propuestas generales. Está muy bien considerado. Una vez publicaron un artículo de Jonathan Frazen. También ha publicado un montón de colaboradores del *The New Yorker*. Ser la editora del periódico del instituto me ayudó y Trevor y yo conseguimos el puesto de coeditores junto con un miembro de la facultad y un profesor de escritura creativa de Columbia. Fuimos a celebrarlo a nuestra cafetería favorita, Big Daddy's. Trevor pidió batido de chocolate para ambos y estuvimos horas sentados en un reservado, hojeando viejos ejemplares del *Boletín* y hablando de cómo íbamos a cambiarlo en cuanto estuviera en nuestras manos.

—Se me olvidó —respondo—. Lo siento. —Bajo las manos y procuro no mirarlo a los ojos.

Trevor cruza los brazos sobre el pecho. No lleva la chaqueta del uniforme y se ha puesto una camisa azul que conozco bien. Tiene una pequeña mancha de tinta en el faldón izquierdo, al lado de la costura, de la noche que mordisqueé un bolígrafo mientras estudiábamos para un examen de matemáticas. Cuando le pregunté por qué no la había tirado, me dijo que ahora le gustaba todavía más. «Lleva tu marca —me dijo—. Igual que yo».

Trevor sacude la cabeza.

—Te encubrí, pero no estaban nada contentos. Es muy importante, Caggs.

—Soy consciente de ello —digo.

—La próxima reunión es mañana —me informa, acercándose a mí—. Toma. —Me da una trozo de papel con un horario—. Ahí tienes toda la información.

—Gracias.

—De nada. —Abre la boca de nuevo, como si fuera a decir algo, pero al final se limita a bajar los brazos.

—Tengo que irme —me despido y me marcho antes de que ninguno de los dos tenga ocasión de decir adiós.

Ver a Trevor y hablar del *Boletín* hace que aún tenga más ganas de ir con Astor. Cuando suena el timbre una hora después, parece que haya pasado un mes.

—¿Me echabas de menos? —Está apoyado contra la puerta y se ha quitado el uniforme. Ahora lleva una camisa azul y unos vaqueros, y a juzgar por su pelo, recién peinado, se ha duchado. Tiene las puntas un poco mojadas.

—Acabo de verte en el instituto —digo. Mantengo las manos a los lados. Intento disimular la impaciencia, aunque no creo que lo esté haciendo demasiado bien.

—Parece que ha pasado una eternidad.

Siento un ligero cosquilleo en el estómago, como si tuviera burbujas de champán.

—¿Quieres que nos vayamos? —pregunto.

Él asiente.

Me cuelgo el bolso al hombro y cierro la puerta. No se aparta para dejarme pasar y de repente soy consciente de él, a mi lado. De su aroma, a colonia cara, a París, y hace que desee acercarme más. Que desee rodearle la nuca con la mano y arrimarlo a mí.

Astor me toma la mano

—He pensado que después podríamos dar un paseo —dice.

—¿Después de la peli? Debería ponerme con...

Astor se gira hacia mí con rapidez. Mis palabras se pierden en el camino.

—No —replica—. Después de esto. —Me suelta la mano y me rodea la cintura con el brazo. Acto seguido me atrae contra sí y posa una mano en mi mejilla. Me acaricia con el pulgar y de pronto acerca sus labios a los míos. Empezamos a besarnos. Levanto los brazos y me agarro a su pelo, a su nuca, a sus hombros; a todo lo que puedo. Sus manos me rodean y ascienden por mis costados. Siento sus labios calientes y frenéticos en los míos. A los dos nos cuesta respirar cuando nos separamos—. No está mal —susurra.

Apoya su frente en la mía y yo me giro para apretarme contra su pecho.

No tiene sentido. Apenas lo conozco. Estar cerca de él no debería hacerme sentir tan bien. Como si quisiera meterme debajo de su camisa y aspirar el aroma de su piel. Pero lo cierto es que es así.

—A lo mejor deberíamos pasar del cine —dice, dándome un beso junto a la oreja.

Me echo hacia atrás para mirarlo y arqueo las cejas.

—¿Y qué vamos a hacer?

Astor sonríe y yo hago lo mismo.

Le tomo la mano y lo hago pasar. Cruzamos el vestíbulo, subimos las escaleras y entramos en mi dormitorio. Pero no sé qué hacer una vez que estamos dentro. Trevor es el único chico, aparte de Peter, que ha estado en mi habitación, y en cuanto abro la puerta pienso que a lo mejor he cometido un error al traer a Astor aquí. Soy muy consciente de esa vocecita en mi cabeza que sus besos han silenciado durante un rato, esa vocecita que ahora me recuerda que casi no lo conozco.

—Bueno, aquí es —digo. Me quedo ahí, agarrando el pomo de la puerta, como si fuera a tener que salir corriendo en cualquier momento.

—Es bonita —dice.

Agarra una figurita de cristal de una bailarina que está encima de mi escritorio. Algo que Claire me compró en una subasta hace años. Se subastaban algunas de las fotos de su padre. A Claire le gustaba levantar la paleta y al final ganó una puja. Me encanta. Me recuerda a ella.

—¿Ballet? —pregunta.

Me encojo de hombros.

—Fue un regalo.

—Entiendo.

Me rodeo con los brazos. Su forma de merodear por mi habitación, como si estuviera buscando pistas, hace que me sienta expuesta. Podría averiguar mucho sobre mí aquí.

Deja la bailarina y se acerca a mí.

—Me gusta tu habitación —comenta.

Sus ojos recorren mi cara. Siento su mirada caliente; juro que hasta podría quemarme. Y entonces avanza, toma mi rostro entre sus manos y empieza a besarme otra vez.

Acabamos en la cama. Sus manos descienden por mis costados y se cuelan debajo de mi camisa. Noto su tibieza en mi piel y levanto las manos para acercarlo más a mí.

Me agarra la cintura con las palmas y luego se aparta un poco mientras me besa el cuello, la nariz, el espacio entre mis cejas.

—Eres demasiado —dice.

—¿Yo?

—Sí, tú —repone. Se apoya en un codo y dibuja un ocho con el dedo sobre mi abdomen, haciendo que me estremezca—. No pensé que te encontraría en Kensington.

—¿Qué creías que ibas a encontrar? —pregunto.

Aparta el dedo y me toca el hombro.

—Puede que a Abigail.

Me estremezco de forma exagerada.

—Entonces tienes mucha suerte.

—Ya lo creo.

Me besa de nuevo.

—Cuéntame algo —dice.

—¿El qué?

—Algo sobre ti. —Desliza la palma por mi brazo.

—Eso es muy general.

Me besa la oreja.

—Inténtalo.

—Solía montar a caballo. —Exhalo una bocanada de aire.

Astor se aparta y me mira.

—Mejora eso.

—¿Nunca he llevado aparato?

—He oído que le salvaste la vida a una chica el curso pasado.

Sus manos sobre mí de repente parecen bloques de hielo. Se me ha congelado la sangre en las venas.

—¿He dicho algo malo? —pregunta.

Lo aparto de un empujón para incorporarme.

—No pasa nada —digo.

Astor frunce el ceño.

—Algo me dice que no se trata solo de que seas modesta.

Me abrazo las rodillas contra el pecho.

—No hay nada que contar. La gente hace una montaña de un grano de arena. No me gusta recrearme en ello. —Astor asiente, pero no dice nada—. Ocurrió y ya pasó. Y todo salió bien. No le veo sentido a hablar de ello.

—Pues a mí me parece muy genial —dice.

Se inclina y quedamos frente a frente.

—No fue adrede —repongo—. Ella simplemente estaba... ahí. —En mi estómago aparece la familiar culpa. Ácida como la bilis. Hace que me entren ganas de soltar la verdad de golpe.

—Aun así —aduce—. Salvar a alguien... ¿no te hace sentir que hay una razón para todo esto?

—¿Para todo esto?

—La vida. —Me mira a los ojos—. La tragedia.

En ese instante sé que está al tanto de lo de Hayley. Me he vuelto una experta a la hora de detectarlo. El tic en los ojos de la gente, la forma en que se les dilatan las pulilas. La imposibilidad de mantener el contacto visual más de un segundo o la laxitud de sus cuerpos, como si estuvieran reaccionando a la noticia. Es fácil saber cuándo la gente está pensando en Hayley.

—¿Cómo lo...?

—«La nieta de Caulfield se ahoga. La vida imita al arte. Allie y Hayley; los hijos perdidos de Caulfield». —Enuncia los titulares que aparecieron en los periódicos durante dos semanas enteras después de que mi hermana se ahogara.

—Vale. —Asiento y me apoyo contra el cabecero.

—No pasa nada —dice—. No tienes que hablar de ello. Es que no quería que pensaras que tenías que ocultarme algo. —Se arrima y me toma la barbilla con la mano—. ¿Bien?

—Sí —respondo mientras asiento con la cabeza.

—Oye. —No aparta la mano—. Mírame. —Levanto la vista y él me sostiene la mirada—. No tienes por qué hablar de ello. No tienes por qué hablar de nada.

La gente me ha dicho un montón de veces que no tengo por qué hablar de nada. Amigos, vecinos, profesores. No dejan de repetirme que: «No tienes que hablar de ello si no quieres». Pero lo que en realidad quieren decir es: «Espero que respondas a todas mis preguntas. Espero que llores. Espero que me enseñes cómo te sientes». Astor es la primera persona a la que le creo cuando lo dice. Su forma de mirarme a los ojos me dice a las claras que no va a presionarme. Hace que me relaje con él.

Me besa de nuevo y luego se tumba a mi lado. Los dos nos quedamos mirando al techo.

—Antes pensaba que entendía lo que es la vida. Que lo sabía todo. —Vuelve la cabeza para mirarme—. ¿Entiendes lo que quiero decir?

Asiento.

—Sí. Pero entonces todo...

—Se desmoronó.

Exhalo una bocanada de aire.

—Así son las cosas. Tan pronto estás en las nubes como hundida en la más absoluta miseria.

—Lo siento —dice. Noto que me toma la mano.

Me suena el móvil. Dejo escapar un gruñido y me pongo de lado para enganchar mi bolso. Saco el teléfono. Es Claire, llamándome desde el fijo. Miro a Astor, que está apoyado en un codo en mi cama y sin apenas una sola arruga en su camisa azul. Creo que Claire lo entenderá. Doy a «ignorar» y me giro hacia él.

—Eso me gusta —dice.

A continuación se incorpora y empieza a besarme otra vez. Yo le devuelvo los besos. Me arrimo más y me estrecha contra su pecho. Ladeo la cabeza y noto que empieza a besarme la clavícula, luego asciende por mi cuello y...

Mi móvil vuelve a sonar. Me echo hacia atrás, pero Astor está ocupado con mi oreja.

—¿Qué ocurre? —murmura.

Me aparto y agarro el teléfono del suelo. Es Claire otra vez. De nuevo lo silencio, pero en esta ocasión me siento fatal por hacerlo. Es muy insistente y nunca se trata de una emergencia. Una vez Claire me llamó cuatro veces seguidas, y cuando por fin salí de la ducha y la llamé, solo quería contarme que se había encontrado la primera punta abierta. Pero aun así me siento fatal. No suelo ignorar sus llamadas.

—Deberías irte —digo.

Ya no nos tocamos, pero puedo sentirlo a mi lado. Como si entre nosotros el aire estuviera cargado de electricidad; ese espacio cargado e inestable justo antes de que los imanes se toquen.

—Mi madre llegará en cualquier momento y debería devolver la llamada —alego, pero no intento ponerme en pie. Ni levantarme de la cama. Parece que hay dos fuerzas opuestas dentro de mí; una contra la que llevo luchando muchísimo tiempo y otra que acabo de descubrir. No sé a cuál de las dos hacerle caso.

Astor se levanta primero.

—Vale. ¿Puedo verte mañana?

—Sí.

Se inclina y me toca el brazo.

—Fuera del instituto.

—Sé a qué te referías.

Lo veo marchar desde la cama. No me levanto para acompañarlo a la puerta. No muevo un solo músculo. Me tumbo de nuevo cuando cierra al salir. Me hago un ovillo y cierro los ojos.

Ahí está otra vez. Nuestra casa de la playa. La piscina. Kristen en la azotea. Si pudiera vaciar mi mente, estamparla contra el suelo y dejar que todos los recuerdos cayeran como si fueran centavos de una alcancía con forma de cerdito, lo haría. Pienso en Astor aquí, hace solo un momento. Pienso en sus labios sobre los míos. En sus manos en mi espalda. En sus ojos negros, sus palmas frías y la intensidad de su mirada.

8

Al día siguiente arrastro los pies hasta las oficinas del *Boletín* después de salir de clase. Es la misma oficina donde se publica el periódico escolar; una pequeña aula de informática en la primera planta del edificio principal. Las paredes están cubiertas de tablones de anuncios con recortes de prensa y artículos breves del *Boletín* que han sido galardonados. La mayoría los he puesto yo. Bueno, Trevor y yo. Me sería imposible contar cuántas horas hemos pasado aquí los dos últimos años. Muchas noches nos quedábamos hasta tan tarde que teníamos que cerrar nosotros el edificio principal. Pedíamos grasienta comida china o tailandesa y trabajábamos en los ordenadores, uno al lado del otro. Claire solía pasarse después de su cita y nos ponía al día sobre cualquier artista o hijo de multimillonario con el que estuviera saliendo en ese momento.

A veces realizábamos lecturas dramatizadas de poemas de alumnos que eran realmente malos. Lo mejor fue la vez que Constance presentó un poema. Lo hizo bajo seudónimo, pero lo imprimió con su propio membrete; debió de olvidarse cuando lo entregó. El poema se titulaba *Domingo* y era evidente que hablaba de Tripp. Ni siquiera se molestó en cambiarle demasiado el nombre. El verso que se repetía decía así:

Troy, eres el chico de mi mejor amiga

Trevor lo cantó como si fuera una mala canción pop y recuerdo que al mirarlo pensé: «Dios mío, cuánto quiero a este chico».

—No sé —dijo Trevor cuando terminó—. Me parece que debería publicarlo.

—Muy gracioso —dije.

—Hablo en serio. Creo que le haríamos un favor enorme a Troy. —Esbozó una sonrisa y se inclinó hacia mí. Yo estaba sentada en una silla giratoria, con los pies en el asiento, girando de un lado a otro. Puso las manos en los brazos de la silla para impedir que siguiera moviéndome, se arrimó y me besó.

Besar a Trevor fue algo bastante épico. ¿Sabes ese momento de una película en el que sube la música, casi al final? Pues besar a Trevor era como el final de una película. Siempre era así.

—Seguro que Abigail ni siquiera se daría cuenta si lo publicáramos con el nombre de Constance —dije cuando se apartó.

—Troy también podría ser Trevor, ¿sabes?

—¿Te gustaría ser el chico de Constance? —pregunté, pasándole las manos por el pelo.

—Me muero de ganas —replicó, besándome otra vez—. Solo salgo contigo para acercarme a ella.

—Ya lo imaginaba.

—Está muy buena —dijo.

—¿De veras? —pregunté, acercando los labios a los suyos.

—Ajá —susurró—. Es guapa y sexi. Y tiene unas pequitas muy monas justo debajo de la oreja. —Entonces me levantó el pelo y me besó el cuello.

—Constance no tiene pecas —le corregí—. Se da autobronceador.

Trevor se dio en la frente con el dorso de la mano.

—¡Es verdad! Debía de estar pensando en ti. —Acercó sus labios, hasta que quedaron suspendidos justo sobre los míos—. Es curioso que siempre pase eso.

* * *

—¿Vas al *Boletín*? —pregunta Claire. Me ha llamado cuando subía las escaleras y he atendido a pesar de que ya llego tarde. Todavía me siento fatal por ignorarla ayer y no devolverle la llamada.

—Sí —respondo. Sé que está sonriendo. Para que lo sepas, Claire es fácil de calar—. Solo intento hacerte feliz.

Claire suelta un bufido.

—En ningún momento te he dicho que volvieras al *Boletín*.

—Te has pasado todo el verano obligándome a que me quitara el pijama —aduzco—. Resulta que para realizar esta actividad hay que vestirse, así que pensaba que lo aprobarías.

—Cierto —dice—. ¿Sabes qué? Asumo la responsabilidad de tus progresos emocionales.

Progresos emocionales. Abro la boca para hablarle a Claire sobre Astor, pero algo me frena. No sé por qué. Me parece que le entusiasmaría, ya que fue la que en un principio me empujó hacia él.

—¡Qué sorpresa! —exclamo—. Pero tengo que irme.

—Últimamente estás muy ocupada —comenta—. No nos vemos nunca.

—Pues ven tú aquí.

—Ya sabes que ya no subo más allá de la calle Catorce —dice. Pasar de la calle Catorce no es difícil, pero desde que Claire se mudó al centro, ha adoptado el estilo de vida de la zona. Al otro lado reina el silencio durante un momento—. ¿Has visto a Kristen? —pregunta.

Eso hace que me pare en las escaleras.

—Estudia aquí —contesto.

—Cierto —repone—. Sí. Es que me preguntaba qué tal estaba.

—Está bien —digo. Las palabras tienen que esforzarse por salir de mi boca.

Imagino a la menuda Kristen en clase, con esa suave vocecita. Y está bien, ¿o no? Está bien. No para de encogérseme el estómago. Mi cerebro emprende de inmediato la familiar diatriba: «Estabas equivocada. Fuiste débil. Arruinaste la vida de una persona solo para no tener que reconocer que te has convertido en una fracasada. En una farsante».

Oigo exhalar a Claire.

—Vale —dice—. Te echo de menos. No olvides quién estuvo ahí primera.

Colgamos antes de que pueda decirle lo que quiero; que estuvo ahí primera hasta que se fue, lo que no es culpa suya. Al abrir la puerta del aula del *Boletín* descubro que todo el mundo ya está aquí, sentados en un pequeño círculo. La señora Lancaster, Whitney Davon, una profesora de Columbia, y Trevor. Él sonríe al verme y sé que se trata de una sonrisa de alivio. He aparecido. Una vez más, no lleva puesta la chaqueta de Kensington y su camisa de algodón se ciñe a su pecho. Siento que mi rostro enrojece, así que aparto la mirada. Intento librarme de la fría voz de mi cabeza.

—Qué detalle que te unas a nosotros, Mcalister. —La señora Lancaster se asegura de dar un golpecito a su reloj. Me limito a asentir, sin decir nada—. Ten la bondad de tomar asiento —dice, señalando una silla libre. Gracias a Dios, es la más próxima a la puerta.

Trevor interviene en cuanto me siento.

—Caggie y yo tenemos un montón de ideas geniales para este año.

La señora Lancaster mira a Trevor con absoluta fascinación. Igual que Whitney. Es una mujer guapa, de unos veintitantos. Había olvidado el efecto que Trevor tiene en las chicas, en las mujeres, en gente de todas las edades, en realidad. Dejé de reparar en ello cuando estábamos juntos siempre. Sabía que estaba conmigo, así que ¿qué más daba? No tenía de qué preocuparme.

—Estamos convencidos de que este año es el indicado para pasar al siguiente nivel —dice Trevor, con los ojos brillantes y llenos de esperanza. Me miran a mí.

—Mcalister, ¿por qué no lo explicas más en profundidad? —La señora Lancaster deja su cuaderno en una mesa cualquiera.

Sé que teníamos muchísimas ideas. Queríamos hacer un concurso de «entradillas» entre los estudiantes. Teníamos una lista de escritores que estaban dispuestos a aportar sus artículos. Queríamos hacer entrevistas inversas, en las que los novelistas entrevistaban a los alumnos. Eso se me ocurrió a mí. Al pensar en ello ahora, sentada en este círculo asimétrico, parece que fuera otra persona. ¿Cómo podía preocuparme nada de esto? ¿Cómo pudo parecerme importante en algún momento?

Teníamos muchos planes. Pero también tenía un montón de planes sobre un montón de cosas. Estos no salieron demasiado bien, y sentada en esta aula me doy cuenta de que no puedo trabajar con Trevor. La idea de que colaboremos en algo, en lo que sea, me parece falsa. Como si estuviera fingiendo que todo sigue igual, cuando no es así.

Me encojo de hombros.

—En realidad no me acuerdo. A lo mejor Trevor sí. —Siento que Trevor me mira boquiabierto, pero no lo miro. Me limito a cruzar los brazos y a mirar por la ventana, desde la que solo veo edificios.

La señora Lancaster se aclara la garganta.

—Trevor, ¿tienes algo que añadir?

Puedo sentir la mirada de Trevor, sus ojos inquisitivos fijos en mí. Que se quede con las dudas. Eso es lo que he hecho yo todo el verano; hacerme preguntas. Preguntarme dónde estaba, qué estaba haciendo. Por qué se marchó. Y así, de repente, ya no soporto estar aquí ni un minuto más. Necesito escapar.

—Mañana tengo un examen importante —miento—. Trabajaré en algunas cosas para el lunes.

Sé que no voy a hacerlo. No voy a volver. Ni siquiera el *Boletín*, que es lo que se suponía que iba a hacer el último año y lo que más me emocionaba, es capaz de generar una reacción en mí. No hay vuelta atrás. Ni en lo referente a Trevor ni al resto de las cosas que antes me importaban. A nada.

Me marcho y llamo a Astor desde el pasillo.

—Hola —dice cuando descuelga—. Esperaba que fueras tú.

—¿Estás libre?

—¿Bromeas?

Siento ese familiar cosquilleo en el pecho.

—No estabas en el instituto.

Oigo reír a Astor.

—El día acaba de empezar.

—¿Quieres venir a casa?

—Sí.

—Llegaré dentro de quince minutos.

Cuelgo y vuelvo la vista hacia la puerta del aula del *Boletín*. Me imagino a Trevor contemplando mi silla vacía. Con Whitney pendiente de él. Me lo imagino excusando mi precipitada marcha. No me siento mal porque ahora le toque mentir a él.

9

Lo curioso de echar de menos a alguien es que a veces te empuja en la dirección contraria, te aleja de la persona. Después del día del *Boletín*, Trevor y yo casi no nos hablamos y Astor y yo empezamos a vernos a todas horas. Cada momento libre. Pasamos juntos la hora de la comida en Kensington; tumbados en el césped del parque, sentados en los bancos de la Quinta Avenida, incluso juntando nuestras sillas en un rincón de la biblioteca, saltándonos clases y escondiéndonos. Recibo las solicitudes de ingreso de la universidad por correo y las meto en un cajón. ¿Cómo voy a elegir un futuro cuando estoy tan centrada en superar el presente? Le hablo a Claire sobre Astor al día siguiente de ir a la reunión del *Boletín*.

—Qué gran noticia —dice—. Puede que ahora dejes de hibernar.

Pero resulta que ocurre lo contrario. El verano se convierte en otoño en Nueva York, pero para Astor y para mí bien podría ser invierno.

Veo menos a Claire. Dejo de estudiar. Parece que lo único que me importa es estar con él. Sueño con lo que se siente al estar cerca de él. Hace que el resto de mi vida desaparezca hasta quedar reducida a la nada.

Hasta Hayley se atenúa. El dolor se diluye solo un poco. Cuando estoy con Astor me cuesta recordar.

Y él no me obliga a hacerlo. Solo me dice que lo entiende y que no pasa nada si no quiero hablar de ello. No intenta abrazarme como solía hacer Trevor. No me dice que puedo contarle cualquier cosa y que seguirá a mi lado. Está bien si no digo nada.

—¿Piensas alguna vez en la muerte? —pregunta Astor un mes más tarde. Octubre se acerca de puntillas.

Se supone que estamos estudiando en mi habitación, pero aún no he abierto un solo libro. Estamos tumbados en el suelo y tengo la cabeza apoyada en su estómago, que sube y baja con una cadencia irregular, como la música *jazz,* cada vez que habla.

Le agarro el brazo, que está estirado a mi lado, y lo coloco sobre mi pecho.

—Ahora mismo no —digo—. ¿Por qué lo preguntas?

Él se encoge de hombros. Mi cabeza se mece sobre su estómago.

—A veces pienso en ello.

Me incorporo y lo miro.

—Yo procuro no hacerlo.

Astor suspira y también se incorpora.

—¿Nunca te preguntas qué le pasó?

—¿A quién?

Él sacude la cabeza.

—A Hayley.

Tomo aire. Me siento un poco mareada.

—Murió —digo—. Eso es lo que le pasó.

—Pero ¿a dónde fue?

Me dispongo a levantarme.

—¿Por qué me lo preguntas? —El pasado invade nuestra pequeña burbuja. Casi puedo oírla explotar.

Astor me agarra la mano.

—¿Estás cabreada conmigo?

Yo niego con la cabeza.

—No quiero pensar en la muerte. No es nada romántico.

—Oye. —Me sienta en su regazo y yo se lo permito—. No era eso lo que pretendía. Era simple curiosidad.

Lo miro a los ojos. Hace que desee caerme dentro, encontrar otro mundo ahí.

—Yo también siento curiosidad por algunas cosas —dijo en voz queda.

Astor no habla de su pasado. Es una especie de regla no escrita que tenemos; no preguntes, no hables. Pero sé que algo sucedió. Lo percibo. Algo más, aparte de que lo expulsaran del instituto. Algo más importante. Opaco. No me ha dicho de qué se trata y no lo he presionado. A fin de cuentas, sé lo que es eso y lo detesto con toda mi alma. Para ser del todo sincera, no estoy muy segura de querer saberlo.

Percibo ciertas cosas, como ecos que han perdido la voz que otrora tuvieron. Que se han convertido solo en sonido. Cuando Astor habla sé que hay algo detrás de lo que dice. Pero no lo explica nunca y yo tampoco lo he descubierto por mi cuenta. No he estado en su casa; no conozco a sus padres. Tampoco he querido hacerlo. Creo que quizá esto sea lo mejor. Que tal vez así es como tiene que ser. Lo sabía todo de Trevor y fíjate cómo hemos acabado. Astor y yo tenemos la oportunidad de empezar de cero. Con él puedo ser quien yo quiera ser.

—Vamos —dice. Desliza la palma de la mano por mi espalda con firmeza—. Siento haber sacado el tema. De verdad.

El momento toma el control, como ocurre siempre, y el pasado no tarda en quedar muy lejos.

La cosa se caldea enseguida. Es algo que ocurre mucho últimamente. Acabamos en mi cama. Astor introduce las manos debajo de mi camisa y empieza a explorar. Me recorre el costado con el pulgar, me besa la clavícula.

Trevor y yo tuvimos relaciones sexuales después del baile de invierno del año pasado. El 15 de diciembre. Se me hace raro recordar esa fecha, como si fuera un aniversario, aunque ya no estemos juntos. Yo di el primer paso. Habíamos hablado mucho de ello; si estábamos preparados, cómo queríamos que fuera nuestra primera vez. Ese tipo de cosas. Trevor no me agobiaba. Si nos besábamos, él siempre iba más despacio. Decía que la decisión era solo mía. Lo que no entendía era que yo también lo deseaba. Lo había deseado desde los primeros meses en que empezamos a salir. Pero con Trevor todo era muy complicado. Había mucho en juego, el sexo significaba mucho para los dos. Por entonces todo tenía mucha más trascendencia; lo que creíamos que el sexo significaba para nosotros, para nuestra relación. Qué indulgente, ingenuo y estúpido pensar que esas cosas importaban. Que tenían algún impacto en mi vida.

Trevor me llevó al Waldorf Astoria. Fingí que estaba cabreada con él por gastarse tanto dinero, pero en el fondo estaba entusiasmada. Sabía que había estado ahorrando el dinero de las clases particulares durante semanas o tal vez meses. Subimos en silencio en el ascensor hasta la planta quince, pero me tomó en brazos en cuanto las puertas se abrieron. Me llevó así todo el pasillo. Cuando llegamos a la habitación intentó sacar la llave del bolsillo, pero no podía conmigo en brazos.

—¿Puedes agarrarla tú? —me preguntó.

Saqué la llave y me giró hacia la puerta. La lucecita verde se encendió y esta se abrió.

Trevor me tenía aún en brazos cuando vi el caminito de pétalos de rosa que iba de la puerta a la cama. También había velas encendidas y una botella en hielo de espumosa sidra de manzana.

—Quería que fuera especial —susurró.

Me da mucha vergüenza reconocerlo, pero se me saltaron las lágrimas. Hundí la cabeza en su pecho y Trevor me estrechó con más fuerza. No se movió, no me dejó en el suelo, sino que se limitó a abrazarme. Luego me depositó sobre la cama. Recuerdo que pensé que era extraño. Habíamos estado solos muchas veces, cientos de veces, pero de repente todo parecía nuevo, inexplorado, como si fuéramos dos desconocidos.

Hasta que empezó a besarme. No había lugar a dudas. Besar a Trevor era como... mi hogar.

—No puedo —susurro. Astor continúa besándome hasta que subo las manos y lo empujo de los hombros.

—¿Qué pasa? —pregunta con voz ronca.

Me incorporo y sacudo la cabeza.

—No lo sé. Simplemente no puedo.

Lo cierto es que me da miedo acostarme con él. Creo que no es el sexo en sí. Trevor y yo solo lo hicimos unas cuantas veces más después del 15 de diciembre, así que no soy para nada una experta, pero sí sé qué esperar. Más bien se trata de que estar con Astor parece una incógnita. Intenso. Como si pudiera hacerme sentir demasiado.

—Salgamos por ahí —propongo.

Astor se apoya en un codo.

—¿A dónde?

—Podríamos ir al centro y quedar con Claire.

Alisa el edredón con la palma de la mano y sigue el dibujo de una flor bordada.

—Me parece que no le caigo demasiado bien —dice.

—¡Menuda tontería! —exclamo, alzando un poco la voz—. Si ni siquiera habéis pasado un rato juntos.

—Pero te aparto de ella.

Vale, es verdad que no me he dejado ver mucho el último mes, pero Claire ha desaparecido un montón de veces por algún chico. La semana pasada se puso a la defensiva. Intentó decirme que creía que no estaba siendo yo misma. Que me había «dejado». No comprende que por primera vez en ocho meses siento de verdad que estoy sobreviviendo. Que no estoy tirada en el suelo, rota en un millón de pedazos. Creo que solo está molesta por no haber sido ella la que ha conseguido recomponerme.

—Vamos —digo, levantándolo de la cama—. La llamaré.

* * *

—¿De verdad eres tú? —dice cuando descuelga. Puedo oír el sarcasmo en su voz y eso me enfurece de forma fugaz. No disimula nada; ni siquiera puede fingir que se alegra por mí. ¿Por qué debería sentirme mal por pasar tiempo con Astor? Yo nunca me he quejado de ninguno de los chicos con los que ha estado.

—La misma que viste y calza —respondo. Astor y yo estamos sentados en el suelo de mi cuarto y él está hojeando el *The New Yorker*, con las piernas cruzadas.

—Deberías ver la última llamada registrada que tengo de ti. De hace unas dos semanas —dice Claire. Oigo el ruido metálico de la puerta del congelador al abrirse y el sonido de la bandeja de cubitos de hielo.

—Si lo que buscas es frecuencia, puedo colgar y volver a llamarte.

Los ruidos de fondo cesan y casi puedo oír su sonrisa.

—¡Anda ya! —exclama—. Bueno, ¿qué tal?

Astor pasa una página y levanta la vista. Acerca la mano para sujetarme un mechón de pelo detrás de la oreja. Aparto el teléfono de forma instintiva.

—Bueno, ya sabes, lo de siempre. Las clases, bla, bla, bla —digo.

—Oye, ¿quieres que vayamos a cenar? —pregunta Claire—. Hay un espectáculo en el Bowery al que también podríamos ir.

—Nos apetece lo de la cena. ¿Dónde quedamos?

Se hace el silencio al otro lado y sé que es la reacción a ese «nos». Eso hace que me sulfure. A Claire no le importaba cuando salíamos con Trevor. Algunas veces decía que prefería su compañía a la mía. Sabía que bromeaba, pero nunca supuso un problema. No sé por qué se muestra tan intolerante con Astor.

—¿Qué tal en el Eataly? —dice. De su voz ha desaparecido el tonillo y sé que está realizando un gran esfuerzo—. Podemos sentarnos en la azotea a comer una ensalada o lo que sea.

Eataly es uno de mis lugares favoritos de la ciudad. Es un mercado de comida italiana con un restaurante en la azotea que tiene unas impresionantes vistas de la ciudad. Claire siempre dice que es una trampa para turistas y no le falta razón, pero aun así tiene algo que adoro. Está tan abarrotado que casi es posible desaparecer. Por lo general tengo que convencerla para que ponga un pie en ese lugar. Sé que esta es su ofrenda de paz y mi ira se esfuma. Me trago los últimos restos como si fueran la pulpa de un zumo en el fondo de un vaso.

—Claro —digo—. Suena genial. —Después de colgar, Astor me pone una mano en el estómago. Me desabrocha uno de los botones de la camisa como el que no quiere la cosa—. ¡Oye! —exclamo, dándole un manotazo con aire juguetón—. Acabamos de quedar.

Astor vuelve a las andadas y me desabrocha otro botón.

—Dame solo unos minutos.

Me incorporo y me abrocho la camisa.

—Ahora. —Arqueo las cejas.

—Según ha dicho, lleva esperando semanas. ¿Qué le suponen cinco minutos más? —Arrima los labios a mi cuello, pero le aparto la cabeza.

—Las cosas no funcionan así.

Astor sigue intentando alcanzar mi cuello y sus palabras suenan despreocupadas y juguetonas.

—Pues entonces dime cómo funcionan.

—¿Quieres caerle bien? Entonces deberíamos ser puntuales. —Me levanto del suelo.

—Solo pretendía verte un rato —dice, echando mano de su mocasín—. No hay necesidad de montar una escenita dramática.

—No estoy montando ninguna escena —replico, cruzando los brazos. Me siento pequeña, indignada, como una niña que se niega a irse a dormir o a cenar.

—Pues desde luego lo parece. —Su tono de voz ha cambiado. Está molesto y sus palabras llevan cierto tonillo. No había visto esta faceta de él. No me gusta.

—Lo siento —digo. Noto que se me quiebra la voz. Solo quiero salir de aquí.

Astor suspira y se pasa la mano por la barbilla. Después se vuelve hacia mí.

—No, soy yo quien lo siente. —Se acerca y me rodea la cintura con el brazo—. Supongo que a veces no quiero compartirte.

—Claire es mi amiga —digo.

—Pues vamos a verla. —Se pone delante de mí y abre la puerta. Me dispongo a seguirlo, pero me detengo. Todavía llevo algunos libros en el bolso y pesan. Así que los saco y los dejo en mi escritorio. Al levantar la vista diviso una foto de Trevor y de mí. Del baile de invierno. La tomo.

Astor se gira y ve la foto en mis manos. Tengo la sensación de que se me para el corazón.

—¿Qué es? —pregunta.

—Nada. —Me apresuro a decir. Demasiado rápido.

Astor me quita la foto. Se me acelera el pulso.

—Estuvisteis juntos, ¿verdad? ¿Trevor y tú?

Asiento, pero mantengo la cabeza gacha. Mucha gente tiene exparejas. No es ningún delito. Pero el pasado se ha terminado colándose. Aquí está, a pesar de que hemos intentado mantenerlo al margen.

Parpadeo y lo miro.

—Rompimos en mayo.

—Vale.

—He tenido todo el verano para superarlo —prosigo, llevándome los brazos al pecho. Astor deja la fotografía y toma mi mano entre las suyas. Sentir su tacto es como si me quitaran un peso de encima—. Ni siquiera sé por qué sigo teniendo esa foto aquí —apostillo—. ¿Estás enfadado?

—No —dice—. No lo estoy. —Mantiene la mirada clavada en la mía. No sé si creerle.

—Trevor no tiene ya nada que ver con mi vida —asevero.

Astor asiente.

—Lo sé —repone al final.

—Es que no quiero que pienses que... —Me odio por hablar así, por ese tonillo suplicante. Pero no quiero perder nada de él; ni su confianza ni nada. No puedo.

Astor me atrae contra sí y la expresión de su rostro vuelve a ser reconocible. Más apacible.

—Lo sé —repite.

Ahora hay algo nuevo entre nosotros, algo electrizante. El pasado está ahí, pero no es un peso muerto; no como sucedía entre Trevor y yo. No es un equipaje con el que tenga que cargar, deshacer y explicar. Es algo fluido, como el mercurio. Se arremolina y se derrama. Viaja. Infecta. Ahora Astor también es parte de esto. Y no puedo evitar sentirme agradecida porque así sea.

* * *

Eataly está enfrente de Madison Square Park en la Quinta Avenida. Antes de la Catorce, así que me sorprende que Claire lo sugiriera. No tardamos mucho en llegar al centro, ya que el tráfico es bastante ligero para esta hora de la tarde de un día entresemana, algo que no es frecuente.

Claire está al lado de la recepción del restaurante. Es imposible no fijarte en ella, y cuando veo sus piernas kilométricas, algo se desata dentro de mí. Siento el impulso de correr hacia ella y hundir la cabeza en su hombro. Pero no lo hago. Puede que sea por Astor, pero no estoy segura. Sin embargo algo me lo impide.

Claire lleva puesta una camisa blanca que parece de hombre. De hecho, es de hombre. Lo sé porque mi hermano tiene la misma camisa. Es una prenda fina, de algodón blanco con rayas finas de color azul y el logo de Ralph Lauren en el bolsillo del pecho. Ya no estamos en verano y veo una chaqueta marrón de cuero apoyada encima de su bolso. Lleva unas Ray-Ban negras en la cabeza y está hojeando una revista. Lo más seguro es que sea el *Vogue*, pero no alcanzo a ver la portada.

Claire levanta la mirada hacia nosotros. Veo que echa un pausado vistazo a Astor antes de volverse hacia mí.

—Había dicho diez minutos —repone. Guarda la revista en el bolso y me da un abrazo rápido con un brazo—. Hola, Astor —lo saluda por encima de mi hombro—. Gracias por dejarla salir a tomar el aire.

No puedo ver su expresión, pero lo oigo bufar detrás de mí.

—¿Dónde está el roquero? —pregunto cuando me suelta.

—¿Quién?

—¿Max? —pruebo—. ¿Brooklyn? —Señalo a Astor y Claire abre los ojos como platos.

—Ah, ¿ese? Por favor, se acabó. —Se agarra las manos—. Me mandó un poema que resultó que había robado de un blog. Qué repelús. Rompimos.

—En realidad no pensaba que fuera tu pareja perfecta —confieso. Sabía que no duraría, nunca dura, pero de verdad parecía interesada en él.

—Lo sé —dice—. Puede que pienses de forma diferente, pero mientes fatal.

Se me encoge el estómago. Todavía me siento un poco alterada por el incidente de la foto en mi habitación.

—Bueno, ¿y con quién estás ahora? —pregunto, aclarándome la garganta.

Claire se tira del cuello y se encoge de hombros.

—Con nadie.

—Sí, claro —bromeo—. Siempre hay alguien.

—No estoy saliendo con nadie, ¿vale? —Exhala un suspiro y gira el avisador que tiene en la mano. Acaba de encenderse. Nuestra mesa está preparada.

Nos metemos en el ascensor y luego subimos la escalera hasta la azotea. Aquí arriba hay una magnífica vista, que hace que te sientas parte del paisaje urbano de Manhattan. Como si estuvieras flotando en él, junto con el edificio Chrysler. Es una de esas vistas que me hacen recordar que vivo en Nueva York. Trevor y yo solíamos ir a tomar una copa al Mandarin Oriental en el Columbus Circle de vez en cuando. Desde la barra de la planta treinta y cinco se puede disfrutar de una vista espectacular del parque. Cargábamos las copas, absurdamente caras, a la cuenta de mi padre y nos escondíamos en uno de los sillones junto a las ventanas. Me gustaba contemplar la ciudad así, desde la distancia. Como si fuera un cuadro o una escultura. Algo sosegado, inalterable, inamovible. Algo eterno. A veces me cuesta saber qué es lo que más echo de menos; lo que Nueva York o lo que Trevor solía significar para mí. Estaban entrelazados. Trevor era mi Nueva York.

Agarro con fuerza la mano de Astor y él me devuelve el apretón.

Claire pide champán y la camarera la mira de forma rara.

—¿Sabes qué? Mejor tráeme una Coca-Cola Light —dice. Por lo general, Claire no cambiaría lo que ha pedido, y si alguien la criticaba, se limitaba a llamar al propietario, que conoce a su padre, como no puede ser de otro modo. Aunque llamen para avisarle, le da igual. El padre de Claire ha tenido siempre una opinión bastante liberal acerca del consumo de alcohol. Claire bebe vino en la cena con su familia desde que tenía unos once años.

—Qué sitio tan genial —dice Astor, apoyándose en el respaldo de la silla y contemplando el panorama—. ¿Vienes a menudo?

Claire se encoge de hombros.

—Yo voy a todas partes muy a menudo.

Pongo los ojos en blanco e intento empujarla por debajo de la mesa.

—Bueno, ¿qué tal las clases? —pregunto.

Claire bebe un buen trago de su refresco.

—Supongo que bien. Los chicos del centro son raros, pero ¿qué novedades hay? —Mira a Astor—. ¿De dónde eres?

—De aquí.

Claire lo mira con los ojos entrecerrados.

—Entonces, ¿qué hacías en Londres? —Claire me dirige la mirada a mí, puede que para que la ponga al corriente.

¿Le he contado que vivía en Londres? ¿Cómo es que lo sabe? Y, además, ¿sé yo qué hacía él allí? Creo que su padre se trasladó allí por trabajo, pero no estoy segura. Sé que lo expulsaron del instituto, pero no sé por qué se fueron a vivir allí. Son muchas las cosas que no nos hemos preguntado porque hay mucho de lo que no queremos hablar. Astor hace que resulte fácil intentar olvidar. Seguir adelante. Y aunque no estoy segura de ello, creo que yo lo ayudo a hacer lo mismo.

Bajo la mirada a la mesa para evitar la de Claire. Guardo silencio. De repente me siento muy cohibida, como si alguien me hubiera visto cambiándome de ropa, con la camisa enredada en la cabeza mientras trato de sacar los brazos de las mangas.

Trago saliva y me concentro en mi plato.

—Os trasladasteis a vivir allí, ¿verdad? —aventuro, sin demasiada convicción.

Astor apoya una mano en el respaldo de mi silla y se encoge de hombros.

—Claro, sí. Oye, ¿qué me recomiendas de este sitio?

Claire frunce el ceño.

—La tabla de quesos, los ñoquis y la ensalada vegetal están de muerte —le dice, con la vista fija en mí.

Miro a Astor, que a su vez me mira a los ojos y parece percibir algo en ellos; tal vez preocupación. Me pone la mano en el hombro y me da un apretón.

—Mi padre tenía negocios en el extranjero. Nos mudamos y luego, cuando él se fue, me resultó más fácil quedarme. —Amolda la mano a mi hombro y recorre los huesos con el pulgar—. ¿Responde eso a tu pregunta?

Asiento.

—Por supuesto —digo—. Claro. —Lanzo a Claire una mirada que dice «¿Lo ves? Ya te lo había dicho», pero ella está echando un vistazo a la carta. Estoy muy cabreada con ella por sacar el tema. Sé quién es Astor. Sé cómo me hace sentir; como si las cosas por fin fueran bien. Eso es lo que importa. ¿Qué más da por qué fue a Londres? Después de la cantidad de citas de Claire que he escuchado, después de todas las decisiones estúpidas que ha tomado, ni siquiera puede concederme esto a mí. El odio empieza a invadirme, junto con la ira. Estoy furiosa con ella por insinuar que debería dudar de él.

Pedimos y la conversación gira en torno a Kensington. Claire quiere saber los últimos cotilleos; si Abigail sigue aterrorizándome este año (sí, con su «amistad»); con quién está saliendo Constance (con todo el mundo); y si Jack Fisher ha vuelto (sí, y sí, sigue siendo guapísimo). Miro a Astor cuando lo confirmo, pero parece no molestarle. Se limita a guiñar un ojo.

—Oye, no me mires a mí —dice—. Ese chico es un machote.

Entonces Claire me pregunta por Kristen.

—¿Por qué me preguntas siempre lo mismo? —espeto. La ira no me ha abandonado y surge concentrada en esa única pregunta.

Claire frunce el ceño y habla con voz serena.

—Solo intento ver qué tal te van las cosas.

—No terminó en un hospital psiquiátrico este verano, si es ahí adonde quieres llegar. —Mis palabras suenan como si estuvieran cargadas de veneno. Puedo saborearlo cuando abandonan mi boca. Potente y ácido.

Claire me mira como si le hubiera pegado un puñetazo en la cara.

—Pero ¿qué mosca te ha picado? —pregunta. Claire no es la clase de persona a la que le importe que Astor esté aquí. Le da igual qué es lo apropiado o hacer las cosas en privado. Si quiere decir algo, lo dice.

Miro a Astor, que nos observa fascinado, con una leve expresión de interés. Cuesta calarle.

Exhalo una bocanada y centro de nuevo la atención en Claire.

—De verdad que no lo sé. Como recordarás, nunca hemos sido amigas.

Claire arquea las cejas.

—Actúas de forma rara con esto.

—No actúo de forma rara —explico—. Es que no sé qué quieres que diga.

Claire apoya los codos en la mesa y se inclina hacia delante. Me mira con los ojos entrecerrados, como hace cuando sabe que estoy mintiendo, como hizo el año pasado cuando después de hacerlo me preguntó si Trevor y yo nos habíamos acostado. No sabe meterse en sus asuntos. «Es asunto mío», recuerdo que me dijo. Pero se equivocaba entonces y se equivoca también en esto. Es mi vida, no la suya. De repente estoy harta de ella. Harta de que se entrometa y de que siempre se crea con derecho a meterse en todo lo concerniente a mi vida. Pero esto no es algo que pueda compartir. Ella no ha perdido una hermana. No ha perdido a Trevor. Resulta enervante el mero hecho de que crea que sabe empatizar, que piense que tiene la más mínima idea de lo que es estar en mi pellejo.

—¡Menuda pinta tiene esto! —exclama Astor. Sonríe mientras la camarera deja la comida en la mesa. Puedo sentir la tensión entre Claire y yo. Se puede palpar. Como una densa niebla; algo que se puede ver.

—Mi padre se va a África para hacer una sesión el mes que viene —dice por fin. Se apoya de nuevo en el respaldo de su silla para facilitar que la camarera deje su plato. Me lanza una mirada que dice que esto no ha terminado, pero, por el momento, cambiamos de tema—. Me ha pedido que me vaya con él.

Esta vez Astor interviene.

—Deberías ir. Es un lugar impresionante.

—¿Has estado? —pregunto.

Él asiente.

—Sí, hace tiempo. Fui con mi padre. Aquello es increíble.

—¿Qué parte? —pregunta Claire—. Creo que nosotros vamos a Tanzania.

Astor entrelaza los dedos y estira los brazos.

—El sur. Hicimos un safari y luego pasamos unos días en Ciudad del Cabo por nuestra cuenta.

—¿Cuánto hace?

Astor hace una pausa.

—Unos dos años.

Claire se apoya en el respaldo de la silla.

—Estupendo —dice—. Bueno, entonces a lo mejor te llamo para pedirte información.

Astor estira las manos.

—Cuando quieras —repone.

Así me la quitaré de encima. Bueno, está claro que no vamos a ser los tres mosqueteros, como éramos Claire, Trevor y yo, pero lo está intentando, ¿verdad? Eso cuenta.

Astor se niega a dejarnos pagar. Claire discute con él solo un momento antes de darle las gracias. Otro punto a su favor, espero. Aunque cada vez tengo menos claro si eso me importa. Luego apartamos las sillas y bajamos en el ascensor hasta la calle. Astor sale a la acera para parar un taxi y Claire me agarra del brazo para apartarme a la izquierda.

—¿De qué va? —pregunta entre dientes. Hay mucho ruido en la calle a causa del viento, de los taxis y de las conversaciones, así que sé que Astor no puede oírnos. Pero aun así no puedo creer que esté haciendo esto aquí.

—¿De qué hablas? —replico. Me suelto de ella—. Ha sido muy simpático contigo.

—¿Por qué es tan cauto? —dice.

—¿Qué quieres de él? ¿La historia de su vida? Si tanto te interesa, pregúntale. A mí me da igual. Sé quién es ahora y con eso me basta.

Claire suelta un bufido.

—Qué ingenua eres.

—Y tú que corta de miras —replico—. Crees que solo porque no hago que me cuente toda su vida en verso después de una semana no es un novio de verdad. No todos somos como tú, Claire. No todo el mundo busca una relación de un mes.

Claire ignora esto último.

—¿Novio? —Me mira de una forma que parece que se le vayan a salir los ojos de las órbitas.

Esa palabra me sorprende a mí también, pero no pienso retirarla. Astor y yo no lo hemos hablado de forma oficial, pero estoy segura de que lo es. Tiene que serlo. Cruzo los brazos.

—Nunca me he peleado contigo, ¿sabes con cuántos idiotas has salido? ¿Cuántas citas de mierda he escuchado por teléfono? Si lo conoces, Astor es de verdad un gran chico.

—¿Y tú?

—¿Qué?

Me mira a los ojos.

—Si lo conoces, Caggs. —Se pasa los dedos por la sien—. Solo digo que parecéis muy unidos para ser dos personas que desconocen los detalles.

Yergo los hombros. Rememoro aquella conversación en mi dormitorio. Recuerdo a Astor preguntando y luego diciendo que no pasaba nada por no hablar. Claire nunca me ha hecho sentir que no pase nada si no quiero hablar. Con razón nunca quiero contarle nada.

Tomo aire y cuando hablo lo hago en un tono mesurado, sereno.

—A diferencia de ti, Astor no me obliga a pensar en el año pasado. De hecho, estoy con alguien que me permite seguir adelante. Si aún estuviera cerca de Trevor y de ti, me pasaría las horas hecha un ovillo.

Claire sacude la cabeza. En sus ojos puedo ver que está dolida, pero se le da bien disimular.

—Me tienes preocupada —dice.

—Solo querías que conociera a alguien —replico—. Estabas preocupada por mí porque no seguía con mi vida y ahora ¿estás preocupada por mí porque lo he hecho?

—Pero es que ese es el problema —aduce Claire—. Sea lo que sea esto, no es pasar página.

Abro la boca para preguntarle cómo demonios sabe eso, pero Astor ha conseguido un taxi.

—¡Eh! —grita. Sujeta la puerta abierta con una mano y con la otra me hace señas para que me acerque.

—No puedo seguir hablando de esto —le digo a Claire.

No sabría decirlo, ya que ella gira la cabeza y sus palabras surgen por un lado de su boca, igual que el agua que brota de un grifo roto. Pero me parece oírle decir: «Yo tampoco», antes de que emprenda el camino de vuelta al centro.

10

Llegados a este punto, y teniendo en cuenta lo que te he contado acerca de mi familia, es probable que no me creas, pero antes de que Hayley muriera, solíamos cenar en familia. No todas las noches, pero sí cuando podíamos y mi padre estaba en la ciudad. Mis padres, Peter, Hayley y yo. Trevor también venía muy a menudo. Su madre es enfermera y trabaja por las noches, así que venía después de clase y se quedaba. Hacíamos los deberes en mi cuarto. Hayley solía acompañarnos. Le gustaba estar con nosotros. Bueno, le gustaba estar con Trevor.

Era muy bueno con ella. Recuerdo una tarde del pasado mes de diciembre que estábamos los tres en mi habitación. Tenía que entregar un trabajo final de Inglés. Algo sobre Edith Wharton, que Trevor ya había terminado. Hayley y él estaban dibujando en el enorme bloc de mi hermana en el suelo. Yo estaba sentada en mi escritorio. Los oía reír y susurrar detrás de mí.

—¿Podéis bajar la voz? —bromeé al tiempo que me giraba—. Intento no suspender.

—Un notable no es un suspenso, Caggs —dijo Trevor—. Siento decepcionarte.

Lo miré, poniendo los ojos en blanco, y Hayley se rio.

—¿Crees que deberíamos contárselo? —preguntó Hayley.

Trevor miró a Hayley con los ojos entrecerrados.

—¿Crees que puede soportarlo? —replicó, y Hayley asintió de forma entusiasta y se puso a dar botes en el suelo. Trevor tomó aire de manera exagerada—. No lo sé. No estoy muy seguro. ¿Lo hemos pensado bien, bien?

—¡Sí que puede! —exclamó Hayley—. ¡Te prometo que puede! ¡Vamos a contárselo!

Trevor asintió.

—Si insiste usted, señorita Caulfield —dijo, y Hayley abrió los ojos como platos. Cuando algo le entusiasmaba se le ponían así, enormes y brillantes. Así que Trevor se aclaró la garganta—. Enséñaselo —dijo.

Hayley levantó el bloc de dibujo en el que estaban trabajando. En letras mayúsculas moradas y naranjas, sus colores favoritos, podía leerse: «¡Enhorabuena!».

Desvié la mirada de Trevor a Hayley y los dos estaban sonriendo de oreja a oreja.

—¿Enhorabuena?

Hayley parecía a punto de estallar.

—¡A Trevor y a ti os han elegido para el *Boletín*! —Miró a Trevor y se mordió el labio. Él rompió a reír.

—¿En serio? —pregunté.

Trevor asintió.

—Sí —dijo—. Es nuestro.

Me levanté de la silla de golpe y me arrojé a sus brazos. Recuerdo que me sostuvo y me dio unas cuantas vueltas. Hayley aplaudió desde el suelo. Luego él me dio uno de esos besos de película. Ni siquiera me importó que Hayley estuviera allí. Le rodeé el cuello con los brazos y me puse de puntillas.

—Vamos a pasar todo el año que viene juntos —dijo, apartándose un poco.

Apoyé la frente en la suya.

—Lo íbamos a hacer de todos modos.

—¡Vamos a celebrarlo! —sugirió Hayley.

Exhalé una bocanada de aire.

—Tengo que terminar esto.

Trevor me dejó en el suelo.

—No hay problema —repuso—. Tú trabaja y nosotros iremos a por helado.

Hayley se levantó y se encaminó hacia la puerta.

—¿De chocolate?

—Tú sí que sabes.

Esbozó una sonrisa y salió al pasillo. Trevor me atrajo hacia él y le rodeé el cuello con los brazos.

—No puedo creerlo —dije—. ¿De verdad nos han elegido?

—De verdad.

Enrosqué los dedos en su cabello.

—Vamos a ponerlo patas arriba.

—Lo sé —dijo. Me enmarcó el rostro con las manos y acercó los labios a los míos. Nos besamos unos instantes; esos besos lánguidos de dos personas que dan por hecho que tienen toda la eternidad.

Entonces Hayley gritó desde el pasillo.

—¡Trevor!

Él se apartó.

—Su Majestad me requiere —dijo.

Retuve su mano mientras nos separábamos.

—¿Trevor?

—¿Sí?

—Gracias.

Él meneó la cabeza.

—Yo no he hecho nada —dijo.

Siguió a Hayley al pasillo, pero recuerdo que pensé que estaba muy equivocado. Lo hacía todo. Él era quien cuidaba de mi hermana. Él era quien me quería. Estar con Trevor era como estar envuelta en un jersey calentito todo el tiempo. Sentirme arropada por él era perfecto. Por supuesto, entonces no sabía que esa seguridad empezaría a actuar como una barrera. Este espacio, este cálido lugar que habíamos creado se volvió por completo inhabitable. Ya no podíamos estar ahí juntos, así que Trevor decidió que no debíamos estar juntos.

En la cena de esa noche, Trevor y yo expusimos nuestros planes para el *Boletín* a mis padres. Hayley tomó notas en la mesa. Una semana más tarde encontré un sobre debajo de mi puerta. Dentro había dos trozos de papel con renglones con *Presentación para el* Boletín *de Hayley Caulfiled* escrito en la cabecera. Había un poema escrito con la letra de Hayley que se titulaba: *Mi hermana es mi mejor amiga.*

¿Seguiría pensando eso ahora? ¿Sabría hasta qué punto le fallé? ¿Los muertos guardan rencor? Hayley, te ruego que me perdones.

* * *

Peter viene a casa este jueves. Es su tercer viaje en dos meses.

—Tengo que hacer la colada —bromea cuando entro en la cocina por la mañana y me lo encuentro delante de la nevera.

—Cruzar el país en avión parece un poco excesivo hasta para ti. —Me acerco para abrazarlo—. ¿Vas a ver a Felicia?

Peter me mira.

—Qué va, en realidad no... Está fuera el fin de semana.

—¿Van bien las cosas entre vosotros?

—Hemos roto, más o menos. —Ladea la cabeza y sonríe.

—Ay, lo siento, Pete. —Le pongo una mano en el hombro.

—No pasa nada —dice—. Ha sido lo mejor.

—¿Demasiadas chicas bonitas de California?

Peter ríe.

—Algo así.

—Bueno, ¿por qué has venido? —Me siento en un taburete de la encimera.

—Pensé que podríamos salir, peque.

—¿Has hecho casi cinco mil kilómetros para pasar treinta y seis horas con tu hermana? ¿Qué ocurre, Pete? —Pero lo sé en cuanto hago la pregunta. Me impresiona la rapidez con la que han puesto en marcha este plan. Tres días, no está mal—. No puedo creer que te llamara —digo. Claire y yo no hemos hablado desde que estuvimos en Eataly, pero supongo que eso no significa que no haya estado en contacto con el resto de los Caulfield.

Peter cierra la puerta de cristal y va al armario a por una taza de café.

—Oh, vamos —dice—. Es que está preocupada por ti.

—¿Y eso le da derecho a hacerte venir a casa?

—Es tu mejor amiga, Caggs. Solo necesitaba un poco de apoyo. Alguien que evalúe la situación. —Se vuelve con una enorme sonrisa en la cara. Yo no sonrío.

—Esto es absurdo. De hecho, soy feliz por primera vez desde...

Peter levanta las manos.

—Mira, no te juzgo. Pero Claire tiene instinto.

—¿Me tomas el pelo? ¿Instinto? Esa chica no sabe ir al sur sin hacerlo en taxi.

Peter pone un poco de café en la parte superior de la cafetera eléctrica y baja la tapa.

—Eso es un poco duro.

—¿Conoces a los chicos con los que sale? Cree que está enamorada una vez a la semana.

Veo algo en la expresión de mi hermano, una especie de sombra.

—¿Y tú? —pregunta.

—Yo ¿qué?

—¿Crees que estás enamorada?

Jugueteo con la cuerda del pantalón del pijama y voy a sentarme en la encimera. Tengo la sensación de que volvemos a ser niños cuando respondo.

—A ti qué te importa.

Peter deja escapar un silbido.

—En fin, ¿quién es el tal Astor?

—Un chico —digo, levantando la mirada—. De hecho, fue al colegio contigo.

Peter frunce el ceño.

—¿A Kensington?

Niego con la cabeza.

—A Prep.

—Ah. —Peter asiente—. ¿Cómo se apellida?

—Es un estudiante de último curso, no un asesino en serie, Pete —replico—. No iba al mismo curso que tú. Dudo que te acuerdes de él.

Recuerdo la noche que conocí a Astor. Que no solo se acordaba de mi hermano, sino también de mí. Eso me hace sentir mejor. Como si yo tuviera razón y Peter estuviera equivocado.

Peter se sirve una taza de café y me ofrece.

—¿Quieres?

—No, gracias.

Peter exhala un suspiro y se da la vuelta, apoyándose contra la encimera.

—No te mosquees. Solo intento cuidar de ti.

Arqueo las cejas.

—¿Al rescate de quién acudes? ¿Al de Claire o al mío?

Peter finge sorprenderse.

—¿Es que un hermano no puede hacer algo bueno por su hermana?

—Cómprame un regalo —replico de forma inexpresiva.

Se cruza de brazos. Parece que está aún más fuerte que este verano y la camiseta se le ciñe bastante. Vuelvo a caer en la cuenta una vez más. A veces, cuando estoy con Peter, soy consciente de que ella no envejecerá. Que nunca sabré cómo será Hayley de adolescente, de mayor. No sabré si se volverá rubia como yo, cómo será de alta, si tendrá tripa. Nunca crecerá. Nunca será una estudiante de secundaria sarcástica, nunca tendrá novio ni verá el mundo tal y como es en realidad. Tendrá diez años para siempre.

Peter me mira y la careta parece desaparecer de su rostro, de modo que lo que queda es lo que de verdad es.

—Solo quiero asegurarme de que estás bien —se apresura a decir.

Quiero decirle que lo entiendo. Me gustaría rodearlo con los brazos y decirle que lo quiero. Que él es lo único que me queda. Pero no puedo. Para Peter no es lo mismo. Él no carga con el peso de la culpa como yo. No tiene por qué. Su pena es pura, sencilla y simple. Como si ella se hubiera convertido en dos personas diferentes al segundo de morir; la hermana que él perdió y la que perdí yo. Peter no la ve en el fondo de nuestra piscina. Él no la sacó del agua. No sabe que tenía los labios grises. No sabe lo que se siente al haberle fallado. ¿Cómo va a entenderlo? ¿Cómo vamos a compartir esto?

Le doy la espalda, me bajo del taburete y saco un vaso del armario de encima del fregadero para tener algo que hacer.

—¿Sabe mamá que estás en casa? —pregunto.

—Sí —responde—. Esta noche cenamos todos juntos.

Lleno el vaso y me quedo de espaldas a Peter. Esta noche hay un baile de instituto. Por lo general, no soy muy fan de estas cosas, pero he convencido a Astor para que vaya. Se va a celebrar en el museo Whitney, en el espacio para eventos de la planta baja. Astor tenía ganas porque dejan el museo abierto. Nos imagino a ambos subiendo a hurtadillas y perdiéndonos entre Hopper y O'Keefe.

—No puedo —digo. Oigo abrirse la puerta de la despensa y luego cerrarse. Peter no dice nada, así que me doy la vuelta—. Lo siento —añado—. Baile del insti.

—¿Desde cuando eres Miss Adolescente? —pregunta Peter.

—Es mi último año de instituto —alego—. ¿No se me permite tener algunos de estos recuerdos?

Me mira y durante un momento la veo a ella en sus ojos. Los ojos de Hayley. El parecido entre Peter y Hayley eran mayor del que ninguno de los dos tenía conmigo. Peter tiene mucho de mi padre. Hayley también lo tenía. Rasgos redondeados, pecas. Y esos ojos de color avellana, siempre chispeantes y llenos de vida.

—Pues claro que sí —dice—. Pero no te olvides de tu familia, ¿eh?

No digo lo que quiero decir; ojalá pudiera.

11

—Así que ¿estás hasta las narices de oír hablar de esto? —pregunto. Estoy hablando por teléfono con Astor, contándole el episodio de hoy con Peter. No he podido contárselo en el instituto. Además estoy rebuscando en mi armario, tratando de decidir qué ponerme para el baile de esta noche. Toda mi ropa parece apagada, como si la hubiera metido demasiadas veces en la lavadora. Si tuviera mejor relación con Claire, la llamaría y le pediría que me trajera algo o ella misma me habría enviado algo de Barney's o Bendel's por mensajero. Pero hoy tampoco hemos hablado y no sé qué decirle. En realidad no quiero decirle nada.

—Huyamos —dice Astor.

—Muy gracioso —digo. Hago una pausa para examinar el vestido negro que mi madre me trajo de un viaje a París el año pasado. Es un poquito excesivo.

—Vamos —dice—. Podríamos irnos el fin de semana a Roma. —Astor lleva un tiempo obsesionado con ir a alguna parte. París, Londres, Praga. Los dos solos. Reconozco que es romántico, pero creo que hasta mis padres lo notarían si desapareciera y me fuera a otro país.

—No podemos ir a Roma —replico—. Esta noche tenemos el baile del instituto. —Se hace el silencio en el teléfono—. ¿Qué? —digo.

Lo oigo tomar aire.

—No sé si podré ir esta noche.

Aparto la mano de un vestido verde de seda.

—¿Por qué?

—Tengo asuntos familiares de los que ocuparme. —No dice nada más.

Mientras estoy de pie en mi vestidor, me sorprende hasta qué punto me siento decepcionada. No sé por qué me importa tanto. No es más que un baile de un instituto que no me gusta, con gente que apenas conozco.

—¿Hay algo que yo pueda hacer?

—No —repone—. No es importante.

—Ah.

—No estarás cabreada, ¿verdad? ¿En serio quieres ir a eso?

Miro la hilera de vestidos colgados y los zapatos de tacón descartados en el suelo.

—No lo sé.

—Es Kensington —dice—. Es un aburrimiento. —Baja la voz—. ¿Por qué no me paso luego por tu casa?

—Porque yo quería ir —replico. Las palabras me sorprenden, pero no hago nada por excusarlas.

Oigo a Astor respirar.

—En realidad no creía que te interesara —aduce, con voz cortante, puede que incluso con algo de resentimiento—. Tú odias estas cosas. Los dos las odiamos. Solo es una noche en la que ser falso con la gente.

Me excuso.

—Lo entiendo —digo—. No pasa nada.

—Está claro que sí que pasa —alega. Se le oye un poco lejos, como si hubiera puesto el manos libres—. Iré.

—No tienes que hacerlo. Deberías ocuparte de tu familia.

Me ignora.

—Pero tengo que reunirme contigo allí, ¿vale?

—Claro —respondo—. Pero no pasa nada si no puedes venir.

—Claro que sí —dice. Su voz ha cambiado, se ha suavizado—. Hasta luego. —Cuelga enseguida, antes de que tenga ocasión de despedirme.

Me siento intranquila. Me resisto al impulso de llamarlo de nuevo y decirle que estaba bromeando, que en realidad no quiero ir, que venga y veamos juntos una película. Pero no lo hago. Creo que solo parecería una psicótica. Además, sí que quiero ir. Quiero bailar con él. Quiero sentir que tal vez esto pueda ser algo normal. Algo real.

Me siento con las piernas cruzadas en el suelo y abro mi joyero para echar un vistazo. Tal y como imaginaba, es un caos. Está todo revuelto y enredado, como el nido de pájaros en que a veces se convierte mi pelo cuando me lo dejo suelto. Es imposible distinguir un collar de otro. Oigo la voz de mi madre en mi cabeza: «Son cosas bonitas, Caggie. Deberías cuidarlas mejor».

Mi madre siempre ha sido coleccionista. Compra antigüedades, *art déco*. Cuando yo era más joven solía llevarme a los mercadillos de París, al Marché aux Puces, y exploraba los puestos en busca de hallazgos. Siempre que íbamos de viaje, buscaba el barrio de las joyerías y pasábamos por lo menos toda una tarde allí. Los zocos de Marruecos, el barrio de las piedras preciosas en Bangkok. Era algo que hacíamos juntas las dos solas. Además, siempre me compraba un regalo. Algo para recordar el viaje.

Sin embargo, este año no lo hemos hecho. Ahora mi madre compra mucho en Ralph Lauren. Empezaron a diseñar cosas que parecen antigüedades, así que compra eso en su lugar. Encuentro un collar con un colgante enredado con perlas y una pulsera de eslabones que me regalaron en mi cumpleaños número dieciséis. Los desenredo y sostengo el colgante en la palma de mi mano. Es verde, me parece que es una esmeralda, y más o menos del tamaño de la uña de mi pulgar. La cadena es de plata. Fue un regalo de mi padre. Era de su madre, pero la cadena original se perdió en algún momento. Recuerdo que mi madre dijo entre risas: «¡Qué típico de tu padre regalarte una gema que no puedas usar», y fue conmigo a comprarme una cadena nueva. Hayley insistió en venir también.

Fuimos a Tiffany's, algo inusual para mi madre, ya que era demasiado convencional para ella, pero Hayley quería ir. Le encantaba Audrey Hepburn. A Trevor y a mí nos obligó a ver *Desayuno con diamantes* unas diez veces. Le dije que podía elegir adónde íbamos porque yo no tenía ninguna preferencia. Así que eligió Tiffany's. Además, hizo que nos arregláramos antes de ir. Vestido de cóctel, guantes y sombrero negros. Incluso tomó prestado un par de gafas de sol de mi madre. Recuerdo que no paraban de resbalarle por la nariz.

Cada una eligió una cadena de plata. Mi madre le dijo a Hayley que, ya que nos había acompañado, podía elegir algo especial. Algo que quisiera, sin ningún motivo en particular. Pero Hayley eligió esa cadena de plata. Quería la misma que yo. Mi madre intentó explicarle que la mía llevaría un colgante, pero le dio igual. Quería comprar lo mismo que yo.

No cabía la menor duda de que Hayley era independiente, pero a veces también era así. No es que quisiera lo que yo tenía. No era celosa. Era la única niña de cinco años que conocía que jamás montó un berrinche. Quería que fuéramos iguales. Quería que nos pareciéramos. Quería compartir cosas. Era una cadena sencilla y traté de convencerla para que eligiera otra cosa (a fin de cuentas no tenía nada que colgar en ella), pero insistió. Quería una igual que la mía. Mi madre acabó comprándole un colgante más tarde, un pequeño rubí, pero nunca se lo puso. Quería llevarla tal cual. «Igual que el día que la compramos», decía.

Saco la verde esmeralda y aprieto la joya en mi mano. Está fría, como una moneda congelada en mi palma. Acto seguido me pongo la cadena. Me acerco al espejo de la tapa del joyero. Desde este ángulo no puedo verme la cara, solo el cuello. Mientras miro la cadena, que brilla sobre mi piel desnuda, pienso que podría ser Hayley. Entonces acerco la mano para tocarla. Mis dedos me delatan. Son largos, siempre lo han sido. Hayley tenía unas minúsculas manitas de niña, con dedos cortos. Peter siempre le tomaba el pelo con eso. «Pero ¿puedes sostener un tenedor, Hayley?», «¿Estás segura de que puedes abrir la puerta, Hayley?». Era en broma y ella lo sabía, pero me pregunto si él piensa en eso ahora. Me pregunto si se arrepiente.

—*Toc, toc.*

Me doy la vuelta y veo a mi padre en la entrada de mi vestidor. Me llevo una sorpresa tan grande que prácticamente me arranco la cadena del cuello.

—Papá —digo—. Hola.

No recuerdo la última vez que lo vi, pero por lo menos hace semanas. No puedo evitar fijarme en cuánto ha envejecido este año. Tiene casi todo el pelo blanco; atrás ha quedado ese entrecano que según mi madre hacía que se pareciera a George Clooney. Lleva el traje arrugado. Parece quedarle demasiado grande. Sé que debe de haber adelgazado porque se los hace a medida.

Me levanto y voy a darle un abrazo. Está rígido. No me rodea con los brazos. Ya sabes que no dejo de repetir que mi padre vive en un avión desde enero, que no viene a casa porque no sabe de qué forma afrontar lo que ha pasado. Pues a lo que me refiero es a que no sabe cómo lidiar conmigo.

Sabía que mi madre no me había culpado a mí. Quedó destrozada, inconsolable, pero no pensó que yo tuviera la culpa.

Mi padre no pudo evitarlo. Además, tiene razón. Sí que fue culpa mía. Fui yo quien le dijo que podía venir conmigo. Era yo la que estaba allí. Fui yo la que no se dio cuenta, la que no prestó atención; ¿cómo voy a culparlo? Básicamente lo he echado.

—¿Vas a salir? —pregunta, con los brazos a ambos lados. Luego se mete las manos en los bolsillos.

Asiento.

—Hay un baile del instituto —respondo.

—¿Con Trevor? —pregunta. Niego con la cabeza, pero no me extiendo—. Solo voy a estar esta noche en la ciudad —dice—. Peter y yo vamos a ir a la Trattoria Dell'Arte.

La Trattoria Dell'Arte es un restaurante cerca de la calle Cincuenta y Siete al que mi padre siempre nos llevaba a los tres. Mi madre lo odiaba, pero a él le encantaba. A veces los cuatro nos íbamos en secreto a comer algo antes de la cena de los domingos. Mi madre sabía qué tramábamos, pero nunca se encaró con nosotros por ello y tampoco sabíamos si se encaró con él. No creo que lo hiciera. Creo que en el fondo le gustaba que pasáramos un rato sin ella. Que quisiéramos hacerlo.

—Será divertido —digo. Me los imagino sentados en la mesa junto a la ventana. Dos sillas en vez de cuatro. De repente lo único que deseo es volver a hablar por teléfono con Astor. Decirle que me parece bien cualquier cosa que quiera hacer esta noche, siempre que podamos hacerlo juntos.

Mi padre se aclara la garganta.

—Bueno, diviértete —dice.

Levanto la mirada hacia él. Sigue siento muy alto, incluso más que Peter.

—Gracias —repongo.

Mi padre se marcha con su holgado traje gris. Parece conservar el espacio de todas las cosas que no podemos ver, pero que están ahí.

* * *

Salgo para el Whitney a las siete. Tomar un taxi y llegar allí me lleva solo unos minutos. Entro en la planta baja. El pasillo hasta la puerta está decorado con pétalos de rosa. Solo quedan unos pocos; el resto ha acabado en la acera o sobre la barandilla, sin duda esparcidos por el viento. Abigail y Constance están sentadas en una mesa plegable a la izquierda de la entrada.

—¡Caggs! —me llama Abigail cuando me ve. Se ha puesto un vestido rojo tan escotado por delante que se le ve el ombligo cuando se levanta.

—Hola, Abbey.

Constance está ocupada charlando con Bensen Wool, que acaba de entrar, y no levanta la vista.

Abigail ladea la cabeza.

—¿Vienes sola? —pregunta. Desliza el dedo por la lista de clase y señala mi nombre.

—No —digo—. He quedado con Astor. —Echo un vistazo a la hoja de registro—. ¿Ha llegado ya?

Abigail niega con la cabeza. Luego se inclina sobre la mesa y su pecho amenaza con desbordar el escote.

—Es curioso que vengas con él. Nunca os habría emparejado.

Se ríe como una boba y mira a Constance, que de repente está pendiente de nosotras.

—Sí, bueno...

Constance me interrumpe.

—¿Va a venir Claire?

—Claire ya no estudia aquí.

Abigail se encoge de hombros.

—Pensábamos que ibas a traerla de todas formas. Quien ha estado en Kensington, siempre será de Kensington. ¿O no?

—Solíais hacerlo todo juntas —añade Constance.

La dos siempre señalando lo evidente, como si fueran gemelas.

—Que tengáis una buena noche —digo. Después giro a la derecha y me dirijo abajo.

El piso inferior del Guggenheim cuenta con un espacio interior y exterior para eventos. Algunos alumnos se arremolinan afuera y hay mesas altas y redondas repartidas por el perímetro del interior, cada una cubierta por un mantel de color beige, con un centro de rosas blancas.

Bajo la mirada al vestido negro que he elegido. Una prenda que compré en los Hamptons el verano pasado. Tiene escote halter, con dos tirantes plateados y un círculo recortado en la pechera. Llevo esperando a que me crezca el pecho desde séptimo, pero no hay forma. Es probable que esto sea lo más sexi que tengo en el armario, y para el caso, bien podría haberme puesto unos vaqueros y una camiseta. Si Claire estuviera aquí, me bajaría el escote. Puede que hasta lo hubiera sujetado con alfileres antes de irnos para que se viera mi inexistente canalillo. Daría un paso atrás y me contemplaría. «No está mal —diría—. De verdad que hago todo lo que puedo contigo». Entonces yo le lanzaría un zapato y nos pondríamos a reír como locas. Me doy cuenta de que parece un montaje cinematográfico de la amistad, pero lo triste es que tiene algo de cierto. O lo tenía.

Me acerco a la barra y tomo zumo de arándanos rojos en un copa de vino. A veces incluso tienen champán en estos eventos «para los acompañantes».

Nuestro instituto no se molesta demasiado en fingir que los chicos de Kensington no beben. Bebo un par de sorbos mientras contemplo la escena. Gidget y Bartley están a solo unas mesas, hablando con Harrington Priesley y Greg Mathews. Considero la posibilidad de acercarme a saludar, pero si no me falla la memoria, creo que están locas por esos chicos. Trevor me lo contó una vez. Interrumpir mientras intentan ligar no me parece el mejor plan para «hacer amigos».

Así que me quedo a un lado. Pasan diez minutos y Astor no aparece. ¿Sabes lo que es triste? Estar en una fiesta organizada por tu instituto, por tu propio curso, y darte cuenta de que no tienes a nadie con quien hablar.

Pasan veinte minutos.

Saludo con la mano a Gidget. Ella sonríe, pero enseguida se vuelve hacia Greg.

Pasan treinta minutos. Astor sigue sin aparecer.

Dejo mi tercer zumo de arándanos. Ahora siento que mi vestido hace que parezca que me esfuerzo demasiado. ¿Para impresionar a quién? Cada vez está más claro que no tengo pareja.

Y entonces veo a Kristen. Está junto a los baños, al otro lado de la barra. Lleva un vestido color morado claro que guarda cierto parecido a uno que tenía Hayley. Parece pequeña e inocente. Demasiado joven para estar aquí. Se me acelera el corazón de inmediato porque me está mirando.

Como es normal, la veo en el instituto; en clase de Inglés, en los pasillos. Pero no hemos hablado desde aquel día en la clase del señor Tenner. El día que me prometió que no contaría nada.

Inspiro hondo y me acerco a ella. Kristen se yergue y deja su bebida.

—Hola —digo.

—Hola —responde—. ¿Con quién has venido?

Me encojo de hombros.

—Se suponía que había quedado aquí con Astor, pero no ha venido.

—Es bonito, ¿verdad? —Señala la pista de baile.

Asiento.

—Sí que lo es.

—Siempre me ha encantado el Whitney —comenta—. Es la clase de museo en el que puedes ver que te recuerdan. No es muy ostentoso, ya sabes.

—¿Pintas? —pregunto.

Kristen mira su copa.

—Más o menos. Es decir, sí.

—Es genial —digo—. No lo sabía.

Levanta los hombros como si quisiera decir que no lo había preguntado.

—Bueno, ¿qué tal estás? —pregunto.

—Bien —responde, arrastrando los pies. Me fijo en que evita el contacto visual.

—Eso no suena bien —aduzco.

Ella se encoge de hombros.

—No pasa nada. No es problema tuyo.

—Creo que eso ya lo hemos superado —replico. De repente me doy cuenta de que no va a contar lo que pasó en mayo, que jamás lo hará. Esa certeza me golpea en el estómago. Hace que me sienta agradecida, aliviada y culpable a un mismo tiempo.

Kristen ríe. Hace que parezca mayor, un poco más robusta.

—Supongo que sí. —Se vuelve hacia mí—. Tampoco es que haya tenido demasiados amigos aquí. Pero estoy harta de Abigail y de Constance.

—Amén a eso —digo—. Ahí te entiendo. —Alzo mi copa hacia la suya y brindamos.

—¿Verdad que sí? —dice. Se relaja un poco. Sube el tono.

—Solo tienes que ignorarlas —le aconsejo.

Ella exhala un suspiro.

—Lo sé, pero a veces cuesta. El otro día salía del *Boletín* y... —Hace una pausa y me mira.

—¿Estás trabajando con Trevor? —pregunto.

Ella se muerde el labio inferior.

—Sí —contesta—. Necesitaba un sustituto. Solo estoy echando una mano. Creía que lo sabías.

—No, no —digo—. Está bien. Es genial.

Ella asiente unas cuantas veces.

—Ha sido divertido —repone—. Trevor me ha contado algunas de tus ideas. Son muy buenas.

—Gracias —digo—. Pero la mayoría eran suyas.

Kristen me mira con los ojos entrecerrados y luego sacude la cabeza.

—Eso no es lo que él dice.

—Solo está siendo modesto —replico. Siento la boca seca y de repente tengo ganas de salir de aquí.

—Es un buen chico.

Trago saliva.

—Sí. Lo sé.

Entonces Kristen me toca el brazo. Me sobresalto al sentir las yemas de sus dedos.

—Solo hablamos del *Boletín* —dice—. Por si te lo preguntabas. Ni siquiera permite que la señora Lancaster me asigne tu puesto. Creo que sigue pensando que volverás.

Abro la boca para responder, pero algo me lo impide. Trevor está aquí. Entra del exterior, riendo con Phil Stern. Nuestras miradas se cruzan de inmediato y él esboza una sonrisa. Puede que sea porque Astor no ha venido o tal vez porque he estado sola cuarenta minutos, yo también sonrío. Lo veo relajarse; reconozco esa sonrisa que se dibuja en su rostro cuando algo le hace feliz de verdad. Trevor se excusa enseguida con Phil y se dirige hacia nosotras.

—Hola —dice. Me mira a mí y luego a Kristen—. ¿Qué tal, Jenkins?

—Muy bien —responde ella.

Trevor la mira, enarcando una ceja.

—Recuerda lo que te dije. Si esas chicas son maleducadas contigo, acude a mí. ¿Vale?

Ella suspira.

—Lo sé —dice—. Vaya si lo haré.

Trevor me mira.

—Hola —dice.

—Hola.

Oigo a Kristen aclararse la garganta.

—Acabo de recordar que tengo que relevar a la niñera —dice.

—Ah, venga ya —dice Trevor, dándole un suave golpecito en el hombro—. Inténtalo un poco.

Ella se ríe. Es agradable verla sonreír. Feliz. Viva.

—Me alegro de haberos visto a los dos. —Se despide con la mano de nosotros y se marcha hacia las escaleras.

Cuando desaparece, puedo sentir a Trevor cerca de mí.

—La has espantado —replico.

—Qué va —dice—. Jenkins es genial. Y esos rumores sobre ella son una auténtica idiotez. —Me mira y sacude la cabeza con incredulidad—. Pero ¿qué estoy diciendo? Tú ya lo sabes.

—Sí —convengo—. Por supuesto. —De repente siento el imperioso deseo de contárselo todo a Trevor. De soltar lo que ocurrió aquella noche con exactitud. Decirle cuánto estaba sufriendo; cuánto sufro aún. Pero sé que no puedo. Ya ni siquiera estoy con él. Y si en primavera salió huyendo por patas, esto haría que se marchara a la luna.

—¿Cuánto llevas aquí?

Trevor se ha puesto un traje gris, con una camisa rosa claro debajo. Yo le regalé esa camisa por San Valentín hace dos años. Fuimos a Brook Brothers y la elegimos juntos. Recuerdo que entré con él en el probador y me sujetó contra la pared. Nos enrollamos durante un rato, hasta que un dependiente nos vio y nos dijo que teníamos que irnos. Sin embargo, dejaron que antes compráramos la camisa. «Supongo que Brook Brothers sigue siendo un negocio», bromeó Trevor, acariciándome la mano.

Me pregunto si se acuerda de aquello cuando se la pone. Me pregunto si la conexión es igual de directa en su cabeza como en la mía.

Me encojo de hombros.

—No demasiado. ¿Y tú?

—Más o menos una hora. He estado fuera. —Señala hacia las puertas en las que Abigail y compañía no están observando mientras cuchichean en voz baja.

—Ah —digo—. Genial. —No sé si alguna vez me acostumbraré a hablar con él de este modo, como si solo fuéramos conocidos. Compañeros de clase. Para el caso, bien podríamos hablar del tiempo.

—Supongo que algunas cosas no han cambiado —comenta. Me mira con esos ojos azules tan familiares y una expresión amable.

—Ya —digo—. Supongo que no.

Nos quedamos ahí durante un momento, mirándonos. No sé bien qué decir. Creo que él tampoco. Entonces cambia la canción. En serio, qué obvio. Qué predecible que en este momento suene una lenta y la gente empiece a emparejarse.

—¿Bailas? —Me mira con expresión penetrante y una pequeña sonrisa.

Astor no ha venido. Es más que probable que ni siquiera haga acto de presencia. Debería haber hecho caso a lo que me estaba diciendo en realidad por teléfono. Me decía que no quería venir esta noche. Que no quería estar aquí.

—Vale —digo.

Trevor me toma de la mano. Enseguida me acuerdo de nuestro primer baile de invierno. Es como una premonición o algo así, aunque del pasado. Pero es un recuerdo cristalino, como si ahora mismo estuviéramos allí. La azotea del Gansevoort. La sensación de estar entre sus brazos, estimulante y segura a la vez. Igual que montar en una atracción de un parque de atracciones, incluso una montaña rusa, pero sabiendo que estás bien sujeta. Que pase lo que pase, no te vas a caer.

Trevor me lleva a la pista de baile y me atrae contra sí. Dejo que lo haga. Apoyo la cabeza en su hombro y él toma mi mano en la suya.

—Estás preciosa —me dice al oído.

Tengo ganas de cerrar los ojos contra él. Siento que retrocedo en el tiempo a una época en la que solo bailaba con Trevor, en la que eso era lo único que debía hacer. Una época en que solo tenía que preocuparme por dónde íbamos a cenar el viernes por la noche o en casa de quién íbamos a estudiar el domingo.

Con los ojos cerrados casi parece que nada haya cambiado. De fondo puedo oír la voz de Claire en un recuerdo: «Eh, tortolitos, ¿Rouge

Romate o Serafina?». Con qué despreocupación hacíamos planes para almorzar. Cuánta ignorancia y confianza en nuestro futuro.

Quiero decirle que lo echo de menos. Puedo sentir burbujear las palabras. Porque es cierto; lo echo de menos. Echo de menos esto. Echo de menos sentirme segura. Cuando estoy en sus brazos parece que podría pasar cualquier cosa, que el mundo pudiera acabarse, y que de algún modo todo iría bien.

—Trevor… —empiezo, y entonces veo a Astor.

Nos está mirando desde el descansillo de las escaleras. Puedo ver el desconcierto en sus ojos, la chispa de ira. No pienso, sino que me limito a apartarme con brusquedad de Trevor.

—Oye —dice Trevor, sin soltarme la cintura—. ¿Qué ocurre?

Pero ya estoy dejándolo atrás para llegar a Astor y darle explicaciones.

—Para —digo.

Trevor da un paso atrás y veo lo dolido que está. Tanto que parece una puñalada.

—Caggie, ¿qué…? —Pero entonces ve a Astor. Trata de detenerme una vez más y sus dedos me agarran del brazo—. No.

—Suéltame —digo con más brusquedad de lo que pretendía. Solo sé que tengo que alejarme de él.

—Caggie, por favor —dice—. Quédate conmigo.

Lo miró y veo dolor en sus ojos; el mismo dolor que el día en que cortó conmigo. El día que me dijo que ya no quería seguir con esto.

Pero Astor se gira para marcharse, así que no respondo a Trevor. Me limito a soltarme el brazo y corro hacia él, dejando a Trevor en la pista de baile. Puedo ver que otros alumnos nos observan. Estoy segura de que esto le está alegrando la noche a Abigail.

—¡Astor, espera! —Subo corriendo los cinco primeros escalones y lo agarro de la parte de atrás de la chaqueta del traje—. Solo estábamos bailando —digo.

Él se da la vuelta. Tiene los ojos oscuros y hacen que parezca un poquito aterrador.

—Supongo que al final daba igual que no viniera.

—No —replico, sacudiendo la cabeza—. No es lo que parece. Trevor solo me ha sacado a bailar. Somos amigos. —Estoy sin aliento y noto las mejillas desinfladas, como si inhalar aire fuera demasiado dificultoso. Mentiras. Mentiras. Mentiras.

—Pues no parecía un baile de amigos. —Continúa subiendo. Lo sigo hasta que llegamos al vestíbulo del museo.

—Te equivocas —asevero. Trato de no pensar en las palabras de Trevor: «Quédate conmigo». ¿Por qué? Él no lo hizo—. Y tú ni siquiera estabas aquí. Llegas una hora tarde, Astor.

Esto hace que se dé la vuelta.

—Te dije que tenía asuntos de familia —replica—. ¿A quién le importa este estúpido baile?

—A mí —respondo, porque es cierto—. Me importa a mí.

Astor se pasa la mano por la frente. Lo observo mientras se desinfla como un neumático.

—Lo siento —dice al final. Levanta la vista para mirarme a los ojos—. Por cierto, estás impresionante.

Exhalo, inundada por el alivio.

—¿De verdad?

Astor ladea la cabeza.

—¿Por qué crees que me he cabreado tanto por lo de Trevor? Estás demasiado sexi para estar en brazos de otro.

Acerco el brazo sin pararme a pensar y lo atraigo hacia mí. Hablar con Kristen, ver a Trevor..., es demasiado. Demasiado real. Ahora mismo quiero desaparecer. No deseo pensar en el pasado; quiero estar aquí. Astor puede ayudarme con eso. Me ayuda con eso.

Entrelazamos nuestros labios. Lo bueno de besar a Astor, y que nunca sentí con Trevor, es esta sensación de confianza. De poder. Por su forma de mirarme cuando nos separamos, de recorrer mi clavícula y ascender después hasta mis labios, sé que me desea. Y es una sensación maravillosa. Embriagadora. Me hace desear cosas que nunca antes he deseado. Hace que no me sienta del todo yo misma. Como si fuera un poco diferente..., puede que más mayor. No alguien que duerme con una lamparita encendida y que aún lleva un retenedor, sino alguien que sale con un enigmático hombre de Londres con un pasado... ¿turbulento? Es mejor que la alternativa.

—Vámonos —susurro. Acerco los labios a su oreja—. Quiero ir a tu casa.

Astor me trae contra sí. Me besa mientras sus manos recorren mis hombros y descienden por mi espalda. Alzo los brazos para rodearlo con ellos. Al cabo de un momento, se aparta y apoya su nariz contra la mía.

—Vámonos —dice.

Me doy cuenta de que me estoy aferrando a él, con las manos en sus hombros, agarrándole la piel con los dedos. Incluso mis ojos están fijos en él; clavados, como si quisiera retenerlo. Miro hacia atrás mientras nos dirigimos a la puerta. No sé por qué lo hago, porque sé lo que veré.

En efecto, Trevor está en el descansillo de arriba, mirándonos, con los brazos a los lados. Pero no me permito mirarlo, ni siquiera durante un instante. En vez de eso, agarro a Astor de la mano y salgo con él por la puerta del museo.

—A la Sesenta y Ocho con Lex —le dice Astor al taxista.

El corazón me da un pequeño vuelco, como si saltara desde un trampolín. Tiene que ser la dirección de su casa. «Voy a ver dónde vive».

Astor agacha la cabeza y me roza los labios con los suyos. Ninguno de los dos dice nada.

Cuatro minutos más tarde nos detenemos delante de una casa. Astor le da un billete de diez dólares al taxista y nos bajamos.

—Hogar, dulce hogar —dice—. Vamos.

Los nervios que sentía en el taxi parecen estar a flor de piel una vez nos apeamos. De punta. No estoy segura de lo que me espera dentro, pero si hubiera tenido algo que esconder, estoy a punto de descubrirlo. Astor me insta a avanzar.

Subimos los escalones y él marca el código 0215 y la puerta se abre con un *clic*. El 15 de febrero. Creo que es su cumpleaños.

El vestíbulo es impresionante. Por lo menos tres metros más grande que el nuestro. También es más elegante. Se asemeja un poco a uno de esos salones que se ven en las visitas guiadas a los palacios antiguos, que están organizados para que sean similares a cómo podían haber sido en esa época. Dormitorios y salones para gente que murió hace décadas. Tal vez incluso siglos.

—Por aquí.

Me lleva por una ancha escalera de mármol que conduce a un largo pasillo. Parece la planta de un hotel. Puertas idénticas que se extienden en ambas direcciones.

—¿Hay alguien en casa? —pregunto en voz baja. Da la impresión de que en su casa haya eco, y dado que no conozco a sus padres, no quiero toparme con ellos en su casa a las nueve de la noche, dirigiéndome a la habitación de su hijo.

—No —responde.

Me arrimo más a él mientras recorremos el pasillo. La casa no está mal iluminada, pero parece oscura. Casi encantada.

—Aquí. —Abre una de las puertas y la sujeta mientras entro en su cuarto.

Hay un drástico contraste entre su habitación y el resto de la casa. Las tonalidades rojas, doradas y grises dan al pasillo un aspecto llamativo en tanto el de su dormitorio es de un claro color azul. Además, es bastante pequeño. Cuatro paredes, un armario a un lado y una mesa al otro. La habitación desprende un aire antiguo, da la sensación de estar desgastada. Parece que las cortinas no se han cambiado desde que Astor era bebé y la base de la pantalla de la lámpara está amarillenta. Tomo un bloc de papel de la cómoda y paso las manos por las letras en relieve. CWA.

—Bueno, ya está —dice—. Ya lo sabes todo de mí.

Me echo a reír.

—¿Esto es todo?

—Ya te conté lo de *Annie*, ¿no? —Astor me contó que de pequeño solía ver *Annie* en bucle. Le prometí que lo llevaría a verla a Broadway. Se sienta en su cama y oigo chirriar los muelles—. Eres difícil de complacer.

Doy una vuelta por la habitación. Me muevo con cuidado, como si fuera a alterar las moléculas del aire y las cosas parecieran diferentes de lo que son en realidad si pisara demasiado fuerte o agitara las manos demasiado deprisa.

Me fijo en su cama; algodón blanco planchado, de ese tan caro que le gusta comprar a mi madre. Sin duda Pratesi o Frette. Su escritorio de madera clara con tapa corrediza. La parte superior está levantada y dentro hay una fotografía de él con una mujer. Me acerco y agarro el marco.

—Ven aquí —dice.

—¿Quién es? —pregunto al mismo tiempo.

Astor guarda silencio detrás de mí y me giro con la foto en las manos. No cabe duda de que es él, solo que más joven; puede que con cuatro o cinco años menos que ahora. Mira a la mujer con una sonrisa mientras rodea su cintura con los brazos.

Astor mira la foto y luego me mira a mí.

—¿Es tu madre? —digo. Solo con preguntar sé que la verdadera cuestión es otra. Tal vez lo haya sabido siempre y solo tenía miedo de decirlo en voz alta.

Él me mira y sonríe.

—Sí —responde, y luego agrega—: Bueno, lo era.

Existe un código entre la gente que ha perdido a un ser querido. No hay necesidad de cuidar lo que se dice. No pasa nada si metes la pata, si dices algo inapropiado, porque tú también has perdido a alguien. A ti también se te ha muerto alguien. Sabes que no hay respuestas correctas. La siguiente es peor que la anterior. Pero tienes derecho a preguntar si lo deseas. Ni sé por qué, pero es así.

Me acerco a él, me siento en el borde de la cama y tomo su mano en la mía.

—Murió —dice—. De cáncer. Yo tenía cinco años. —Me quedo quieta y callada, como si él fuera un ciervo al que no deseo espantar. Astor sacude la cabeza—. Fue una larga enfermedad; estuvo enferma durante un año, puede que más. —Me aprieta la mano—. Es raro, ¿verdad? A veces todavía espero que entre por la puerta.

Esta es la razón de que no me haya obligado a hablar de Hayley. Sabe lo que es sentir esa clase de dolor que te hiere el alma.

—Sí que lo es —convengo.

—Te cambia —prosigue—. No soy la misma persona. Nada es igual. He intentado explicarle eso a la gente. A mi padre, incluso...

Tomo su rostro de repente entre mis manos. Poso las palmas en sus mejillas y sondeo sus ojos.

—Lo siento mucho —digo, porque es verdad y porque sé lo que es. Todo. La culpa. Los remordimientos. El anhelo. La distancia que la muerte crea entre las personas que siguen aún aquí.

Astor cubre mis manos con las suyas.

—Gracias.

—¿Por eso te fuiste a vivir a Londres?

Él asiente.

—Sí. Nos marchamos justo después. Mi padre quería quedarse en Nueva York, pero... no funcionó. —Mira el suelo y luego de nuevo a mí.

Le acaricio la mejilla con el pulgar. No sé qué decir y poco a poco entiendo que en realidad no tengo que decir nada. Lo comprendo. De un modo en que a mí no me han comprendido. La realidad de esta pérdida, de lo que entraña, es como un vínculo que nos une. La pena se abre paso de mi corazón al suyo.

Parece que estamos conectados por este negro núcleo, por esta zona cero de humanidad en carne viva, que es humana, fuerte y frágil a la vez. Es la vida misma; la perspectiva de la muerte está ahí, implícita en cada momento, a solo un instante.

—Oye —me dice al oído. Enmarca mi rostro con sus manos y me retira el cabello—. ¿Puedo decirte una cosa?

—Pues claro.

Astor mantiene la cabeza gacha, por lo que no puedo ver sus labios, tan solo sentirlos.

—Creo que estoy enamorado de ti.

Juro que se me detiene el corazón. Como un coche que pisa el freno en un semáforo en rojo.

—¿Lo crees? —acierto a decir.

Astor se aparta y esboza una sonrisa.

—¿A ti qué te parece?

Le dije a Trevor que lo quería de inmediato. Después de seis días. Y después lo decíamos a todas horas. Sin parar. Por la noche al teléfono, en el instituto, por las mañanas, cuando nos veíamos al otro lado del parque. Además, lo decía de corazón. De verdad. Lo quería. Adoraba que me hiciera sentir segura y lo bien que me conocía. Adoraba que supiera adelantarse a las cosas. Como, por ejemplo, si quería helado de chocolate después de clase o entradas de cine para una película de chicas que jamás reconocería que quería ver.

Con Astor es diferente. Él me cambia o lo cambio yo a él. No estoy segura. Solo sé que cuando estoy con él me siento parte de algo. Por primera vez desde que Hayley murió siento que no estoy sola.

—Creo que yo también te quiero —digo.

Me pasa las manos por la espalda.

—Muchos «creo» veo yo aquí. —Poso las manos en sus hombros y dejo que me bese el cuello.

—Sí, ¿qué hacemos al respecto?

Astor exhala una bocanada de aire.

—¿Qué quieres hacer al respecto?

Sé qué quiero hacer. Lo sé desde la primera vez que me acompañó andando a casa. Quiero estar cerca de él, tanto como pueden estarlo dos personas. Ahora sé lo que le ha pasado también a él. Y es esta realidad lo que me acerca a él, la que me tumba con él en la cama. Algo profundo, importante y eterno. Algo que no te pueden quitar.

Siento que no puedo respirar, pero no me importa. Quiero que me aplaste. Que respire a través de mí, por mí. Trevor lo intentó, también Claire, pero fracasaron porque no se puede respirar por alguien cuyas necesidades no comprendes. Es como darle sangre de tipo A a alguien del tipo cero negativo.

En ese momento, tumbada debajo de él, creo que Astor podría salvarme. Podría salvarme gracias a la magnitud de lo que significa entender. Y yo se lo permitiría.

12

Despierto en la cama de Astor, enredada en las sábanas, con mi vestido en el suelo. El reloj marca las 6:58 a. m., lo que significa que si me marcho ahora mismo aún me dará tiempo de recoger mi bolso en casa antes de ir a clase. Me doy la vuelta. Astor duerme a mi lado, con la cabeza en la almohada, el brazo estirado hacia el suelo, como si quisiera alcanzar algo.

Me levanto de la cama despacio, me pongo el vestido, engancho mi bolso y me acerco a la puerta. No se mueve cuando la abro y aún puedo oírlo roncar ligeramente cuando estoy al otro lado.

Me escabullo por el pasillo y entro en el vestíbulo. Lo único que se oye en toda la casa es el sonido de mi propia respiración, superficial y ligera. No sé muy bien por qué me siento como si estuviera escapando.

Casi he llegado a la puerta, cuando algo hace que me pare en seco. Una voz de hombre que viene de detrás de la puerta del salón, a no más de metro y medio de mí. Habla en alto de forma animada, como si no fuera consciente de que vive en un museo. Yo tenía razón; no cabe duda de que esta casa tiene eco.

—¡Se suponía que no iba a ser una solución permanente! —grita.

Solo unos metros me separan de la puerta, pero soy incapaz de hacer que mis piernas se muevan hasta allí.

—Le dije que lo necesita. ¿No tienen archivos en su despacho?

Tengo las manos entumecidas y al mirarlas veo que han empezado a temblarme. Me tiemblan de manera espasmódica y me las agarro para impedir que se muevan. Tengo miedo de golpear algo. Una lámpara cara. Un interruptor de la luz oculto. Solo tengo que llegar a la puerta.

—Aquí no está estable —dice—. Necesita ayuda. ¡Pensaba que se la habían ofrecido!

Oigo colgar de golpe el teléfono al tiempo que salgo corriendo hacia la puerta. La abro de un tirón, bajo los escalones y corro las tres manzanas y media que me separa de mi casa. No me detengo a mirar si su padre me ha oído ni si ha abierto la puerta. Me voy chocando con la gente en Park Avenue. Tiro el bolso del brazo de una mujer y una niña pequeña empieza a llorar. Me disculpo en un murmullo por encima del hombro.

Cuando llego y me cierro con llave dentro de mi casa, sana y salva, estoy resollando y siento un dolor punzante en los pies, embutidos en los zapatos de tacón de anoche.

Peter está en la cocina, con una taza de café en una mano y el *The New Yorker* en la otra. Verlo sentado en silencio, inmóvil, me hace pensar que me estaba esperando. Con todo lo que ha pasado desde que lo vi, se me había olvidado por completo que estaba en la ciudad.

—Me has asustado —digo. El corazón aún me late con fuerza y tengo el cuello empapado, como si acabara de despertarme de una pesadilla. Dejo el bolso en la encimera a su lado y me dispongo a llenar un vaso de agua. Aún me tiemblan las manos mientras abro el grifo.

—¿Dónde estabas? —pregunta. Deja la revista doblada en la encimera. La oigo caer.

Su voz suena ronca, seria, y sin necesidad de mirarlo sé que tiene los ojos rojos. Anoche no durmió. Quizá esperó despierto en la encimera. No me extrañaría de él.

—En ninguna parte —respondo, dejando que el agua continúe saliendo. El vaso se llena y empieza a rebosar, pero no cierro el grifo.

—No viniste a casa —dice—. Es evidente que estuviste en alguna parte.

Tomo el vaso, vierto la parte de arriba y cierro el grifo.

—Estaba con Astor, ¿vale? ¿Ahora eres mi madre? —Me pregunto si mi madre o mi padre está aquí. Si mi padre se quedó después de cenar anoche, aunque lo dudo. Este año no ha querido despertarse en la misma casa que yo.

Oigo a Peter suspirar detrás de mí y el ruido de su taza sobre el mármol.

—No me cae bien.

Me doy la vuelta.

—No tiene por qué. Menuda estupidez, Peter. No lo conoces.

—Sí que lo conozco. —Se pellizca el puente de la nariz con el pulgar y el índice.

—¿Sacaste su nombre de Prep? —replico—. Venga ya.

—Me acordé —dice—. Astor era su segundo nombre. Antes de que se trasladaran a África solía responder al nombre de Charles.

—A Londres —le corrijo.

Peter suelta un bufido.

—Lo que sea.

Me encaro con él.

—Se fueron porque su madre murió. Da igual lo que creas saber porque no sabes nada.

—Se fueron porque se convirtió en un puto psicópata. —Doy un paso atrás. Peter se frota la frente y suspira—. Lo siento, Caggs. No me gusta tener que ser yo quien te lo diga, pero...

—Cierra la boca, ¿vale? —digo. No puedo evitarlo; me pongo a chillar—. Su madre murió. Murió, Peter. Y por extraño que parezca, lo sintió de verdad. Él comprende cómo me siento. Tú sabrías lo que es eso si te hubieras parado dos malditos segundos a llorar a Hayley.

Peter se baja del taburete y se pone de pie.

—No quiero verte metida en esto —repone con calma—. No es un buen tipo. Está trastornado.

No doy crédito a lo que oigo.

—Tú crees que la gente que no está todo el día con una sonrisa en la cara no es buena, pero ¿sabes qué? Algunas personas sienten verdadero dolor.

—¿Qué se supone que significa eso? —Peter da un paso hacia mí. Yo hago lo mismo de forma instintiva. Estoy furiosa. Es impactante. Alarmante. Pero el resentimiento que siento hacia él y que llevo guardándole desde que se fue en septiembre se apodera de mí. Estoy furiosa porque fuera capaz de estar allí este verano. Estoy furiosa porque soy yo quien ha cargado con el peso del recuerdo de su último momento.

—Ni siquiera la lloraste —repongo—. Fuiste allí este verano como si no hubiera pasado nada.

—Te dije que fui a recoger las cosas de la casa —alega Peter con voz grave y serena, aunque me doy cuenta de que le está costando mantenerla así—. Alguien tenía que hacerlo.

—Me alegra que estuvieras capacitado para realizar la tarea.

Peter exhala con brusquedad.

—No pienso pelearme contigo por esto.

—¿Porque te da miedo? —pregunto—. ¿Porque sabes que tengo razón?

—Porque nadie tiene razón —asevera—. No voy a usar a Hayley como una especie de escala moral. No es justo.

—¿Para quién?

—Para ella.

Sacude la cabeza despacio y luego agarra su taza de café de la encimera y se marcha de la cocina.

Corro escaleras arriba a mi cuarto y me quito el vestido sin miramientos. Saco una falda de uniforme arrugada de un cajón y una camisa de una bolsa de la tintorería. Me recojo el pelo con una pinza y me pongo unas botas bajas. No encuentro a Peter a la salida y me dirijo a clase aturdida, maldiciéndolo durante todo el camino. Se cree que es moralmente superior porque... ¿Por qué? «Porque no es el responsable de su muerte».

Y luego está Astor.

Por supuesto, esa llamada telefónica podría tratar de un millón de cosas. Quizá ni siquiera fuera sobre Astor. Pero me resulta imposible dar con una alternativa satisfactoria que explique el hecho de que su padre quiera mandarlo lejos de aquí.

Su padre no lo entiende, igual que no lo entiende el mío. Igual que Peter no lo entiende. Y tampoco mi madre. Solo quiero ver a Astor. Él me explicará lo de su padre. Me dirá que no es más que otro de sus planes, que quiere mudarse a Praga por trabajo y desea asegurarse de que Astor esté bien atendido. Ahora lo entiendo. «Tan solo está preocupado desde que murió mi madre —dirá Astor—. Quería enviarme a alguna parte; pensaba que podrían ayudar con eso. Lo dejó cuando le dije que aquí soy feliz. Contigo».

Sí, todo irá bien.

Pero no aparece por el instituto y al llegar la cuarta clase ya no estoy tan convencida de mi propia historia. Empiezo a dejarme llevar por el pánico. La historia empieza a cambiar. ¿Y si su padre lo ha atrapado? ¿Debería haberme quedado? ¿Debería haberle avisado? ¿Y si venían hoy a llevárselo?

Lo llamo al móvil, pero nadie atiende. Ni siquiera salta el buzón de voz.

A la hora de la comida, Abigail me pide que me siente con ellas en la biblioteca, pero rehúso su ofrecimiento. Empieza a refrescar, las primeras ráfagas de viento del temprano invierno y la camisa no ayudan precisamente. Me quedo junto a la puerta durante toda la comida para ver si puedo divisarlo doblando la esquina. Al cabo de veinte minutos decido que voy a volver a su casa. No puedo soportarlo. No sé cuál será mi plan una vez que llegue allí, pero sé que tengo que ir. No puedo quedarme sentada de brazos cruzados a esperar a que desaparezca. Tengo que llegar allí antes de que ocurra algo.

El pánico empieza a apoderarse de mi abdomen y asciende por mi pecho. Estoy a punto de salir por la puerta, cuando oigo una voz a mi espalda.

—Caggie, espera.

Me doy la vuelta y me encuentro con Trevor. Lleva puesto su forro polar North Face encima del uniforme; tiene dos sándwiches en una mano. Anoche no me di cuenta, pero ahora veo que le ha crecido el pelo. Lo lleva un poco más largo por delante. Si estuviéramos juntos, haría que se lo cortara. Solía hacerlo. Siempre que el pelo le crecía demasiado, le pedía cita en la peluquería a la que va mi madre. A veces iba a Supercuts, pero siempre se lo cortaba demasiado y Trevor tiene un pelo muy bonito; suave y sedoso, como la mantequilla. Casi imaginas que se puede fundir cuando lo tocas.

Así que íbamos a Oscar Blandi, un salón muy lujoso de Madison Avenue, y hablábamos con falso acento británico durante todo el trayecto. «Querida, ¿crees que hoy tendrá el champán adecuado? No puedo cortarme el pelo sin una buena botella». Luego me sentaba a su lado en una de esas sillas giratorias y leía revistas de cotilleo hasta que terminaba. Me pregunto si se acuerda de eso mientras se aparta el pelo de los ojos. Me pregunto si irá solo.

—Te he traído esto —dice, ofreciéndome el sándwich.

Lo miro; es de *mozzarella* y tomate. Mi favorito. El corazón aún me late de forma acelerada por Astor, por imaginarlo yéndose de aquí en un avión.

—Oye, ¿estás bien? —me pregunta Trevor. Se acerca y me pone una mano en el brazo—. ¿Caggs?

—No tengo hambre —consigo decir.

—¿Qué ocurre? —Su mano sigue en mi brazo y la mueve para posarla en mi hombro. Su tacto es suave, familiar—. Por favor, habla conmigo, Caggie.

Sacudo la cabeza, incapaz de articular una sola palabra. «Odio a mi hermano. Me he acostado con Astor. Alguien se lo va a llevar».

—Oye, oye. —Trevor me rodea la espalda con el brazo y me estrecha. Dejo que lo haga. Hasta hundo el rostro en el hueco entre su hombro y su cuello—. No pasa nada —susurra.

Noto que mi cuerpo se relaja, como si los hilos que me mantienen unida se hubieran aflojado. Una marioneta sin titiritero. Igual que anoche, mi cuerpo recuerda. Se amolda a él. Me recuerda que le he echado de menos.

Pero entonces emergen los recuerdos. Todas las cosas que han ocurrido entre nosotros. Todas las cosas que ocurrieron anoche. Esta mañana. Que todavía tengo que llegar hasta Astor. Astor..., la persona que me ha apoyado.

—Estoy bien —farfullo, apartándome—. Gracias.

—Te fuiste muy deprisa la otra noche —dice. Me miro los zapatos y me muerdo el labio—. Oye —prosigue con un tono menos serio—, estaba pensando plantear la idea de la entrevista en la reunión del hoy del *Boletín*. Ponerla en marcha. ¿Qué te parece?

Ir a la reunión del *Boletín* es lo último que tengo en mente.

—No sé —digo.

—Había pensado que a lo mejor volvías esta semana —replica—. Que a lo mejor has cambiado de opinión. —Habla despacio, como si sopesara antes sus palabras. Como si viera su carga, qué impacto tendrán.

—No lo he hecho —declaro—. De todas formas estoy segura de que Kristen está haciendo un buen trabajo.

Trevor asiente.

—Entonces, ¿se acabó? —Frunce el ceño y veo la cicatriz en forma de rayo. Siempre que entrecierra los ojos y arruga la frente, se le forma un pequeño pliegue en forma de relámpago. Solía llamarle «Harry Potter».

—Irá mejor sin mí —digo, mirando a lo lejos, hacia la Quinta Avenida. Sin necesidad de verlo sé que me está mirando con la boca un tanto abierta y con los ojos como platos. Me irrita incluso pensar en ello. Pero cuando lo miro de nuevo al cabo de un momento, está callado y tranquilo.

—Creía que querías esto —dice.

—Así es.

Entonces hace una pausa y toma aire.

—El *Boletín* era importante para ti.

Cruzo los brazos.

—Muchas cosas eran importantes para mí.

—Vamos, no lo hagas, Caggs. No lo arrojes todo por la borda por...

—¿Por qué?

—Por él —concluye—. No te merece, Caggie. Y lo sabes.

Suelto un bufido. Tengo ganas de echarme a reír como una loca.

—Esto no tiene nada que ver con él. Si estás celoso, a lo mejor deberías acordarte de que fuiste tú quien me dejó, Trevor.

Él niega con la cabeza.

—No estoy celoso.

Algo dentro de mí se hunde. Me enfurece todavía más.

—Porque ni siquiera te importa lo suficiente como para sentir eso. Entendido.

Trevor me mira boquiabierto.

—¿Cómo puedes decir eso? ¿Tienes idea...? —Exhala y guarda silencio—. No estoy celoso porque sé que no te tiene. No de la forma que importa.

—Me he acostado con él —confieso. Puedo ver las palabras calar en Trevor, hundirse en él como si fueran dientes—. Anoche —prosigo—. Después de que me pidieras que me quedara contigo. Me acosté con otro. —Cruzo los brazos. Puedo sentir el calor en mi rostro.

Trevor traga saliva, pero mantiene fija la mirada en mí.

—Si quieres seguir en el *Boletín*, ven hoy —dice—. De lo contrario, la señora Lancaster dará por hecho que estás fueras.

Da media vuelta y se dirige de nuevo al interior de Kensington. Yo también me giro y corro en la dirección contraria. Paro un taxi.

—A la Sesenta y Ocho con Lex —le indico al taxista. El pánico que ver a Trevor había desviado ahora ha resurgido. Solo tengo que llegar hasta Astor. Asegurarme de que sigue aquí.

Añado una propina y luego paso la tarjeta de crédito por la máquina del taxi y espero a que acepten la operación. Acto seguido salgo y subo la escalera de la casa de Astor. Me paro al llegar a su puerta. El código. Su casa tiene un código.

Me paro a pensar. Recuerdo que lo vi teclear... ¿Qué? Su cumpleaños. No el día de San Valentín, pero casi. Cierro los ojos y lo rememoro; 0215.

Pero utilizarlo es un allanamiento de morada.

Sin embargo, solo me freno unos segundos. Después mis dedos tienen vida propia. La puerta se abre. Solo cuando tiro de ella caigo en la cuenta de que es posible que su padre esté aquí. Dentro de mi cabeza resuena su voz de esta mañana. Furiosa. Gritando. El terror reverbera en mi pecho junto con el pánico. Junto con mi corazón.

La casa parece estar en silencio, vacía, pero sé que puede ser engañoso. Sin embargo no me paro a averiguar si tengo razón. Subo las escaleras, recorro el pasillo y luego abro la puerta de la habitación de Astor.

Pero no es un dormitorio. Me he equivocado, ya que todas las puertas del pasillo son iguales, pero una vez dentro, no pienso en eso. No pienso en nada. Porque lo que veo ha expulsado de mi cabeza todo pensamiento previo.

La habitación es azul, igual que su dormitorio, pero de un tono más intenso; se ha pintado hace menos tiempo. En el rincón del fondo hay algunos cojines grandes en los que te puedes sentar y un cuadro en la pared con un foco encima. Una obra de arte moderno, llena de líneas negras y cuadrados rojos.

Pero en realidad no miro nada de esto.

Contra la pared más próxima hay un banco no más grande que una amplia mesita de café. Encima hay un sinfín de hileras de fotografías. Enmarcadas de todas las formas y tamaños. En el centro, igual que un Buda en un altar, hay una imagen grande. Es una foto de la madre de Astor. Todas son fotos de la madre de Astor.

Su rostro. Su cuerpo. Su sonrisa. Mirando de frente a la cámara. Pero lo que hace que sea inquietante, lo que me hace desear hincarme de rodillas aquí mismo, es que no sale nadie más que ella. No hay fotos de Astor. No hay imágenes de su madre con él en brazos. No hay imágenes de la mañana de Navidad, retratos de un bebé risueño en sus brazos. Todas las fotos están recortadas para eliminar a los demás. Son irregulares, rugosas. En algunas incluso hay agujeros.

Y en la mesa, entre las fotos, hay velas. Velas largas con la base dorada. Docenas de velas. Gotean sobre la mesa de madera, recién encendidas.

Alguien acaba de estar aquí.

Hay una cómoda junto al... ¿altar?, y me dirijo hacia allí. Ya sé lo que voy a encontrar, pero la abro de todas formas. Me asalta un débil aroma a lavanda mientras saco jerséis, camisetas, vaqueros; todo ropa de mujer. Empiezo a sentirme mal. Como si hubiera comido demasiados buñuelos y me hubiera montado en una vertiginosa atracción de un parque de atracciones.

Y entonces lo veo, en el suelo. La foto enmarcada que anoche vi en la habitación de Astor. En la que sale con su madre, rodeándole la cintura con los brazos. Está boca arriba, pero el marco... está hecho pedazos; como si lo hubieran arrojado con mucha fuerza. Veo a Astor bajo los añicos de cristal; sonriente, joven, feliz.

Miro las velas, la cómoda y el marco roto en el suelo. Todo es un gran homenaje. Como las flores que deja la gente en la carretera donde ha habido un accidente de tráfico. Pero esto no tiene nada de dulce. De tierno. Resulta espeluznante, perturbador, y me hace retroceder hasta la puerta. Y sé que esto es obra de Astor. Sé que ha recortado con unas tijeras todas estas fotos, que ha encendido estas velas. Que guarda su ropa en una cómoda de madera. Que conserva su memoria como un cadáver.

La misma intensidad que me obligó a ir a su casa solo unos minutos antes ahora me aleja. Chilla y grita dentro de mí que salga. Que huya. Que me aleje todo lo posible de esta habitación. Me giro hacia la puerta, pero algo hace que me dé la vuelta. La foto. No puedo dejarla así, en el suelo. Me parece mal, una falta de respeto. Así que me agacho para recogerla, con cuidado de evitar los bordes afilados. Deposito los fragmentos de cristal encima del marco y lo dejo todo sobre el altar. Cierro los ojos y salgo de la habitación. No quiero recordar lo que hay dentro.

13

Llamo a Peter cuando llego a casa. Quiero verlo, contarle lo que he encontrado, decirle que lo siento. Pero el silencio reina en la casa. Igual que en la de Astor. Peter se ha ido.

Me siento en las escaleras, apoyo los codos en las rodillas y respiro hondo unas cuantas veces; inhalo y exhalo. Me invade la ansiedad, atenaza mis entrañas y se propaga hacia mis extremidades. La sensación de pausado pánico mezclado con una profunda tristeza hace que quiera huir del país al mismo tiempo que quiero subir las escaleras, arroparme hasta la cabeza y no salir nunca más. No dejo de ver esos fragmentos de vidrio roto en el suelo. Las fotografías. Los jerséis guardados como si fueran momias, envueltos y conservados en sus cajas.

Mi teléfono se ilumina; Astor me llama. Su rostro aparece en la pantalla, con sus penetrantes ojos negros. Hace que mi corazón lata de forma frenética.

Doy a ignorar y exhalo el aliento que he estado conteniendo. No sé qué hacer. ¿Estoy exagerando? ¿Es posible que también haya una explicación para esto?

Vuelve a sonarme el móvil. Astor. Lo tomo con manos temblorosas y esta vez pulso el botón verde. Mis dedos se mueven por voluntad propia, como hicieron en el teclado de su casa.

—¿Caggs? —Su voz suena dulce por teléfono, líquida, como si fluyera.

Me aclaro la garganta.

—Hola.

—Acabo de ver todas tus llamadas perdidas —dice—. ¿Va todo bien?

Subo el hombro para sujetar el móvil y me siento sobre las palmas, clavándome las uñas en la parte de atrás de las piernas.

—Claro —repongo—. Sí. No has venido a clase.

—Me entretuve —aduce, y luego baja la voz—. Te fuiste tan rápido esta mañana que no tuve ocasión de decírtelo.

—¿El qué? —Ni siquiera puedo oír mi propia voz por culpa del latido de mi corazón.

—Tenía algunas citas hoy y tuve que llamar para avisar de que iba a faltar a clase. —Se detiene y lo oigo respirar—. Pero ya he terminado. ¿Puedo verte?

—Es media tarde.

—Pero no estás en Kensington.

Saco las manos de debajo y miro alrededor, presa del pánico. ¿Cómo lo sabe? ¿Es que está aquí? ¿Puede verme?

Trago saliva.

—Sí que lo estoy.

—No, no estás allí —insiste.

—¿Cómo lo sabes? —Sé que estoy siendo ridícula, pero no consigo convencer a mi pulso. Se acelera a trompicones, como si me preparara para correr.

—Porque estoy aquí. —Hace una pausa—. He venido para entregar un trabajo para la quinta clase. ¿Va todo bien, Caggs? Estás actuando de forma muy rara.

Mi cabeza trabaja horas extra tratando de convencerme de un millón de cosas contradictorias. Él me comprende. Es peligroso. Está sufriendo. No sé qué creer.

—Mira, voy a acercarme —dice—. ¿Estás en casa?

—Sí —respondo de forma automática.

Le voy a dar la oportunidad de explicármelo todo. Por qué su padre quiere mandarlo lejos de aquí y por qué tiene un altar dedicado a su madre. Es mi novio; lo mínimo que merece es una oportunidad de contarme qué está pasando. Lo escucharé. Siempre hay una razón de ser para las cosas. Me acuerdo de Kristen en esa azotea. Me acuerdo de mí en esa azotea. Recuerdo lo que la gente creyó. La gente dio por hecho que lo que vio era real y se equivocaba.

—Voy para allá.

Dejo la mano floja y el teléfono cae. No me levanto, sino que encojo las rodillas y las abrazo contra el pecho. Y espero.

Los paramédicos tardaron cinco minutos en llegar a nuestra casa la noche que Hayley se ahogó. La saqué de la piscina y llamé al 911 con el móvil. Les expliqué lo que había ocurrido, con Hayley en mis brazos. Le practiqué la reanimación cardiopulmonar. Sabía que estaba muerta, pero no me atrevía a decírselo. Pensé que tardarían más en llegar si sabían que no había esperanza.

Estaban tranquilos cuando entraron. Uno de ellos me quitó a Hayley de los brazos y otro le puso las manos encima. Pero no en el pecho, sino a los lados de la cara. No le practicaron la reanimación cardiopulmonar. No le comprimieron las costillas. Uno me preguntó qué había pasado y se lo conté. Me preguntó cuánto tiempo había pasado y le dije que no lo sabía. Me preguntaron dónde estaban mis padres y si los había llamado. ¿Cómo les dices a tus padres que has perdido a su hija? ¿Cómo les dices que no estabas pendiente, que fallaste y que su hija ha muerto? ¿Cómo les dices que no la salvaste? ¿Que estabas demasiado ocupada pensando en tu novio, en los deberes y en lo que ibas a preparar para cenar como para darte cuenta de que su hija de diez años se estaba ahogando?

La policía los llamó. No oí lo que pasó por el auricular. Solo sé que mi madre se desplomó. La llevaron al mismo hospital al que llevaron el cuerpo de mi hermana.

Mentiría si te dijera que no recuerdo todo de ese momento; esas horas, esos días. Recuerdo los gritos, los susurros y las peleas. Recuerdo al paramédico que vino a la casa hablando con uno de los agentes de policía. Sin duda pensó que no podía oírlo cuando dijo: «Esa chica va a desear haber sido ella la que muriera el resto de su vida».

Aún estoy en las escaleras cuando Astor llama al timbre diez minutos después. Me levanto, me acerco despacio a la puerta y abro.

Viste unos pantalones de pana y una camisa Oxford color rosa claro con el caballo de polo bordado en el bolsillo. Cinturón de cuero y mocasines marrones. Una ligera sonrisa. Pelo engominado. Igual que siempre.

—Hola. —Me atrae contra sí y me inclino solo un poco hacia él. Pero no es lo mismo que anoche. Hay algo diferente y ambos lo notamos. Algo se ha colado en el minúsculo espacio entre nosotros. O puede que lo que siento sea el espacio en sí.

Me aparto.

—Entra.

Astor ladea la cabeza y frunce el ceño, pero me sigue adentro.

—¿Qué tal el día? —pregunta.

Me encojo de hombros.

—Bien.

Me toma la mano y hace que me vuelva hacia él.

—Dios mío, cuánto te he echado de menos. —Empieza a besarme, con sus fuertes manos en mi espalda. Presiona los labios sobre mi mejilla, apoya la frente en la mía—. Lo de anoche fue increíble. —Me agarra la mano y la coloca sobre su pecho. Siento el latido firme y regular de su corazón.

—Fui a tu casa. —Las palabras escapan de mis labios. Como tacitas de porcelana que caen de la balda de un estante inestable. Hacen un gran estruendo al impactar.

Astor se aparta y me mira, tomando mi rostro entre las manos.

—Oye, ¿qué está pasando?

Le quito las manos de encima y se las sujeto entre los dos.

—Fui a tu casa para ver si estabas. Me preocupaba que... —Se me apaga la voz. Astor no sabe lo de esta mañana, lo que le oí decir a su padre por teléfono.

—Eh, eh. —Me aprieta la mano—. Dime lo que tengas que decirme, sea lo que sea. No pasa nada.

—Vi ese cuarto. —Miro al suelo y clavo los ojos en mis pies. Parece que están más cerca, como si me estuviera hundiendo.

—¿Qué cuarto? —Todavía tengo sus manos en las mías, pero el tono de su voz es frío. Como si hubiera bajado veinte grados en el último medio segundo.

Levanto la vista hacia él.

—El del altar a tu madre, Astor.

Él parpadea, me suelta los brazos, pero su expresión no cambia.

—¿Por qué estabas ahí?

—Estaba intentando encontrarte.

Astor sacude la cabeza de manera ligera.

—En realidad no es asunto tuyo. —Me da la espalda y va a sentarse en las escaleras. Cruza los brazos sobre el pecho y echa la cabeza hacia atrás—. Por Dios —dice, y lo repite de nuevo.

Me quedo de pie, delante de él, arrastrando los pies de un lado a otro.

—Lo sé, pero creí que era tu habitación. —Rezo para que no me pregunte cómo entré en su casa. Eso me costaría más explicárselo.

Se pellizca el puente de la nariz con el pulgar y el índice. Luego da una palmadita en el escalón a su lado.

Así que me siento, junto las manos y las meto entre las rodillas.

Astor se frota la frente con las manos y acto seguido se vuelve hacia mí. Toma aire. Yo hago lo mismo.

—Cuando murió, mi padre quiso deshacerse de todo. Ropa, fotos, sus joyas. Quería vender la casa. —Cierra los ojos y vuelve a abrirlos—. Yo tampoco quería estar aquí, pero no me parecía bien deshacernos de todo. Él quería hacer como si nunca hubiera existido. —Me mira a los ojos—. Sé que parece una locura, pero no dejaba de pensar que a lo mejor volvía, ¿sabes? Que a lo mejor volvía y que necesitaría sus cosas. —Sacude la cabeza—. No quería creer que se había ido para siempre.

Pienso en la ausencia de mi padre. En su reticencia a mirarme a los ojos y mucho menos a estar aquí. Pienso en los cuadros del estudio de Hayley, en sus zapatos apilados y escondidos junto a nuestra puerta. Recuerdo que yo no quería tirar las horquillas suyas que hay en el baño ni su colección de muñecas American Girl. Ni siquiera quería guardarlas en cajas. ¿Acaso no habría hecho todo lo posible para preservar cualquier parte de ella que quedara?

Le agarro la mano y noto que su cuerpo se relaja.

—Lo sé —susurro—. Lo comprendo. Cuando Hayley murió, quería conservarlo todo.

—¿De veras? —Le brillan los ojos. E incluso parecen esperanzados. Comprendo que me está preguntando algo más que por sus cosas.

Pero no puedo mentir. Esta vez no. No en esto.

—No —digo—. Así no.

La pena es algo curioso. Te atormenta. Te agobia de manera incesante, hace que te preguntes qué podrías haber hecho de forma diferente. Empiezas a creer cosas que sabes que son imposibles. Crees que no puedes tirar el impermeable de tu hermana muerta porque lo necesitará cuando vuelva. Resulta casi imposible pensar en el carácter definitivo de la muerte, mentalizarte en que es para siempre.

Astor me mira y hay tristeza en sus ojos. Incluso aflicción. Parece más joven que nunca. Más joven que la noche en que lo conocí. Más joven aún que un alumno de último curso de instituto.

—Sé que parece espeluznante. Siento que lo vieras. Es que es lo único que me queda de ella. —Exhala una bocanada y se pasa la mano libre por los labios.

—Antes pensaba que podía hacer algo para conseguir que volviera —digo, irguiendo la espalda—. Hasta fui a una vidente. —Astor sigue mirándome, pero no emite sonido alguno—. La encontré en internet y fui a su consulta. Bueno, era su apartamento. En algún lugar de Chinatown. Me leyó la mano, me echó las cartas y me dijo que había sufrido una gran pérdida. —Meneo la cabeza. Casi me echo a reír—. Pero cuando le pedí que hablara con Hayley me dijo que su espíritu había seguido adelante. —Levanto la mirada hacia él—. Creo que es algo más demencial que una habitación llena de fotos, ¿no te parece?

Astor me toma de la mano y me besa la palma. Acto seguido, se arrima y me sostiene en brazos. Me estrecha con fuerza. Con demasiada fuerza. Me abraza como si fuera el único punto fijo en el océano.

—Lo siento —digo. Y lo digo de corazón.

14

Peter vuelve a casa al jueves siguiente. Se suponía que Astor y yo íbamos a alquilar una película en mi casa, pero mi madre me obliga a cancelarlo. Astor parece tenso por teléfono; está así desde que tuvimos esa conversación sobre su madre. Este fin de semana estaba ocupado, así que solo nos hemos visto en el instituto y de forma breve. Quiero hablar de ello y sé que él también, pero no puedo. En el instituto no.

Nuestra familia tiene cena el jueves por la noche. Y me sorprende encontrar a mi padre en el estudio y luego, más tarde, en la mesa. Incluso me habla. Me pregunta por Astor.

—He oído que estás saliendo con alguien —es lo que dice, con un trozo de patata asada en el tenedor.

—Sí —respondo. No miro a Peter, pero sé que me está observando. No le he preguntado por qué apenas ha pasado cuatro días seguidos en California desde que empezó el curso. Ahora que Astor me lo ha explicado, vuelvo a estar furiosa con mi hermano por no entenderlo. Por decir que Astor es conflictivo. Perdió a su madre. Está destrozado; no es siniestro.

—Me gustaría conocerlo —dice.

Mi madre no habla, pero la miro a ella.

—¿En serio? —pregunto. Es lo máximo que mi padre se ha interesado por mi vida desde el mes de enero. No puedo evitar el rayo de esperanza que empieza a surgir.

Mi padre asiente.

—Si es importante para ti, desde luego.

Mi padre mira entonces a Peter. Ojalá no lo hubiera hecho. Cuánto desearía que no lo hubiera hecho. Ojalá hubiera podido creer un poco más que sus intenciones eran sinceras. Que tal vez estuviera intentando conocerme, saber de nuevo de mi vida. Pero solo quiere comprobar si Peter tiene razón.

No digo nada. Me limito a comerme la patata asada y el filete, hasta que mi padre retira su silla. Lo sigo, dejando mi plato. Peter intenta levantarse después de mí, pero mi padre lo llama para que vuelva a la mesa.

Echo el pestillo a la puerta. Astor me llama, pero no atiendo. No quiero hablar. Ahora no. Cuando Peter llama, no contesto. Me hago la dormida; es lo mejor que se me ocurre.

Sé que debería, pero no le devuelvo la llamada a Astor, y el viernes por la mañana voy a clase con un nudo en el estómago del tamaño de un melocotón. Ahí se queda; bien pesado y apretado.

Pero, por suerte para mí, Astor no está en el instituto. No puedo evitar darme cuenta de que esta vez su ausencia hace que me sienta más tranquila, más relajada. Puede que incluso más libre.

A segunda hora toca clase de Inglés.

Estoy escuchando al señor Tenner y resulta muy relajante. Tiene una voz perfecta. Sé que es raro decir tal cosa y tampoco es que esté loca por él. Una vez oí a Abigail decir que es el profesor más *follable* del instituto, pero fue ella quien lo dijo, no yo. Sin embargo su voz tiene algo. Es grave, pero no monótona. Es relajante, pero no hace que te duermas.

Hoy es el último día de la semana con *La señora Dalloway*. Esta vez no me lo he leído, pero lo había leído antes porque a Trevor le encanta Virginia Woolf. Su novela favorita es *Al faro*. Lo leí el verano pasado, aunque en realidad no lo entendí. Cuesta seguirla. Trevor me dijo que lo que escribe se abre paso dentro de ti.

—Es como si empezara a pensar a través de ti —dijo—. Prevé lo que está pasando en tu cabeza.

Recuerdo que estábamos en el parque, tumbados en una manta de pícnic, con la cabeza apoyada en su estómago. Yo sujetaba el libro en lo alto, tratando de tapar el sol.

—Pero todos pensamos de forma diferente —repuse—. Eso es imposible.

Trevor se inclinó y me sonrió.

—En realidad no —adujo—. Creo que todo el mundo se parece más de lo que crees.

—Venga ya —dije—. Los procesos de pensamiento en mi cabeza y en la tuya no son ni remotamente parecidos.

—Cierto —convino Trevor—. Seguro que tú no piensas todo el rato en lo guapa que eres.

—Hombre —dije—. Eres como una mala novela.

Trevor se echó a reír.

—Pero es verdad.

—Y ¿qué pasa con Claire? Pasa del almuerzo al amor en el tiempo que yo tardo en apagar la alarma.

—Vamos —repuso—. Tú inténtalo.

Entonces me lo quitó de las manos y empezó a leérmelo. Aunque su voz no se parece a la del señor Tenner y no tardé en quedarme frita encima de su estómago.

Me pregunto si él se acuerda. Al igual que con la camisa de Brooks Brothers, me pregunto si está pensando en aquella noche ahora, mientras golpetea su cuaderno con el bolígrafo. Trevor se equivocaba. No nos parecemos en nada. No tenemos ni idea de en qué piensan los demás, de lo que pasa dentro de sus cabezas. Si lo supiéramos, alguien más aparte de Kristen habría estado en la azotea de Abigail aquella noche.

Tripp y Daniel están inclinados leyendo algo, aunque dudo mucho que sea *La señora Dalloway*. Me arrimo y veo que es el *Post*. Sin duda intentan averiguar qué hizo Jaqueline Delgado el pasado fin de semana. Si está o no soltera. Page Sic siempre ofrece noticias impactantes.

Daniel propina un codazo a Tripp y los dos levantan la vista hacia mí. Tripp articula algo, pero no alcanzo a entender el qué. Tampoco es que esté poniendo mucho empeño. Luego alza en alto la revista. Entrecierro los ojos para mirar, pero no puedo verlo. Me señala el titular, aunque está demasiado lejos como para que pueda leerlo.

Me encojo de hombros y centro de nuevo la atención en el señor Tenner. Está escribiendo algunas notas en la pizarra, así que me las apunto.

El papel del amor.

El papel de la sociedad.

La muerte.

Sus palabras se transforman en recuerdos.

Astor. Hayley. Aquella habitación repleta de fotos.

Sacudo la cabeza en un intento de despejarla.

Tripp y Daniel siguen cuchicheando y Constance se les ha unido. Por el rabillo del ojo veo que saca del bolso un ejemplar del *Post,* les hace una señal con la cabeza y vuelve a guardarlo. ¿Qué está pasando aquí? ¿Algún famosillo de tercera ha estirado la pata?

Alexander Hall y Leslie Pewter también lo están leyendo. Me miran y luego se miran el uno al otro. Tengo la misma sensación que el primer día de clase, cuando Kristen entró en esta aula. La misma que tuve la primera semana en Kensington en el mes de enero. Como si estuviera expuesta en el Museo de Historia Natural; disecada dentro de una vitrina.

Suenan las campanitas y la gente empieza a recoger sus cosas. Constance se dispone a alcanzar a Tripp y entonces vuelve la mirada hacia mí. Saca el *Post* de su bolsa y me lo da.

—Lo siento —dice.

Acto seguido agarra a Daniel del brazo y él baja la mano hasta su cintura mientras desaparecen en el pasillo. Trevor me mira mientras se cuelga la mochila al hombro y luego Kristen se acerca a él.

—Se me ha ocurrido una idea —dice.

Él le sonríe y asiente.

—Por cierto, la señora Lancaster dijo a las tres y media. ¿Te parece bien?

—Sí, bien.

Se van juntos y yo guardo los últimos libros en mi bolso.

—Eh, Mcalister. —Es el señor Tenner.

Tengo el periódico en las manos y me lo pongo bajo el brazo para intentar que no lo vea. El señor Tenner enarca las cejas y me hace señas para que me acerque. Genial, ahora voy a tener problemas por mirar algo que ni siquiera es mío. Muchísimas gracias, Constance.

—¿Qué pasa? —pregunto—. Una clase estupenda. Estoy disfrutando mucho...

Pero él levanta la mano para interrumpirme. El señor Tenner se quita las gafas y las limpia con el pico de la camisa. No la lleva metida por dentro. Es raro incluso entre los alumnos de Kensington. Creo que Trevor es uno de los pocos que lo hace.

—Siempre he tenido la esperanza de ser la clase de profesor que transmite la sensación de que estoy aquí para lo que necesitéis —dice el señor Tenner. Me mira y vuelve a ponerse las gafas—. ¿Estoy en lo cierto?

Cruzo los brazos junto con el periódico.

—Claro —respondo—. Sí, sin duda.

—Así que ya sabes que puedes venir a hablar conmigo si lo necesitas.

Unas cuantas chicas de último curso remolonean junto a la puerta para escuchar y el señor Tenner les lanza una mirada mordaz. Todas se dispersan.

El profesor exhala un suspiro y sujeta su maletón. Debajo hay un ejemplar del *Post*, pero está abierto por las páginas centrales. Me acerco y miro el titular. Esta vez no tengo problemas para verlo.

La nieta de Caulfield tiene muchos problemas

El señor Tenner intenta engancharlo, pero es demasiado tarde. Lo agarro y empiezo a leer. Hablan de la muerte de Hayley, de la tragedia de la piscina, y luego mis ojos saltan hacia unas líneas más abajo.

La amiga de Mcalister, con la que contactamos para que hiciera algunas declaraciones, le contó a nuestro reportero que la señorita

Caulfield «no ha sido ella misma desde el incidente». Cuando se le preguntó si la señorita Caulfield necesitaba ayuda psicológica, la joven se mostró preocupada y resignada. «Creo que se tomó muy mal la muerte de Hayley —dijo la fuente—. No creo que piense con claridad». La amiga de Mcalister reconoció que ambas estaban muy unidas, pero que se habían distanciado desde la muerte de Hayley. «No permite que nadie se le acerque —dijo—. Parece creer que el resto del mundo también ha muerto». La fuente, otra popular joven de Manhattan, pidió quedar en el anonimato.

Miro al señor Tenner, que está apoyado en la pizarra, con los brazos a los lados.

—Mira —empieza—. No doy demasiado crédito a las revistas de cotilleo y sé que esta no es tu primera vez en esta noria. Pero mi opinión personal es que en toda ficción siempre hay algo de verdad, por pequeña que sea. —Clava la mirada en mí—. ¿Comprendes lo que digo?

No puedo creer la idea que se me viene a la cabeza, pero sé que es verdad aun antes de que tome forma. Me acostumbré a estos titulares después de la muerte de Hayley. A decir verdad, he estado acostumbrada a ellos toda mi vida. Pero no tengo experiencia en esto, ya que jamás me había vendido ningún amigo. Ni siquiera creo que Abigail Adams acudiese a un periodista. Y aquí, delante de mis narices, impresas en una de las publicaciones sensacionalistas más vendidas de Manhattan, tengo las estupideces de mi mejor amiga, Claire Howard. No se me ocurre nadie más. Los persistentes sentimientos de culpa y de terror, la llamada de Astor, son reemplazados por pura y candente ira.

Quiero gritar, agarrar las páginas y arrojarlas por la habitación, pero en vez de eso me vuelvo hacia el señor Tenner de forma serena.

—Gracias por interesarse —digo con los dientes apretados—. Pero voy a llegar tarde a la clase de Física.

El señor Tenner asiente.

—Sabes, Mcalister, a veces la gente hace cosas por amor, aunque no podamos verlo.

Suelto un bufido. «Amor». Sí, claro. Hablar con los reporteros del *Post* es algo que sale del corazón.

—Gracias. ¿Puedo irme?

El señor Tenner asiente.

—Por supuesto. —Toma su maletín—. Qué disfrutes de la Física.

Lo sigo fuera del aula y luego giro en dirección contraria. No voy a ir a clase de Física. Voy a buscar a Claire y a dejarle muy claro que si nuestra amistad no se había acabado antes, si su flagrante aversión hacia Astor y el que me delatara a Peter no bastaron para acabar con ella, hablar con una revista sensacionalista desde luego que sí.

—¡Cuidado! —Me giro como un rayo y veo a Abigail con las manos en alto como si tuviera las uñas húmedas—. ¿A dónde vas? —exige saber.

Tomo aire con brusquedad.

—Al centro.

Abigail me mira y se endereza.

—Que conste que siempre pensé que Claire era un poquito cotilla.

Miro a Abigail y digo algo que ni en un millón de años pensé que llegaría a decir.

—Bueno, Abbey, parece que tenías razón.

Parece sorprendida, aunque satisfecha, mientras salgo por la puerta.

Paro un taxi con rapidez. No hay mucho tráfico, ya que es última hora de la mañana, y antes de que tenga tiempo de idear lo que voy a decirle con exactitud a Claire, ya hemos llegado a su edificio.

En el vestíbulo saludo a Jeff Bridges, que me deja subir. Claire no suele ir a clase los viernes. Piensa que deberíamos tener el viernes libre, así que se limita a tomárselo para instaurar así un fin de semana de tres días. Ocurre todas las semanas. Deberían haberla expulsado de Kensington y de su instituto en el centro, pero siempre que están a punto de hacerlo, su padre dona alguna fotografía de Angelina Jolie montando a camello o lo que sea, que se vende por miles de dólares en una subasta, y ¡listo! Claire consigue una prórroga de seis meses.

—¡Claire! —vocifero cuando las puertas del ascensor me dejan en su salón.

No hay respuesta, lo que no tiene por qué significar nada. Siempre queda la azotea. Claire sigue pasando el rato ahí aunque haga frío.

Saco la llave del cajón de la cocina y subo las escaleras. La puerta se cierra por dentro, de modo que si estás arriba puedes estar segura de que nadie subirá a molestarte a menos que tenga la llave. Claire dice que sus padres lo instalaron para asegurarse de que ella no subiera a hurtadillas cuando era pequeña.

Al final de la escalera giro la llave y abro la puerta.

Junto a la barra hay un pequeño rincón con dos taburetes desde el que puede verse el Empire State Building si giras 180 grados. Doblo la esquina y me paro en seco. Sí que hay alguien arriba, pero no es Claire.

—¿Peter?

Mi hermano está encorvado sobre una taza, contemplando el río, con los pies apoyados en una banqueta y un libro en el regazo.

Se levanta de un brinco al verme, derramando el café y haciendo que el libro caiga al suelo.

—¿Qué haces aquí? —pregunta.

—No, ¿qué haces tú aquí? —espeto. Se suponía que estaba en la universidad, en California. No en la azotea de Claire, la reina del cotilleo. Así que espero, pero no responde—. Creía que regresabas hoy a California —prosigo.

Peter baja la mirada.

—No.

—No, ¿no regresas hoy? —Empiezo a alzar la voz. Ya estoy acelerada, así que no me cuesta empezar—. Peter, ¿qué demonios está pasando? —Lleva puesto su viejo jersey marrón de cachemir, el que tiene coderas—. ¿Peter?

—Me estoy quedando aquí —responde. Recoge el libro del suelo, lo cierra y lo deja en una silla.

—¿Te quedas aquí? —Me acerco—. ¿De qué estás hablando?

Peter se pasa la mano por el mentón.

—No he vuelto a la universidad.

—Pero... —No lo entiendo. Es verdad que este semestre ha venido más a menudo. Demasiado a menudo. Pero... Abro la boca para dar voz a mi comentario mental, pero algo me detiene. La camisa que Claire llevaba la noche que fuimos a Eataly. No era igual que la que tiene mi hermano; era la de mi hermano.

—¿Cuánto hace que ocurre esto? —pregunto.

Mi hermano suelta una bocanada de aire.

—¿Qué parte?

Todo es tan absurdo que me entran ganas de echarme a reír. Peter y Claire. El *Post*. Que todos hayamos acabado aquí arriba.

—Elige tú —repongo con tono mordaz—. ¿Cuánto tiempo llevas en Nueva York? ¿Desde cuándo le llevas mintiendo a mamá y a papá? ¿Cuánto hace que te acuestas con Claire? —Cruzo los brazos sobre el pecho—. Da igual el orden.

Peter toma aire y se pasa las manos por la cara.

—Este año no me he matriculado —empieza—. Después del verano yo... —Se aclara la garganta—. Después del verano volví a Los Ángeles y me quedé en casa de Jeffrey.

La casa de nuestro tío en Malibú.

—¿Por qué no me lo dijiste? —pregunto—. Podrías haber venido a casa. —Peter me mira y puedo leerlo todo. Es como una película de terror que ya he visto. Solo quiero taparme los oídos en las partes malas. En vez de eso me concentro en lo que puedo—: Claire —digo.

—No se trata de eso —aduce—. Es lo que he estado intentando decirte.

—Ah, ¿en serio? ¿De qué se trata? —Noto la garganta seca. Tengo que seguir tragando saliva—. Simplemente decidiste vivir con ella en lugar de ir a la universidad? ¿Qué pensaste? ¿Para qué salir con Felicia cuando puedes tener a una modelo de instituto? ¿Has visto el *Post*? ¿Te haces una idea de lo que ha hecho? ¿De lo que nos ha hecho? —Peter abre la boca, pero voy lanzada—. Y no te subiste a un avión porque estuvieras preocupado por mí. Tan solo viniste al barrio porque Claire abrió su bocaza. Qué conveniente.

—Caggs...

—Os merecéis el uno al otro —repongo—. Espero que sepas que no eres más que el chico del mes. Se aburrirá; siempre lo hace. —Me doy la vuelta porque de repente se apodera de mí una nueva emoción; la cólera, como carámbanos de hielo que se derriten. Puedo sentir el agua acercarse, salada, potente, y no quiero estar cerca de Peter cuando llegue. Pero mi hermano se dispone a seguirme—. ¡No! —grito por encima del hombro.

No me giro, pero lo oigo detenerse. Oigo el silencio detrás de mí. Peter sigue siendo mi hermano. Sabe cuándo insistir y cuándo no hacerlo. No me seguirá. Ahora no.

Bajo las escaleras y me subo al ascensor. No me paro a pensar dónde está Claire. Quiero alejarme cuanto pueda de todo esto. Ya no conozco a nadie. Claire me ha traicionado. Peter ha dejado la universidad para ser ¿qué? ¿Su novio profesional? Ni siquiera pienso en qué harían mis padres si lo descubrieran.

Noto que las lágrimas me anegan de nuevo los ojos, amenazando con derramarse, pero parpadeo para contenerlas y me centro en las preguntas. Da igual cuánto deseara Peter a Claire, ¿por qué dejaría la universidad? Ella pasa todo el tiempo en Los Ángeles. No es nada propio de Peter dejar los estudios. Siempre ha sido de esos chicos, igual que Trevor. Presidente de todo, con un millón de actividades extracurriculares. Quiere ser médico. No creo que los médicos se tomen una excedencia de la universidad. Al menos no en el segundo año. Sin proponérmelo he empezado con el juego de caminar.

Cerca de la calle Catorce paso por un Starbucks que antes era una tienda de comestibles especializada. Antes me gustaba esto de Nueva York; lo rápido que pueden cambiar las cosas. Pero eso era antes de lo de Hayley. Después de su muerte, la capacidad de la ciudad para seguir adelante parece de alguna manera intencional, vengativa.

Cuando pienso en el pasado mes de mayo, en estar en aquella azotea, eso es lo que más recuerdo. Que la vida parecía pasar de largo a toda prisa. Como un tronco por un río en dirección a las cataratas. Pero yo era una roca, atascada. Todo corría a mi alrededor, por encima y por debajo. Yo no podía moverme. No podía hacer otra cosa que oír los rápidos, tan cercanos e inalcanzables. Todo era igual. El futuro del que yo no formaría parte.

La gente piensa que ese tipo de cosas son elecciones. Decisiones. Quedarte atascado o avanzar. Pero no es así. Ese es el problema de mayo, que no fue una elección. Fue la falta de elección. Jamás me había sentido tan impotente como allí arriba, en aquella azotea. Arrastrar a Kristen por encima de la barandilla no fue un acto de voluntad. Fue una reacción, así de simple. No fui yo, sino un atávico mecanismo humano, un truco del cerebro; el piloto automático, la adrenalina, como prefieras llamarlo. Es curioso que cuando ocurren cosas importantes, la gente quiera conocer un montón de detalles. Siempre tienen un millón de preguntas; qué sentiste, cómo lo hiciste, en qué pensabas en ese momento, a un milímetro de la muerte. Pero nunca formulan las correctas, las que deberían hacer.

Nadie me preguntó nunca por qué subí a la azotea de Abigail. Ni el *Post* ni Abigail. Ni siquiera Claire.

No hicieron la única pregunta que deberían haber hecho, igual que yo no hice la única pregunta que debería haber hecho esa noche de enero.

«Hayley, ¿dónde estás?».

Continúo caminando.

Voy por la Séptima Avenida en dirección a Columbus Circle, cuando veo a Trevor. Va a clases de violín en la calle Cincuenta desde siempre y lo veo parado en la acera, pasando el pie por el pavimento.

Es una pena que esté aquí ahora mismo. Que tenga que ser él en este momento. Sé que lo que estoy a punto de hacer no es bueno. Que debería continuar mi camino. Pero no puedo evitarlo. No sé cómo hacerlo. Es lo que pasa con la cólera, que es una fuerza transformadora.

Puede revivirte y luego darte apoyo, impulsarte. Estoy furiosa con Claire por el artículo, furiosa con Peter por mentir, pero cuando veo a Trevor con su estuche y los ojos un tanto entrecerrados por el sol, toda esa rabia sale como el agua por un embudo, de forma directa y precisa. Su decepción por el *Boletín*, sus comentarios sobre Astor, sus miradas en el baile, de pie en las escaleras. Todo me hace enfurecer. El hecho de que aún esté aquí. Que me recuerde tanto todo lo que ya no tengo.

Me acerco a él con rapidez. Se sorprende al verme y deja escapar una especie de grito ahogado al tiempo que da un paso atrás. Me he pasado meses huyendo de él, pero al encontrármelo ahora por casualidad en la calle hace que parezca que por fin el destino me ha repartido cartas. Me toca a mí enfrentarme a él. Hacer que escuche lo que tengo que decir.

—¿Has leído el artículo de *Page Six*? —pregunto.

—¿Qué haces...? —Todavía intenta asimilarlo; ¿lo habré buscado? ¿Recuerdo cuándo son sus clases de violín? En realidad, sí, pero no se lo digo.

—Peter está viviendo en casa de Claire —prosigo. Trevor me mira con los ojos entrecerrados, pero no parece sorprendido—. ¿Tú lo sabías? —exijo. Él exhala y asiente—. ¿Estás de broma?

—Claire no...

—¿Quién se cree Claire que es? —lo interrumpo—. Se mete en todo. Ha abierto su enorme bocaza por todo Manhattan. Creía que era mi amiga.

Trevor me mira con incredulidad.

—Me estás tomando el pelo.

—Trevor...

—No. Lo siento, Caggie, pero tienes que entender esto. —Se acerca a mí y veo que la comisura de su boca se crispa y esa zona inferior de su mejilla se hincha como le pasa siempre que está muy preocupado. Solía observar su mejilla cuando estudiábamos, la vi contraerse la primera vez que se arrimó más a mí y me dijo que me quería—. No lo entiendes. Claire es la única que ha tenido el coraje suficiente para decir algo. Para hacer algo. ¿Sabes por qué está aquí Peter?

—No —reconozco.

—No quería dejarte. —El pelo se le viene a la cara, pero puedo ver que sus ojos me miran. Son de un azul intenso—. Quería quedarse para asegurarse de que estabas bien.

—Qué absurdo —replico, apartando la mirada—. ¿Por qué iba a hacer eso?

Trevor exhala una bocanada de aire.

—Vamos, Caggie. No eres la única persona que perdió a alguien en todo esto. —Me sostiene la mirada y reconozco algo en ella, algo que no he visto en mucho tiempo. La forma en que solía mirarme. Cómo sabía cuánto le importaba yo.

—Lo sé —digo.

Él sacude la cabeza.

—No lo sabes.

—Por supuesto que sí. No eres mi hermano, Trevor. No eres de esta familia.

—Tienes razón, no lo soy. Pero lo era… —Se le quiebra la voz—. La cagué, Caggie. —Se acerca más, como si tanteara el terreno. No me muevo—. No tendría que haberme marchado este verano. Debería haberme quedado contigo aunque me excluyeras. Debería haberte visto todos los días. Debería haber estado contigo. —Sacudo la cabeza. No puedo lidiar con esto. Son muchas las cosas que dan vueltas en mi cabeza. Claire, Peter y Astor, radios de una rueda que gira cada vez más rápido, a punto de perforar algo—. Mírame —dice.

Levanto la cabeza solo un poco.

—No me hagas esto, Trevor —le ruego, aunque lo hago en voz queda, temblorosa. Estoy perdiendo terreno.

—Cometí un error —prosigue—. Pensé que las cosas serían más fáciles para ti si yo no estaba aquí.

—¿Cómo? —susurro.

—Qué sé yo —repone, meneando la cabeza—. Fui un imbécil. Pero tú no dejabas de apartarme.

—Trevor…

Me mira a los ojos.

—No fui a California este verano —confiesa—. Ayudé a Peter en la casa de la playa.

Lo miro boquiabierta.

—¿De qué estás hablando?

—No había nadie más para hacerlo. Pensé que al menos era una forma en la que podía ayudar. —Se acerca a mí y me pone la mano en el codo. La amolda como tantas veces ha hecho—. Te quiero, Caggie. ¿Es que no lo sabes?

—Yo...

Pero entonces me besa. Ahueca una mano sobre mi cara, la otra alrededor de mi cintura y me acerca a él. Sus labios parecen un alivio. Todo lo demás se desvanece y durante un momento me concentro solo en lo que se siente al estar con él. Es maravilloso. Estimulante. La perfección más absoluta.

Pero muchas son las cosas que no están bien. No podemos besarnos aquí, como si nada hubiera pasado. No podemos limitarnos a fingir que podemos pasar página y estar bien, cuando hay tantos obstáculos en el camino.

—Tengo que irme —digo, apartándome.

Trevor afloja el brazo con el que me rodea.

—Por favor, Caggie, ¿no podemos hablar de esto?

Lo miro. Puede que esté llorando. Ni siquiera puedo sentir mi cara.

—No —respondo—. Se acabó, Trevor.

No se resiste mientras me alejo. No sé qué pensar de todo esto, así que no lo intento. Desconecto mi cerebro. Giro por la calle Cincuenta y Ocho hacia Broadway y luego subo hasta la Cincuenta y Nueve. Rodeo el Plaza. Allí, en la suite Eloise, celebramos el octavo cumpleaños de Hayley. Llevamos a sus amigas abajo para tomar el té. Puede que fuera una artista, sensible y sabia para su edad, pero también era una niña. Le encantaba vestirse de rosa, comer galletas de azúcar y ponerse guantes blancos hasta el codo. Recuerdo que yo preparé las bolsas de regalo para aquel cumpleaños; pequeñas bolsas de Eloise con los nombres de sus invitadas estampados delante. Tortugas de mentira, una caja de pinturas de cera y unos zapatos Mary Jane negros de piel en los números correspondientes.

Al día siguiente, cuando estábamos dejando la habitación, Hayley quiso saber dónde estaba mi bolsa de regalo. Le dije que las bolsas eran solo para sus amigas. Me miró muy desconcertada y luego me dijo: «Pero tú eres mi hermana».

«Tú eres mi hermana».

He ahí la verdad. Lo que no puedo decirles a Peter, a Trevor ni a Claire es que no va a mejor, sino que empeora. Cada día la echo más de menos. Dicen que la ausencia aviva el amor, pero ¿y la muerte? ¿Qué ocurre cuando sabes que jamás llegará un momento en que el dolor se atenúe? ¿Cómo te enfrentas a extrañar a alguien para siempre?

Recorro a pie las últimas ocho manzanas hasta casa y Astor está esperando fuera cuando llego. En medio del caos de Peter, de Claire y de Trevor casi se me había olvidado todo lo que está pasando con él. Y que he evitado unas diez llamadas suyas. Parece nervioso. Golpetea el pavimento con el pie como si tratara de erosionarlo. Lleva la camisa por fuera y tiene las mejillas enrojecidas. Gotas de sudor perlan su frente.

—Caggie —dice. Parece que lleva esperando una eternidad.

Me atrae hacia él tan pronto me ve. Me rodea la cintura con las manos y me arrastra como si fuera una grúa. No siento nada. Estoy en blanco. Tan saturada de todo que no queda espacio para nada. Cuando me empieza a besar de forma rápida y furiosa apenas siento sus labios.

Intento apartarme, pero me sigue rodeando con sus brazos para que no me aleje. Empiezo a sentir que me asfixio. Me está aplastando y cuanto más me retuerzo, más me aprieta. De repente me acuerdo de algo con lo que me topé en mis búsquedas en Google sobre el ahogamiento. Que si intentas rescatar a alguien del agua, intentarán subírsete encima con el fin de salvarse ellos mismos. Te hundirán. A menudo las personas que intentan rescatar a otros son las que acaban ahogándose.

—Para. —Me aparto de él lo suficiente como para mirarlo y me suelta en cuanto nuestras miradas se encuentran.

Todavía me sostiene la mano y dejo que me acaricie los dedos con el pulgar. Mira hacia la calle y acto seguido me sube a los escalones de la entrada de mi casa.

—Lo ha descubierto —dice. Sus ojos se mueven de un lado a otro, como si alguien nos vigilara—. He intentado llamarte. Te he llamado un millón de veces.

—¿Quién? —pregunto, tratando de hacer tiempo, aunque ya sé que habla de su padre. La imagen del marco de cristal asalta mi cabeza como si fuera pintura roja lanzada a un lienzo blanco. Estruendosa. Arrolladora. Repentina. Incluso histérica.

—¿Qué es lo que ha descubierto? —Trago saliva.

—Teníamos un trato —repone, y tengo la clara impresión de que en realidad no me está hablando a mí. Habla consigo mismo, relatando la historia en voz alta para convertirla en algo que pueda solucionar. Piezas de un rompecabeza que tiene que sacar de la caja y colocar boca arriba en el suelo—. Mi padre y yo. Si seguía yendo a clase y esta vez no suspendía, podía quedarme. —Me mira, como si fuera una mirada robada. Algo que no le pertenece—. Pensé que sería más fácil conseguir mi expediente. Pensé que no importaría, pero me expulsaron. ¡Kensington! —Lo oigo maldecir entre dientes y se me cae el alma a los pies. Tengo náuseas. Es la misma sensación que tuve en la sala del altar de su madre. Me acuerdo de su padre hablando por teléfono. El apremio en su voz. Quería llevárselo de aquí. Y en este preciso instante sé a qué lugar quiere que vaya. Recuerdo la advertencia de Peter: «Se fueron porque se convirtió en un puto psicópata»—. Necesito un sitio al que ir —dice.

Todavía me tiene la mano agarrada con tanta fuerza que me da miedo bajar la mirada. Me temo que tendrá los nudillos blancos. Que podré ver la sangre abandonando mi mano.

—Vale —digo—. Todo va a ir bien. —Procuro mantener un tono de voz sereno, pero no deja de temblarme.

Odio que ese pensamiento me invada. Lo odio igual que odié a todas las personas que después de la muerte de Hayley me dijeron que «ahí las tenía». Me molesta, pero eso no impide que surja; tal vez el padre de Astor tenía razón. A lo mejor necesita ayuda.

—Necesito desaparecer —asegura.

—¿Londres?

Me mira como si no pudiera creer lo que acabo de sugerir.

—¿A dónde voy allí?

—¿A casa de algún amigo? —murmuro. Estoy perdiendo terreno. Metida en arenas movedizas. Me doy cuenta de que tiene otra cosa en mente, algo que no es, ni por asomo, una opción.

—No quiero dejarte —dice.

—Yo tampoco quiero —convengo. No son más que palabras. Ya ni siquiera sé si son verdad. Astor me acerca a él una vez más—. ¿Qué quieres hacer? —susurro. Quiero que me lo pida de una buena vez. Que lo suelte. Sé lo que se avecina.

Astor lo dice en voz tan queda, tan calmada, que al principio las palabras no causan impacto alguno. Se deslizan como la seda.

—Tu casa de la playa.

Parece que extrajeran todo el aire de la calle. Incluso puedo oír el murmullo.

No respondo; tan solo trago saliva.

—Allí no hay nadie —prosigue—. Está vacía; jamás se enterarán.

Sacudo la cabeza.

—No pienso ir allí. —Ese lugar es una tumba. Es un cementerio. No es una casa; es el escenario de un crimen. En mi cabeza, cuando pienso en ello, creo que es posible que ya no exista. Que tal vez murió con ella. La única vez que he hablado de la casa con él fue cuando me quejé de Peter. Que haya guardado esa información hace que se me encoja el pecho.

—Por favor, Caggie. Si no nos vamos, me mandará lejos de aquí. —Tiene una expresión encendida, descarnada. Parece que ha empezado a desmoronarse; incluso su ropa, que suele llevar bien planchada y abotonada, está arrugada.

Intento rodearlo para llegar a la puerta. El aire no ha vuelto a la calle y albergo la vana y patética esperanza de que tal vez haya aire dentro. Que tal vez podré respirar si consigo cerrar la puerta.

—Toma un avión a algún lugar —digo, buscando las llaves a tientas—. ¿A dónde quiere que vayas? —Pero lo sé. Por supuesto que lo sé. Al mismo lugar al que todo el mundo pensó que fue Kristen este verano. Al lugar al que mandan a la gente que necesita ayuda.

Me agarra de los hombros y hace que me dé la vuelta.

—Rastreará mi tarjeta de crédito. Tengo que desaparecer. Solo hasta que sepa qué hacer.

—¿Me estás pidiendo que huya contigo? —Pero no es como cuando me pidió que fuera a París o a Roma. No es algo romántico. Es fruto de la desesperación.

—Vamos, Caggie. De todas formas, ¿qué te queda aquí?

Las llaves suenan en mis manos, pues me tiemblan. Y cuando abro la boca, lo mismo sucede con mis palabras.

—No puedo ir allí, Astor.

—Sí que puedes —dice. Me toma la mano y la cubre con las suyas—. Yo estaré contigo. Lo haremos juntos.

—No —insisto. Meneo la cabeza; mis hombros se sacuden. Me siento como uno de esos muñecos cabezones cuyas cabezas rebotan sobre las mesas de la gente—. No puedo.

Mantiene los ojos fijos en mí, pero entrelaza nuestros dedos.

—Por favor —implora.

Siento que me mira, pero mantengo la mirada gacha, en nuestras manos entrelazadas, con las llaves entremedio. Puedo verlas brillar al sol, como una moneda en la acera. Como el destello de una pulsera en el fondo de una piscina. Y aun antes de responder, sé que no voy a usarlas.

No voy a entrar.

Porque entiendo lo que es la desesperación. No hay forma de razonar con ella. No atiende a razones. Podría quedarme en los escalones de mi casa y exponerle toda excusa posible y un nuevo plan. Podría comprarle un billete de avión a la India. Pero daría igual. Ya ha tomado su decisión. El único lugar en el que va a sentirse seguro es en la casa de la playa. ¿Aún no lo he mencionado? La pena te vuelve loco.

—¿Cómo quieres ir? —pregunto. Mi voz suena débil, resignada. Como si fuera la de otra persona.

—Yo conduciré —dice—. Tengo coche aquí.

Sé que voy directo al desastre. Pero lo hago de todas formas. Ignoro cuál es la alternativa. Igual que en aquella azotea, aquí tampoco hay opción. Hay que avanzar. Y avanzar es ir al este. Lo que ocurre con la pérdida, con un dolor tan intenso, es que puede hacerte sentir tan vacío que te vuelves intocable. Puede hacer que sientas que no tienes nada que perder.

15

Astor conduce demasiado rápido. Está oscureciendo en la autopista, y aunque me conozco bien las carreteras, también sé que los Hamptons es un lugar peligroso para ser imprudente al volante. Hay muchos conductores de fin de semana, gente que no está acostumbrada a ir en coche. Cenas, alcohol. Es una tormenta perfecta para las colisiones y ocurren todo el tiempo.

—Ve más despacio —digo por enésima vez. El aire se traga mis palabras. Todas las ventanillas están bajadas.

Hace una hora que Astor parece estar en trance. Nervioso, concentrado. Apenas habla, salvo para preguntarme de vez en cuando si vamos por la carretera correcta, si conozco algún atajo. Si giramos aquí a la izquierda, ¿llegaremos allí?

Tengo el codo en la parte inferior de la ventanilla bajada y la cabeza apoyada en la mano. No aparto la vista en la carretera en un intento de evitar los recuerdos que me asaltan como si fueran atizadores al rojo vivo contra la piel.

La última vez que fui allí, Hayley iba a mi lado en el asiento del copiloto. Era más o menos la misma hora, el atardecer, pero puede que un poco antes, dado lo pronto que se pone el sol en enero. Las carreteras estaban heladas, ya que había nevado el fin de semana anterior, pero el día del viaje, el 3 de enero, había sol y toda la nieve se había fundido. Lo recuerdo porque Claire quería sentarse en su azotea para ver si nos poníamos un poco morenas.

—Seguirá habiendo un grado bajo cero —le dije.

—Al sol le da igual que haga frío o no; sigue brillando.

El sol sigue brillando. Lo hizo ese día y también al día siguiente. Recuerdo que me desperté en un hospital y lo vi por las ventanas, entrando a raudales por las cortinas translúcidas.

La gente cree que las tragedias son confusas, que se desvanecen igual que una película que se disuelve, pero en absoluto ocurre así. Los recuerdos son vívidos, afilados. Cuando los evocas, pueden atravesarte.

Hayley estaba habladora en el coche. Demasiado habladora. Quería hablar de cosas que a mí no me apetecían, como por ejemplo a qué universidad quería ir. No lo sabía. «A la universidad de Iowa o a alguna de California», pensé. Cerca de la casa de nuestro tío. De la playa. Algún lugar en el «oeste». Qué curioso que recuerde aquel momento anterior, que recuerde que incluso entonces intentaba escapar de algo. Que no empecé a huir de algo por su muerte.

Hayley también sentía curiosidad por Trevor. Siempre fue así. Quería hablar de él a todas horas. Recuerdo que estaba decepcionada porque no iba a venir hasta el sábado por la mañana. Creo que estaba enamorada de él. Lo que sea que eso signifique para una niña de diez años. Lo admiraba. Él le regalaba libros, hablaba con ella sobre sus cuadros. A veces venía solo para verla a ella y a Hayley le encantaba.

Era lista, más de lo normal para su edad. Podría conversar sobre cualquier cosa; política, literatura, lo que fuera. Mis padres siempre quisieron medir su coeficiente intelectual (mi padre creía que debería saltarse un curso), pero Hayley jamás dejó que lo hicieran. Creo que en el fondo temía ser diferente de la gente, ser distinta. Quería participar en todo, aunque no le concerniera. Era independiente, pero quería que estuviésemos cerca. Quería compañía.

Me estremezco cuando me viene el recuerdo; nítido, frío y tan hiriente como un carámbano reciente directo al corazón. Me veo sacándola de la piscina. Veo sus labios azulados. Me veo sujetándola en mis brazos. En el momento de su muerte estaba sola. Yo no estaba allí para hacerle compañía. Para decirle que todo iría bien. Eso es lo que más lamento. Que muriera sola.

Suena mi móvil y me enderezo, sobresaltada. Me golpeo la mano con el borde de la ventanilla y la aparto, frotándomela contra la pierna.

—¿Quién es? —quiere saber Astor.

Me mira, apretando el volante con las manos.

Bajo la mano y abro mi bolso. En la pantalla veo brillar el nombre de Trevor. Deseo descolgar con todas mis fuerzas. Mis dedos arden en deseos de presionar el botón verde, pero no puedo. Ahora no. Debería haberle hecho caso cuando me dijo todo aquello en la acera. Debería haber dejado que me abrazara. Que hiciera que me quedase.

—Nadie —miento.

—Es evidente que alguien te llama, Caggie. —Tiene un tonillo que me hiela las entrañas. Menuda estupidez no haber pensado antes en esto. Que solo se me haya ocurrido en el asiento del copiloto de su coche, dirigiéndonos a toda velocidad a la tumba de Hayley, pero así es; no confío en él.

Sé lo que es estar donde está él. Al borde del abismo. Todo es posible cuando crees que ya no te queda nada.

—Solo era Abigail —digo, esperando que mi respiración acelerada no me delate—. Somos compañeras en un proyecto de historia.

Astor me pone la mano libre en el hombro. Exhala como si hubiera estado conteniendo el aliento durante horas.

—Lo siento —se disculpa.

Siento su mano en mi brazo como si fuera el viento. Hace que se me ponga la carne de gallina y se me ericen los pelos como escarpias.

Le devuelvo la sonrisa.

—Casi hemos llegado —comento.

Él pone música, algo lento y melódico. Sigo con el teléfono móvil en la mano. Quiero llamar a Claire, a Trevor, a Peter. Quiero oír sus voces, decirles dónde estoy. Pero no puedo. No con Astor aquí. No es estable y ahora sé que nunca lo ha sido. No empezó en la acera hace unas horas. Ni siquiera con aquella habitación en su casa. Tan solo ha emergido esta noche, después de llevar meses sepultado.

He aquí otro dato sobre la pena; se quedará tanto tiempo como se lo permitas. Y si encuentras a alguien que también quiere aferrarse a ella, te unirá a esa persona. En realidad es lógico que la pena desee desesperadamente no morir.

—Nadie puede saber dónde estamos —no deja de repetir Astor.

Gira a la izquierda y yo señalo al frente. La carretera se bifurca y nuestro camino de entrada está en el lado derecho. El lado del mar. He imaginado que vengo aquí muchas veces desde enero.

Cómo sería enfilar esta carretera tan familiar. Ver la luz de los faros girar a la izquierda y posarse después en nuestra casa; tejas grises, vigas blancas, porche panorámico. Desde el camino de entrada no se ve la piscina. Está en la parte de atrás, una piscina de borde infinito que parece adentrarse en el mar.

—No está mal —dice Astor.

La casa estará cerrada, pero he agarrado la llave de repuesto. La que Peter y yo teníamos escondida debajo de la maceta de la entrada. Peter la hizo para que pudiéramos venir sin que lo supieran nuestros padres. Fiestas de fin de semana, noches en las que colaba a Trevor y Claire me encubría, diciendo que dormía en su casa en el centro. Me sorprendió encontrarla, aunque no sé por qué. Ninguno de los dos ha tenido que utilizarla últimamente. Al menos no hasta hoy.

Astor apaga las luces en el camino de entrada y se inclina sobre el asiento hacia mí. Puedo sentir el teléfono móvil en la palma de mi mano y lo aprieto, deseando que me transporte a algún lugar lejos de aquí.

Se cierne sobre mí.

—Oye —susurra.

Lo que antes era sexi y embriagador, ahora me parece claustrofóbico. Este coche es demasiado pequeño para los dos.

Astor ahueca la mano sobre mi mejilla y se arrima más para besarme.

—Hemos llegado —digo, porque algo tengo que decir.

Me tiembla la voz y él lo nota.

—¿Estás bien, Caggs? —Noto sus labios junto a mi oreja.

Un arrebato de ira estalla dentro de mí como un petardo. Estoy furiosa con él por utilizar mi apodo. Furiosa conmigo misma por pensar que me conocía. Por abrirme a él y acabar otra vez aquí.

—Vamos —digo.

Me besa en la mejilla y acto seguido abre la puerta. Espero a que rodee el coche y en lo que tarda en hacerlo aprieto la tecla del 2 en mi móvil. Es la marcación rápida de Claire. Bajo el volumen y rezo para que lo atienda. Rezo para que escuche.

A continuación me guardo el móvil en el bolsillo de la falda, con micrófono hacia arriba, y me bajo del coche.

Hay un caminito de piedras hasta la puerta principal que suele encenderse en cuanto pones un pie fuera del coche (va por sensores), pero hoy no se enciende.

—Deben haber desconectado la luz —murmura. Entonces saca su encendedor del bolsillo y lo enciende; la llama ilumina su rostro—. ¿Tenéis velas? —pregunta.

Saco la llave del bolsillo contrario al que llevo el móvil y me dirijo a tientas a la puerta principal. Meto la llave y gira sin problemas.

La luna que se refleja en el agua ilumina la casa y veo que la han vaciado. En el salón hundido solía haber dos sillones, uno enfrente del otro, con una mesita baja de cristal en medio. Sobre la mesita había enmarcadas unas caracolas flotantes, que Peter y yo le habíamos hecho a mi madre para su cumpleaños hace algunos años. Todas las caracolas las encontramos en nuestra playa; no hay muchas en los Hamptons, así que también había grandes fragmentos de vidrio de playa. Recuerdo los libros de la mesita; uno sobre cocina francesa; y otro sobre interiorismo, todos con los lomos en perfectas condiciones. Había estantes en las paredes con fotografías familiares y dos candelabros comprados en un viaje de mi madre a Bélgica adornaba la repisa de la chimenea.

Ahora no hay nada. Ni siquiera el ligero olor a lilas, a lavanda y a ajo que siempre parecía impregnar el ambiente, aunque no hubieran cocinado en casa desde hacía semanas.

Astor se coloca detrás de mí y me rodea la cintura con las manos.

—Enséñame la casa —me susurra al oído.

—Ya no hay mucho que enseñar —replico. Estoy segura de al tenerme el pecho rodeado con fuerza con sus brazos puede sentir el latido de mi corazón. Late de forma errática, como si intentara salir de mi cuerpo, arrastrarse por el suelo y escapar a las dunas.

—¿Qué había aquí? —pregunta.

Paso su brazo por encima de mi cabeza para soltarme de él y bajo al salón.

—La cocina está por ahí. —Señalo a la derecha, hacia las puertas dobles. Contemplamos la estancia vacía, la isla de madera abandonada en medio del suelo de baldosas, como un náufrago.

Mi vista se está acostumbrando a la oscuridad, por lo que al mirar ahora a Astor puedo distinguir sus rasgos. No me había percatado de lo marcados que son. Cincelados. Como si lo hubieran tallado en mármol.

—¿Dónde estaba la habitación de Hayley? —pregunta.

Sabía que iba a preguntarlo. A Astor no le interesa la habitación común. No quiere saber dónde guardábamos los juegos de mesa. Pero sus palabras siguen pareciéndome unos dedos que ascienden por mi espalda.

—Por aquí. —Trago saliva.

Nos vamos de la cocina y lo guío por el salón hasta el pasillo en el que solían colgar fotografías de la familia; en las que salíamos nadando durante los veranos aquí. Las veo como negativos en las paredes; Hayley con sus gafas gigantes de corazón, resbalándose por su nariz. Hayley con los manguitos puestos a pesar de que no estaba ni por asomo cerca de la piscina.

Doblamos la esquina y llegamos a su cuarto. Como es natural, está vacío. Ya no está la mecedora, el caballete, la hilera de zuecos, el baúl de juguetes ni el perchero en el que solía colgar su impermeable amarillo con lunares que parecían estrellitas. Sin embargo, aún sigue ahí la alfombra y las grandes y voluminosas cortinas rosas que escogió mi madre. Hayley las odiaba.

Astor y yo nos quedamos en la entrada y me sobresalto cuando me agarra la mano. Aquí me siento como un fantasma. Como Hayley; invisible y por tanto intocable.

—¿A dónde llevaron sus cosas? —quiere saber.

—No lo sé. —No tengo ni idea de qué hizo Peter con todo. De adónde los envió. Si lo tiraron o lo vendieron. Pienso en los zuecos y en el impermeable. Me siento como si me estuvieran exprimiendo las entrañas al pensar que otra persona los use o, peor aún, que estén tirados en el fondo de un vertedero.

Astor me tira del brazo para llevarme al centro de la habitación. Se pasea alrededor de la estancia, echa un vistazo por la ventana. Lo observo mientras intento descifrarlo; cualquier señal de lo que pueda hacer. Entonces se acerca al armario y lo abre.

—Oye, Caggie —dice—. Parece que se ha olvidado de algo.

Me aproximo despacio a él. Tengo la sensación de que mis pies son de plomo. Odio todo esto. Odio que estemos aquí. Astor toma una caja, del tamaño estándar para envíos; de sesenta por sesenta por sesenta.

Astor se sienta en el suelo y tira de mí para que me acomode a su lado. Enciende de nuevo el mechero, pero no ilumina demasiado; mi vista ya casi se ha acostumbrado por completo a la oscuridad.

Desliza el dedo índice por la hendidura y abre la tapa.

—Para —digo, pero no me hace caso.

Oigo las olas romper. Suenan más cerca de lo que recuerdo.

Él levanta la tapa y ambos miramos dentro. Está llena de lo que parece basura; bastoncillos, un patito de goma y quitaesmalte. Agarro el patito de goma y le doy la vuelta. No recuerdo que Hayley tuviera esto. Deben ser cosas que Peter creyó que no valía la pena almacenar.

Me siento aliviada. Podrían haber sido fotos. Podría haber sido ropa. La caja podría haberse abierto y haber olido a ella.

Pero entonces veo un par de zapatos Mary Jane negros asomando en el fondo. Uno de aquellos zapatos que compramos para la fiesta de cumpleaños en Eloise. Lo engancho y lo sujeto en mis manos, como si fuera una antigüedad, algo frágil y caro.

Astor deja la caja en el suelo.

—¿Qué se siente? —pregunta.

—¿Qué?

—Al estar aquí.

Me obligo a mirarlo.

—Que la echo de menos —respondo. «Muchísimo», quiero añadir.

—¿Lamentas que hayamos venido? —Recorre mi rostro con los ojos y tengo la sensación de que dejan marcas a su paso.

Lo miro boquiabierta.

—No me diste elección.

Se arrima para tocarme, pero retrocedo. Creo que sus dedos están fríos. De repente no los quiero cerca de mí.

—Caggie —dice—. No pasa nada. Lo comprendo.

Me limito a seguir mirándolo. Es como si nunca lo hubiera visto antes.

Algo empieza a tomar forma, crece en mi estómago y asciende hasta mi corazón. Astor no me ha pedido que hable de Hayley, no ha querido saber qué tal llevo su muerte y lo que pasó en mayo, pero lo que me ha exigido ha sido peor. Ha ofrecido su propia pérdida como si fuera algo precioso. Me la ha entregado, de igual modo que Peter me ha dedicado toda su atención y Claire me ha ofrecido su preocupación. Pero el simple hecho de comprender no mejora las cosas. Que la oscuridad se acumule solo hace que sea mucho más difícil encontrar la luz.

No quiero vivir en este lugar. No quiero que mi vida sea un apéndice de su muerte.

Astor se está acercando a mí y de pronto sé que hay muchas posibilidades de que no consiga salir de aquí. Que o bien no saldremos vivos de aquí o bien no volveremos. Hay cosas de las que no nos recuperamos; lugares que una vez que los visitas no se pueden olvidar. Pero hay una cosa que puedo hacer para seguir adelante. Puedo decir la verdad. Puedo dejar las cosas claras.

De repente las imágenes de lo ocurrido el pasado mes de mayo me resultan insoportables, tan vívidas que temo que me capturen si cierro los ojos. Que jamás escape del recuerdo. Pero necesito contárselo a alguien. A alguien que necesite saberlo. He guardado silencio, pero mira adónde me ha llevado eso. Apartarlo todo, huir, es lo que me ha traído hasta aquí. Estoy lista para parar. Aunque nosotros no regresemos, al menos saldrá la verdad.

Toco el bolsillo con el pulgar y ruego para mis adentros: «Por favor, escucha esto, Claire. Tienes que saberlo, Claire».

Inspiro hondo.

—¿Leíste esos artículos sobre Kristen? —digo—. ¿Sobre lo que ocurrió el pasado mes de mayo? —Astor no se mueve, ni siquiera para asentir, pero insisto. Tengo que contárselo a Claire—. Yo no la salvé —prosigo—. No habría podido salvar a nadie. Ese es el problema.

Jamás pensé que diría esto en voz alta. Creí que me llevaría este secreto a la tumba. Pero ahora que he empezado, sé que no hay vuelta atrás. Mis palabras son fuertes, duras como piezas de arcilla cocidas en un horno. Están listas para salir.

Miro a Astor, que no pestañea. Me imagino que estoy hablando con Claire.

—Esa noche subí a la azotea porque no quería seguir viviendo. Subí allí para saltar.

Me viene a la memoria la escena grabada a fuego en mi mente. Yo trepando por la barandilla. Todo se había desmoronado esa semana; el dolor que había intentado mantener en un segundo plano. Las cosas que había estado tratando de sepultar en el suelo a través de mis pies. Sobrevivía por los pelos y entonces Trevor rompió conmigo y sentí que lo había perdido todo. Que ya no había motivos para existir. Recuerdo el comentario del agente de policía: «Esa chica va a desear haber sido ella la que muriera el resto de su vida».

No se equivocaba. Pero no podía ocupar su lugar. Solo podía unirme a ella.

Saltar era algo secundario. Como una ocurrencia de última hora. Lo único que importaba era subir a la azotea.

Sé que suena estúpido, incluso increíble, pero no le di muchas vueltas. Supuse que si subía allí, a aquella cornisa, ocurriría lo que tenía que ocurrir. Hace cincuenta años hubo un hombre que se tiró desde su terraza en el edificio de Abigail. Vivía cuatro plantas más debajo de su ático y falleció en el acto. Recuerdo haber leído sobre ello en un libro de recortes de prensa que mi padre guardaba en su despacho. Pensé que no tenía que preocuparme por esa parte. Cumpliría con su función.

¿Iba a saltar? La respuesta sincera es que no lo sé. No estoy segura. Lo que sí sé es que la cornisa parecía el único lugar en el que podría tener una oportunidad de encontrar la paz. Era el único lugar de toda la ciudad en el que me pareció que podría estar tranquila. En el que podría escapar de los crueles recuerdos que asaltaban mi mente a diario; cada segundo de cada momento. No sabía bien qué ocurriría una vez que estuviera allí. Solo sabía que si estaba más cerca del borde, la distancia sería mayor. Del pasado y del presente. De las cosas que había hecho y de las que no. En aquella cornisa no había espacio para nada más; ni para los recuerdos ni para los remordimientos. No había hueco para nada más que para eso, para acabar con todo. Ese espacio intermedio entre vivir y morir.

Kristen apareció en ese momento. Yo estaba de pie en el borde, mirando hacia abajo, viendo pasar los coches, cuando la oí detrás de mí.

—Mcalister, no lo hagas —fue lo que dijo.

Me giré lo justo para decirle que se fuera.

—Tú no tienes que estar aquí —dije.

—Por favor, dame tu mano. —Actuó como si no me hubiera oído.

Recuerdo que en esa azotea parecía alta. Fuerte. No la pequeña chica del medio oeste que se sentaba al fondo en clase de Inglés. Allí arriba era una guerrera. Podría haber sido una heroína.

—Dame tu mano —repitió.

No me moví. No sabía cómo hacerlo. Es difícil hacer nada cuando hay tanta adrenalina corriendo por tu organismo. La conexión entre el cerebro y las extremidades se debilita; no se da la misma capacidad de reacción. Ahí arriba no hay espacio para sentir nada, ni siquiera miedo.

Creo que no estaba segura de si caería o echaría a volar en caso de que saltara.

Entonces Kristen subió. Se acercó a la pared y sacó una pierna primero y después la otra. Al volver la vista atrás debería haber mantenido un pie bien plantado al otro lado, debería haberse colocado a horcajadas en la barandilla de piedra. Pero creo que su cuerpo estaba haciendo lo mismo que el mío. Estaba reaccionando. No tenía miedo.

Subió hasta arriba, de modo que las dos estábamos en la cornisa, de poco más de cuarenta centímetros de anchura. Un paso, un paso. Un paso y otro paso.

Me sujetó la mano y yo dejé que lo hiciera.

—Ven conmigo —me dijo. Me tocó la pierna como si quisiera que la siguiera—. Todo va a ir bien —aseveró. No era la primera vez que lo decía—. Uno, dos, tres. —Levantó un pie, yo hice lo mismo y chocaron. Aunque apenas hubo contacto, Kristen perdió el equilibrio y dio un paso a un lado. Solo que no había donde plantar el pie. Solo cuarenta y seis centímetros y luego el aire.

Todavía estábamos tomadas de la mano, así que sentí que su cuerpo caía, el tirón a través de nuestras palmas, y entonces mi cuerpo se catapultó hacia delante y hacia abajo.

Agité el brazo y me agarré a la pared. Me aferré con todas mis fuerzas. Ella gritó. La gente vino corriendo.

—Todo va a ir bien —le dije las mismas palabras. No sé si las pronuncié en voz alta o no. Pero sé que las oyó. Estoy segura.

Jamás había tenido que emplear tanta fuerza. Tiré como si la estuviera sacando de arenas movedizas. O del agua. Como si la arrastrara del fondo de una piscina.

* * *

Parpadeo y miro a Astor. Me está observando con callada fascinación, como si estuviera revisando mis palabras. Organizándolas y clasificándolas.

—«Lo que distingue al hombre inmaduro es que aspira a morir noblemente por una causa, mientras que el hombre maduro aspira a vivir humildemente por ella». —dice Astor.

Es una frase de *El guardián entre el centeno.* Me le quedo mirando. Parece que lo estoy viendo por primera vez. Al verdadero Astor. Al chico que nunca superó la muerte de su madre. Que guarda su memoria embalsamada, como la cabeza disecada de un ciervo en la pared.

Y de repente lo que nos une, lo que nos mantiene juntos, se rompe como una cuerda que se deshilacha.

—La pena no es una causa, Astor.

En miedo comienza a desvanecerse en cuanto lo digo. El miedo que he albergado desde aquel día aquí, en enero. El miedo que me daba venir aquí..., lo que él haría. Porque por primera vez esta noche me doy cuenta de que no importa de qué sea capaz. Lo que importa soy yo; lo que yo puedo hacer.

—Somos iguales —dice Astor.

—No, no lo somos —replico—. No nos parecemos en nada. Tú no lo has dejado atrás.

Se inclina hacia delante.

—¿Y tú sí?

Clavo la mirada en él.

—Estoy a punto de hacerlo.

Durante una fracción de segundo se queda quieto, inmóvil, y luego dice:

—Esto ayudará.

Al instante ocurren tres cosas.

La primera es que Astor saca el mechero y lo sujeta en alto, como si fuera una ofrenda. Como una vela en un altar. Sé lo que va a hacer antes de que lo haga, pero no soy lo bastante rápida para impedírselo.

Lo segundo es que oigo voces fuera que gritan mi nombre. Voces que reconozco. Voces que suenan a hogar.

Lo tercero es que Astor me quita el zapato de las manos, lo deja caer en la caja y acerca la llama del mechero al borde de cartón.

Durante un instante me quedó ahí sentada, mirándolo sin más. Así que, ya está. Este es el mal inherente fruto de esta noche. Sabía que era posible que no volviéramos. Sabía que era posible que la tragedia golpeara de nuevo, pero no sabía qué forma adoptaría.

Fuego.

Y entonces la caja explota. Estalla como una bomba, catapultándonos hacia atrás, alejándonos. Ya no hay tiempo para pensar. Me tapo la cara con las manos.

Astor grita desde el otro lado. Hay trozos de cartón por todas partes y están alcanzando la alfombra, como una meteórica lluvia de fuego. Sé a qué se ha debido. El quitaesmalte. Recuerdo que lo aprendí en algún curso de seguridad que nos impartieron en clase. Las sustancias cotidianas más inflamables. Era la número dos. Enseguida me devano los sesos en busca de cualquier información almacenada que pueda ayudarme a saber dónde hay un extintor. Pero no encuentro nada. Y el fuego avanza más rápido que las respuestas.

Los trozos de la caja prenden a medida que caen a la alfombra. Pasan de brasa a llamas en un instante. Astor y yo estamos ahora en lados opuestos de una pared de fuego. ¿Era esto lo que él quería? ¿Sabía que un pequeño mechero causaría semejante impacto?

Entonces me levanto de un salto.

Cabría pensar que los verdaderos momentos de terror, los auténticos instantes de adrenalina, se dan solo unas pocas veces a lo largo de una vida. Pero este es el tercero este año. La vida no es justa con todo el mundo; así no funcionan las cosas. Mi cerebro sabe lo que hay que hacer. Parece que mi sistema nervioso se ha apagado. Está demasiado sobrecargado. Es por lo que acabo de confesar, por la realidad de ver que las llamas siguen aumentando.

Pero esta vez también hay algo diferente. Empieza a menguar el pánico que me atenaza, que se ha instalado en mi pecho como un compresor de basura y lo aprisiona. Ya no siento miedo ni siquiera en este preciso instante mientras llamo a Astor. Ahora sé algo que antes ignoraba. Sé que mi vida no tiene que girar en torno a lo que pasó. A lo que fui incapaz de hacer.

Puede girar en torno a lo que haré.

—¡Por aquí! —le grito a Astor. Agito los brazos por encima de la cabeza y le hago señas para que me siga.

Hay un hueco despejado entre el fuego y la puerta por el que podría colarse, pero se está cerrando con rapidez. Tiene que actuar ya. Las llamas son cada vez más altas y avanzan como un animal enloquecido al que acaban de liberar. Prenden las cortinas, las transforman en chimeneas. Se agitan como si llevaran mucho tiempo esperando a que las liberasen.

Pero Astor no se mueve. Está paralizado. Y reconozco en el acto la expresión en sus ojos. Es la misma que me ha devuelto el espejo durante casi un año. No sabe qué hacer. No sabe cómo ponerse en marcha. No ha descubierto la manera de salvarse.

—¡Astor, ya! —El fuego es estruendoso. Gime, aúlla y ruge. Toma las cosas y las hace pedazos. Ahoga los sonidos. Las voces. Pero sé que puede oírme. Lo sé porque no se esfuerza por entender lo que digo. Lo que ocurre es que no se mueve—. ¡Astor! —grito de nuevo.

Las llamas dan solo un instante de tregua, como el receso de la marea antes de un tsunami, y sé que se acabó. La certeza me asalta igual que en el momento en que me di cuenta de que era Hayley la que estaba en el fondo de la piscina. Pero esta vez no viene acompañado de un reconocimiento inesperado. Ni de una pausa momentánea.

Cuando por fin logré subir a Kristen, cuando ambas estábamos sanas y salvas al otro lado de la barandilla, resollando sin aliento, con las manos en las rodillas, supe que jamás volvería a intentarlo. Tenía miedo de mí misma después de aquello, miedo de lo que había hecho. No quería pensar en ello ni recordarlo. El reverso del ser humano es aterrador. Lo que somos capaces de hacernos los unos a los otros, a nosotros mismos, en cualquier momento. No sabía qué había en el fondo, qué habría pasado si Kristen no hubiera aparecido. ¿Habría saltado?, esa es la eterna pregunta a la que jamás podré responder.

Pero ya no tengo miedo. Y al mirar a Astor sé que él sí lo tiene. Puede que la muerte nos uniera, pero también es lo que nos ha separado.

Y en ese momento de terror paralizante, la vida se abre paso de sopetón.

—¡Astor! —Intento llamarlo una última vez y luego me dirijo hacia él agazapada. Atravieso el hueco junto a la pared, pero no es lo bastante grande, y siento que el fuego me quema la pierna. Aprieto los ojos para contener el dolor y estiro el brazo. Toco la camisa de Astor con las yemas de los dedos y tiro con fuerza. Mi vieja amiga la adrenalina ha vuelto y me ayuda a mantener agarrado a Astor. Doy media vuelta y lo empujo delante de mí, pero el hueco ha desaparecido. Se ha cerrado, dejándonos encerrados en la parte del fondo de la habitación de Hayley, con una pared a un lado y el fuego al otro. Y avanza hacia nosotros.

El calor resulta insoportable. Es denso y asfixiante. Empujo a Astor contra la pared, pero no encuentro alivio. La habitación se está quedando sin oxígeno. Puedo oírlo consumirse, como si fuera un refresco, hasta que ya no queda nada.

Miro a Astor. Está perdiendo el conocimiento. Se le cierran los ojos. Ya está sucumbiendo.

Me espabilo de golpe al verlo así, apoyado contra la pared y con los ojos medio cerrados. Recurro a las últimas reservas de voluntad que me quedan. Jamás he estado tan decidida a vivir.

Miro hacia las ventanas. Las cortinas han desaparecido, lo mismo que las cenefas rosas, pero hay ventanas a un lado sin visillos. Hayley insistía en que estuvieran desnudas para que «no pareciera la habitación de una niña». Era como si pensara que llevaba puesto un disfraz la mayor parte del tiempo. Que cuando salía en público en el fondo era una mujer de mediana edad, no una niña de diez años con tirabuzones y suaves mejillas sonrosadas.

Tampoco quería mosquiteras en las ventanas. Decía que le gustaba mirar fuera sin que ningún tipo de red le obstaculizase la vista. Tuvo que luchar, pero ganó. Mi madre hizo que quitaran las mosquiteras. Me acuerdo de eso ahora. Y estas ventanas no son correderas, sino que se abren hacia afuera.

Agarro a Astor de la mano y corro a la ventana más próxima. Se abre sin problemas y siento una ráfaga de agradable aire. La libertad.

La abro de par en par y arrastro a Astor. No hay tanta distancia hasta el suelo desde aquí. Puede que unos cuatro metros y medio, no más.

Solo tengo que sacarlo por esta ventana.

—Sal —digo.

Él no se mueve, sino que se limita a sacudir la cabeza.

—¡Sal, Astor! —No estoy muy segura de que esté hablando. Tengo la voz ronca. Yerma. Agotada. Pero ¿cuántas cosas podría decir ahora mismo? Sabe lo que le digo, solo que no me hace caso.

Y entonces comprendo. Tan cierto como que lo vi detrás de esa cortina de fuego. Tan seguro como cuando llamé a Claire y le dije la verdad. Astor no quiere que lo salven.

Él es feliz aquí, en medio del fuego.

Pero no dejaré que nadie muera estando yo aquí. No puedo. Porque por primera vez desde el mes de enero quiero salvarme. Necesito hacerlo. Y eso significa salvarlo también a él.

Cierro los ojos y agarro a Astor por la espalda para alzarlo y lo catapulto a través de la ventana. No debería ser capaz de alzarlo y moverlo, pero es lo que ocurre cuando estás bajo presión. Eres capaz de cosas que jamás serían posibles en circunstancias normales.

A continuación me subo al alféizar. Puedo sentir el fuego a mi espalda. Lo siento tan cerca que podría tenerlo encima. Miro el césped abajo, el cuerpo inerte de Astor en el suelo. No es momento de vacilar.

Entonces salto.

16

La hierba bajo mi espalda está tan fría que durante un segundo pienso que es posible que esté muerta. Que así sería el cielo después de un incendio; hierba fresca y húmeda. Pero empiezo a notar un dolor punzante en las piernas, oigo a Astor gemir a mi lado y sé que sigo aquí.

Abro los ojos.

La casa está en llamas.

Casi parece que hubiera esperado a que saliera, pues en los últimos treinta segundos, o puede que en un minuto, se ha apoderado del edificio. El fuego se propaga por las habitaciones, como un ejército conquistador tomando lo que acaba de ganar.

El dormitorio de mis padres. El estudio. Mi vieja habitación. La cocina. El salón.

Siempre he considerado que mi memoria era algo de lo que huir. Me recordaba cosas que no quería recordar. Conservaba el pasado de manera muy detallada. No dejaba que el tiempo actuara con naturalidad, haciendo que las cosas amarillearan, se oxidaran, se desvanecieran. Pero al ver las llamas envolver esta casa, la tumba de Hayley, sé que me equivocaba. Porque los recuerdos que he estado evocando han sido los últimos, pero no los únicos que viven ahí.

Recuerdas el último momento. Su imagen en el fondo de la piscina, lo que podrías haber hecho, lo que no dijiste. La última pelea que tuvisteis. Que no la ayudé a meter su maleta. Pero una persona, incluso una casa que está ardiendo, no es un momento. Es toda una vida. Hayley era toda una vida. La tuve en mis brazos cuando nació. Le enseñé a montar en bicicleta y a atrapar luciérnagas en frascos. Preparamos galletas juntas. Se quedaba dormida contra mi pecho. No era la niña con la que estaba enfadada en el coche de camino a la playa aquel día. Era mi hermana. Lo era todo.

—¡Caggie! ¡Caggie! —Las mismas voces que escuché desde el cuarto de Hayley minutos antes, las oigo ahora con más fuerza, más cerca.

Claire y Peter están aquí. Casi no puedo ver por el humo. Intentan alejarme a rastras y llevarme a la parte de atrás. El aire está cargado y me estoy ahogando. Llena mis pulmones y durante un fugaz instante me pregunto si es posible ahogarse en el polvo.

—¡Llévala a la playa! —le grita Peter a Claire.

Claire me rodea con los brazos y empieza a alejarme por el camino que va de la casa a la orilla.

—Astor —digo, pero es más una tos que otra cosa.

—No pasa nada —repone Claire con suavidad—. Peter se ocupa. —Puedo sentir que me agarra. Su voz es serena, pero tiene el cuerpo en tensión. Una viga del techo cae a unos metros de nosotras y Claire me echa el brazo encima—. Vamos —dice con firmeza.

Peter y Astor desaparecen un instante, como el mago que hace un truco. ¡Zas! Ya no están.

Claire sigue tirando de mí hacia la playa. Me pasa el brazo por debajo del mío y me alza por la cintura. Siento que me arde la pierna quemada y bajo la mirada para echar un vistazo. Parece que la falda se ha derretido contra mis piernas y veo la sangre empapando la tela de cuadros escoceses. Me centro en Claire.

—Estás bien —no para de repetir.

Noto que me aprieta con fuerza contra ella. Hemos salido del sendero y la maleza me araña las piernas como si fueran perros. Seguimos avanzando hasta que llegamos a la arena. Hundo los pies en ella. Está fría y seca, y por un momento es lo único que importa.

El cielo aquí está despejado y alcanzo a ver la nube de humo, que se cierne a solo unos centímetros de nosotras, o eso parece, como si pudiera agarrarla con solo estirar la mano. Acercarla o alejarla.

Centro de nuevo la atención en Claire. Me está mirando como si intentara averiguar si de verdad estoy aquí. No para de tocarme el brazo, y cuando me vuelvo hacia ella, me rodea con los brazos.

—¡Dios mío! —dice contra mi hombro. Está llorando.

—Oye —susurro—. Estoy bien. —Las palabras me hacen toser y siento la mano de Claire en la espalda.

Me abraza con más fuerza mientras sorbe por la nariz.

—Caggie —no deja de repetir.

Apoyo la cabeza en su hombro, siento sus largos y delgados brazos a mi alrededor. Me acurruco contra ella.

—Lo siento mucho —susurro con gran emoción.

Nos separamos y Claire ahueca las manos sobre mis mejillas. Puedo ver las lágrimas resbalar por su rostro, practicando claros surcos en el polvo allí asentado.

—Mamá Claire —digo.

Ella se pasa el dorso de la mano por la cara y estira el cuello por encima de mí solo un instante. Sus ojos se mueven de forma nerviosa y luego aflora en ellos una expresión de culpa cuando me mira de nuevo. Está preocupada por Peter.

—No le va a pasar nada —repongo. Mi voz surge con claridad. Por un segundo me imagino a Peter entrar corriendo en la casa para intentar salvar... ¿qué? Pero sacudo la cabeza y obligo a esa imagen a desaparecer. Mi hermano está ayudando a Astor a ponerse a salvo. En la casa no queda nada que rescatar.

Y entonces me acuerdo del teléfono móvil que tengo en el bolsillo.

—Has venido —digo.

Claire me mira con sus enormes ojos, sorprendidos y húmedos.

—Ya veníamos de camino —repone—. Trevor llamó después de encontrarse contigo y dijo que estaba preocupado. Peter y yo fuimos a tu casa. Revisó la maceta de la entrada. No sé por qué, pero lo hizo. Y vio que la llave no estaba. —Deja de toser y menea la cabeza—. Siento mucho lo de ese artículo. Sé que estabas enfadada conmigo, pero ni siquiera sabía que esa mujer iba a escribir un artículo. Estaba entrevistando a mi padre. Yo solo estaba hablando. Debería haberlo sabido. Es que estaba muy preocupada por ti. Yo...

—Para —digo. El artículo parece estar a años luz de aquí. A décadas—. Ya no importa. —Pero tengo que preguntarle otra cosa, algo que espero que ya sepa.

—Lo he oído —aduce antes de que pueda hacerle la pregunta. Sus ojos son firmes, serenos. Ni siquiera parpadea—. He estado escuchando todo el rato.

Le sostengo la mirada un momento y el último año pasa entre nosotras. Un millón de «lo siento», de «por favor» y de «podría haber» se reduce a esto; la verdad.

—Caggie —prosigue al mismo tiempo que se lanza. Habla tan rápido que sus palabras se atropellan en un intento por conseguir salir las primeras—. Siento no haber estado a tu lado. Debería haberte apoyado más. Pensaba que estabas mejor y...

—No ha sido culpa tuya —asevero—. No ha tenido nada que ver contigo.

Ella sacude la cabeza. Más lágrimas brotan de sus ojos.

—Creí que podía conseguir que siguieras adelante.

Le pongo la mano en el hombro y la acerco a mí. Aun con el humo y las cenizas puedo oler su perfume en el aire; tenue, ligero, pero ahí.

—Lo has conseguido —digo.

Estaba equivocada en lo referente a mentir. No es fácil, sino duro. Cada mentira pesa en tu conciencia. Crecen, aumentan, como malas hierbas en un jardín. Toman el control. Retuercen las cosas y las marchitan. Una sola puede arruinar un campo de flores.

—Te quiero —declara con vehemencia—. Habría hecho cualquier cosa para protegerte. Yo...

Pero profiere un pequeño grito antes de poder terminar la frase. Sus brazos se aflojan y veo a Peter. Viene hacia nosotras y lleva a Astor colgando del brazo. A primera vista cuesta saber si Astor está vivo o muerto, ya que está apoyado casi por completo en mi hermano. Pero entonces veo que se le ladea la cabeza y la levanta de nuevo, por lo que sé que está ahí, en alguna parte.

Claire corre hacia ellos. La sigo cojeando. Rodeo la cintura de Astor y lo dejamos en la arena. Peter resuella mientras habla y Claire le echa los brazos al cuello. Mi hermano la estrecha con fuerza y presiona la nariz contra el hueco de su cuello.

Debería resultarme raro ver a mi hermano y a mi mejor amiga así, pero ya nada es raro. O todo lo es. Astor se mece despacio a mi lado, con la cabeza entre las manos.

Sé que se ha acabado. Que su padre tiene razón; necesita ayuda. Me inclino y le pongo una mano en la espalda. Él levanta la vista hacia mí y en cuanto nuestras miradas se encuentran sé que él también lo sabe.

No puedes compartir el dolor. Al final, cuando el edificio se quema, te quedas con tus propios pedazos. Los marcos de fotos destrozados. Tienes que recoger lo que es tuyo y decidir si cargar con ello, enterrarlo o decirle adiós.

—Lo siento —dice Astor con voz débil, amortiguada. Pero lo oigo.

—Yo también —repongo.

Ninguno añade nada después de eso. Nos quedamos sentados y observamos en silencio. Ni siquiera después, cuando llegan los camiones de bomberos y lo único que queda ya son vigas negras, brasas y tierra, decimos nada. No tenemos que hacerlo. Cada uno está ocupado decidiendo qué sacaremos de aquí y qué dejaremos atrás.

17

Me gustaría decir que Astor recibió ayuda, que vino a verme y se disculpó por lo ocurrido, que me explicó que ahora entendía lo erróneo de sus actos. Que estaba aprendiendo a dejar ir a su madre, a avanzar hacia un luminoso futuro y a llevar el rutilante recuerdo de su madre como una estrella en el bolsillo. Pero no fue eso lo que ocurrió.

Llamamos a nuestros padres después de que el incendio se extinguiera, pero también ellos venían ya de camino. El sistema de seguridad de la casa les había avisado. El departamento de bomberos llamó cuando vieron las primeras llamas. Mi padre se presentó con mi madre. Supongo que estaba por aquí. A lo mejor no se había ido. Vino primero hacia mí y me abrazó con tanta fuerza que me levantó del suelo.

Empezó a llorar. Mi padre. El reservado profesional de los fondos de cobertura. Jamás lo he visto llorar. Ni siquiera lloró en el funeral de Hayley. Pero cuando llegaron y me vieron, se pusieron a llorar. Se agachó a mi lado y me estrechó en sus brazos.

—Lo siento mucho —dijo—. Te prometo que todo irá mejor ahora. Te curaremos la pierna. Nos ocuparemos de esto. Todo saldrá bien.

Todavía le importaba. Su preocupación por Astor se debía a que quería que yo estuviera a salvo. Me di cuenta de que era cierto; pasara lo que pasase. Jamás había dejado de ser su hija.

—Lo siento —le dije. Y después salió sin más. No pude evitarlo—. Siento no haberla salvado.

Mi madre me abrazó con fuerza. Podía sentir sus lágrimas en mi cara.

—No es culpa tuya —repuso. No estaba segura de a qué se refería, hasta que me aparté y la miré. Vi su rostro. Me recordaba mucho al mío. Ni siquiera tuvo que decir lo que dijo después—: La culpa fue mía.

Todos cargábamos con su pérdida. Todos cargábamos con la culpa de perderla. En ese momento, envuelta en los brazos de mi padre, supe que Hayley jamás regresaría, pero, por primera vez desde su muerte, también supe que no estaba sola. Ya no. Era parte de una familia. Mi familia.

Astor se mudó de inmediato después del incendio. Puede que fuera a Londres, a África o a un centro en el norte del estado. No tengo ni idea. Su padre le dijo que no le estaba permitido volver a verme y, en efecto, la última vez que lo vi fue detrás de la ventanilla del coche de su padre, cuando se marchaba de la estación de bomberos. Una vez le escribí un e-mail para preguntarle si estaba bien, pero jamás recibí respuesta.

Así es la vida real. Las cosas no siempre salen como pensabas. No son tan perfectas y ordenadas. Pero ahora entiendo que la gente entra en tu vida con un propósito. A Claire le gusta decir que la gente se cruza en tu camino por una razón, durante una temporada o durante toda la vida. Astor era una razón. Pero ¿y Hayley? Hayley es para toda la vida. Ahora para dejarla ir.

* * *

—¿Te queda mucho? —La voz me devuelve al presente.

Sacudo la cabeza.

—¡Qué impaciente! Fuiste tú el que quería que escribiera este artículo.

—Ya, lo sé —replica—. Pero me gustaría salir de aquí antes de que amanezca.

Trevor y yo estamos en la sede del *Boletín*. Nos hemos quedado trabajando hasta tarde, ya que hay que enviar la revista a la señora Lancaster para su aprobación mañana (ya nos alargó el plazo de entrega), y en ella se incluirá una historia. Mi historia.

—¿Tienes planes importantes? —pregunto, pasando el cursor por una frase.

—Tengo que trabajar el martes —dice.

Me giro hacia él y Trevor sonríe. Tiene una sonrisa maravillosa, de esas que parecen que están enchufadas a algo, ya que brillan con un millar de voltios.

—Me largo de aquí. —Trevor y yo levantamos la visa cuando Kristen se levanta de su mesa y se cuelga el bolso al hombro—. Si queréis que lo revise, tenéis que enviarlo antes de medianoche, ¿entendido? —Señala la pantalla de mi ordenador y enarca las cejas.

Me vuelvo hacia Trevor.

—Alguien se está volviendo un poco mandona.

Trevor se encoge de hombres.

—A veces necesitas mano dura, Caggs.

Kristen se despide con la mano y una sonrisa en los labios y veo cerrarse la puerta cuando sale. Nos estamos haciendo amigas poco a poco. Sobre todo en la redacción. Es muy diferente de como pensaba que era; no es para nada la chica tímida e insegura que siempre supuse. Ahora hablamos con franqueza. Empecé diciéndole lo que debería haberle dicho hace mucho tiempo, lo que nunca me atreví a decirle, hasta ahora: «Gracias».

Me aparto del ordenador y me estiro.

—Si no termino de escribir esto esta noche, no habrá ninguna posibilidad de que lo incluyan.

Trevor asiente.

—Vale —dice. Arrima la silla a la mía, de forma que quedan una junto a la otra—. ¿Cómo puedo ayudar?

Trabajamos una hora más. Trevor maqueta la publicación y yo termino mi artículo. Me siento bien aquí con él, una nueva normalidad. El pánico, el dolor, todavía surge a veces, pero haber visto lo peor y haber sorteado la tormenta te infunde calma.

Trevor y yo tendremos nuestra primera cita oficial el martes. Bueno, nuestra primera segunda cita oficial. Esta vez nos lo tomamos con calma. Las cosas son ahora diferentes, pero estoy aprendiendo que a lo mejor eso está bien.

Después del incendio no dejaba de pensar si podría volver a estar como antes con Trevor, si podríamos tener la clase de relación que teníamos cuando Hayley aún vivía. Lo que no entendía, y aún sigo en ello, es que no tenemos por qué volver a nada. Tan solo tenemos que seguir adelante.

Sienta bien contar por fin mi propio punto de vista de la historia y ser sincera. Estoy aclarando las cosas sobre Kristen. Es hora de hablar claro. No es justo que siga cargando con la culpa. Nunca lo fue. Cuando le pregunté por qué mintió por mí, por qué no se limitó a corregir a la gente, me dijo lo siguiente: «Necesitabas que te guardaran el secreto más de lo que yo necesitaba que se supiera la verdad».

Cuando termino el artículo, se lo doy a Trevor.

—Pásamelo —dice—. Se va a imprimir.

—¿Crees que la señora Lancaster lo aprobará? —pregunto—. No he sido precisamente una representante modelo.

—Estoy seguro de que podemos llegar a un acuerdo. —Me brinda una sonrisa y simula un exagerado beso con los labios.

—¿Estás diciendo que estás dispuesto a cumplir las fantasías de la señora Lancaster para conseguir que publique esto?

Trevor me toma la mano del teclado. Sus ojos buscan los míos, y cuando los encuentra siento que me derrito. Hace calor aquí. Es el hogar.

—Caggie —dice—. Haría cualquier cosa por ti.

* * *

Para que conste, sin duda debería decir que Abigail Adams y yo ya no somos amigas. Cuando volví al instituto después del incendio, ya no parecía tan interesada.

—Quemaste a Astor —dijo. No sabría decir si estaba cabreada porque él no había vuelto o porque no había dado la noticia de lo que ocurrió en la playa—. Éramos amigas..., deberías haberme contado que algo no iba bien. —Pero, sea como sea, al instante declaró—: Ya me he hartado de tu drama para toda una vida. —Y se marchó con Constance y Samantha pisándole los talones.

Huelga decir que ni a Trevor ni a mí nos ha invitado a su fiesta de fin de curso en mayo. Y tampoco a Kristen, por cierto. Me parece que nos iremos al cine los tres a ver algo divertido. Estoy de acuerdo con Abbey; yo también he tenido ya suficientes dramas.

¿Alguna vez he mencionado que nuestra casa en los Hamptons era de mi abuelo? Bueno, pues era suya, y cuando Peter la limpió, se quedó con todo. Las cosas de tres generaciones. Lo guardó todo en un almacén en Nueva Jersey, al otro lado del puente, y a la mañana siguiente, después de ir al *Boletín*, fuimos a descargarlo.

Estoy sentada en el coche entre mi madre y mi padre. Peter va delante con el chófer. Mi madre ha estado hablando todo el camino. Habla del paisaje y del buen tiempo que hace.

—¿Crees que deberíamos volver a la ciudad o buscar algún lugar por aquí para comer después? O podríamos ir a casa. ¡Podríamos preparar el desayuno por la noche! ¿Te acuerdas cuando hacíamos eso? —Continúa divagando sobre si tenemos mezcla para tortitas, cuando mi padre se acerca y le sujeta la mano. Mi madre mueve los dedos entre los de él y siguen así, con las manos apoyadas en mi regazo, hasta que llegamos al almacén.

Peter baja corriendo a por las llaves y los tres nos apeamos del coche. Lo seguimos hasta la parte de atrás, el almacén situado al fondo a la izquierda.

—¿Crees que podríamos pedir a Serafina para que nos lo traigan aquí? —pregunta mi padre, y mi madre se echa a reír.

Es la primera vez que la oigo reír en meses, puede que en un año. El sonido resuena en los almacenes metálicos como el agua en un tejado de hojalata; fuerte, demasiado cerca, y sin embargo reconfortante. Mi padre también sonríe. Ahora está aquí, está aquí de verdad. Miro a mis padres, ambos vestidos con vaqueros y jersey. Mi padre se arremanga y toma la llave que le da Peter. Abre la puerta de un tirón.

Nos ponemos en fila mientras miramos todas las cajas. Nadie habla durante un momento.

—Has hecho un gran trabajo, Peter —dice mi padre. Le pone una mano en la espalda y a mí me rodea con un brazo.

—Empecemos —dice mi madre.

Deja que te diga una cosa; el cambio es ver a mi madre, antes vestida de Chanel, y ahora ataviada con unos vaqueros, ser la primera en abrirse paso por un polvoriento almacén.

Mi madre entra, tira de la cuerda de la luz del techo y luego todos nos ponemos en fila detrás. Mi padre y Peter van al fondo y mi madre y yo nos quedamos delante. Nos sentamos en unas cajas.

—Empezad a abrir —indica mi padre—. No hay una buena forma de hacer esto.

Mi madre abre una caja y yo contengo la respiración. Está llena de cuadros. Los cuadros de Hayley. Mi madre desenrolla uno y veo que se lleva la mano a la boca. Está sin terminar, pero parece que iba a ser un pájaro. El distintivo de Hayley. Mi madre se cubre la cara con las manos.

Me acerco a ella y la rodeo con los brazos. Permanecemos así durante mucho rato, con mi cabeza apoyada en su hombro, y el lienzo apretado entre las dos.

—Tengo suerte de tenerte —dice al fin. Se limpia los ojos con el dorso de la mano. No dice un «Lo siento» ni un «Seguro que se me ha corrido el rímel», ni nada por el estilo. Solo un «Tengo suerte de tenerte». Y por primera vez pienso que a lo mejor lo dice en serio, que es posible que no piense que Hayley aún estaría aquí de no ser por mí. Que quizá todos nosotros (Peter, mi padre y mi madre) por fin estamos empezando a ver lo que aún tenemos.

Nos quedamos en el almacén durante nueve horas, clasificando cajas, riendo con algunos recuerdos, llorando con otros. Claire se acerca a la hora de comer para traernos unos bocadillos y ver a Peter. Ya han pasado de sobra el período de seis semanas impuesto por Claire y me estoy acostumbrando. Los dos parecen felices, y aunque Peter ha vuelto a la Universidad de California, sigue pasando muchos fines de semana aquí y ella también va a visitarlo. «A final puede que sea una chica californiana», me dijo la última vez que volvió.

Se besan durante algunos minutos detrás de unas cajas cuando creen que nadie los ve, pero Claire no se queda mucho rato. Sabe que este es un momento familiar y le estoy agradecida. Ahí va un dato sobre Claire; cuando de verdad cuenta, lo entiende, como por ejemplo en un oscuro almacén o en una llamada de teléfono unilateral.

—Aquí me tienes para lo que necesites —dice al salir. Me da un apretón en el brazo y apoya la barbilla en mi hombro.

—Lo sé —replico.

Me llevo una cosa de hoy. Es una foto de Hayley que le hice cuando tenía ocho años. No soy la mejor fotógrafa del mundo, ni mucho menos, pero siempre me sentí muy orgullosa de esta foto. Está montada en una bicicleta, haciendo equilibrio con las manos y los pies en el aire. En cierto modo parece que esté volando, como un pájaro listo para alzar el vuelo.

No me estaba mirando exactamente, sino más bien más allá de mí, y tiene los ojos entrecerrados por el sol. Hice la foto con una cámara antigua, de las que llevan carrete, y recuerdo que me costó encontrar un sitio donde lo revelaran y no trabajaran solo con cámaras digitales. Pero estamos en Nueva York. Aquí puedes encontrar de todo. Hice que la ampliaran y la enmarcaran y se la regalé a Hayley en su noveno cumpleaños. Le gustó, pero tampoco le dio mucha importancia en ese momento. Sin embargo tenía algo. Algo que a mí siempre me atrajo. La forma en que miraba detrás de mí, entornando los ojos. La forma en que estiraba los brazos. Como si viera algo que yo no veía.

Si vuelvo la vista atrás, hay momentos que conducen a su muerte. Momentos que podrían haber presagiado lo que pasó. Que siempre acabaríamos ahí. Que cada decisión, cada elección, iba a llevarnos a la casa y a ella, a esa piscina. ¿Sigue siendo culpa mía? No estoy segura. El diez por ciento de las veces pienso que quizá solo fue un accidente. Que lo que le pasó a Hayley no se debió a nada que yo hiciera o dejara de hacer. Que simplemente ocurrió así. Pero eso es solo el diez por ciento. El otro noventa por ciento sigo echándola de menos, sigo culpándome. Pero ese diez por ciento no existía hace seis meses, así que es posible que aumente. Puede que con el tiempo sea un cincuenta por ciento.

Veo a Peter lanzándole un balón de fútbol a mi padre, a mi madre clasificando la ropa de cama a mi derecha, y creo, sé, que estoy aprendiendo; todos estamos aprendiendo. Estamos redefiniendo nuestra historia. Somos los Caulfield. Somos una familia. Y ya no importa lo que piensen los demás. Ahora entiendo que nuestra propia identidad, nuestro pasado, no tiene nada que ver con la forma en que te ven los demás. Ser un héroe no tiene que ver con la definición de otra persona. Ni la de Abigail ni la de Constance. Ni la del *Post.* Ni siquiera con la de Claire. Ser un héroe tiene que ver con una cosa; la forma en que tú mismo te ves.

En fin, hemos llegado al final. Pero la verdad es que las historias se corrigen solas. Aquí hay otra. Una versión diferente. Y ahora es esa la que cuento. Ha cambiado, lo mismo que yo. A la gente no le gusta decir que el espacio entre la mentira y la verdad es muy muy pequeño. Está ahí, pero es minúsculo. Un pie en una cornisa. Una cerilla antes de prenderla. Una arruga en el lomo de un libro cubierto de polvo. Un pájaro a punto de alzar el vuelo. En un momento dado tienes que decidir la verdad por ti mismo.

Ahora, cuando empiezo, lo hago así: «La mayoría de las grandes obras literarias tienen un héroe como protagonista. Esta historia no es una excepción».

Agradecimientos

A mi querida amiga Hannah Brown Gordon. Cuando escribo, siempre es para ti.

A Mollie Glick, mi increíble agente, que sigue siendo una feroz defensora de mi carrera y, lo que es más importante, de mí. Has pilotado este avión en todas las tormentas y nunca nos has defraudado.

A Liesa Abrams, mi editora, cuya orientación y visión han hecho de este libro algo de lo que estar orgullosa. Estoy eternamente agradecida.

A Leila Sales, mi compañera escritora, mi policía chiflada, mi más uno, mi Sophia Grace; tú me das confianza. No quiero hacer esto sola jamás. Tengo mucha suerte de no tener que hacerlo.

A Lexa Hillyer, mi diosa de la trama (de la vida). Somos increíbles. Ahora hablemos más de ello.

A Anica Rissi, que siempre será mi editora.

A Michael Strother, editor entusiasta y hombre de excelente gusto televisivo. Cupcake Andy, te adoro.

A Paul Crichton, Janet Ringwood y Lydia Davis, que apoyan mis descabelladas ideas, buscan otras nuevas y hacen que la parte divertida sea divertida.

A todos los de Pulse and Foundry, por proporcionarme los hogares literarios más roqueros (y elegantes) que una chica podría pedir.

A Kathleen Hamlin, por ayudarme con todo y hacerlo todo con una sonrisa.

A Brad e Yfat Gendell, que siguen defendiendo a Rebecca Serle en todas sus formas. ¿Qué puedo decir? Cuando estoy sentada a su mesa, con un niño en el regazo, estoy en casa.

A mis hermosos, sensibles y cariñosos padres, que nunca han dejado pasar la oportunidad de expresar su orgullo. Gracias por verme tal como soy y por hacerme saber que eso era perfecto y suficiente.

A la ciudad de Nueva York, que a veces me ha dado una patada, pero nunca me ha echado; siempre ha merecido la pena.

Y por último, a los maravillosos lectores, blogueros, bibliotecarios y adolescentes que han apoyado *When You Were Mine.*

Un millón de gracias.